Tänään lähdin
Upseeri Niilo Kenjakan päiväkirja jatkosodasta

Tämä kirja on omistettu kaikille sotaveteraaneille sekä heidän läheisilleen.

Tänään lähdin
Upseeri Niilo Kenjakan päiväkirja jatkosodasta

Toimittanut
P. & S. Soininen

© 2024 Toimittanut P. & S. Soininen
Kannen suunnittelu: S. Soininen
Sisuksen taitto: S. Soininen
Kustantaja: BoD · Books on Demand GmbH, Helsinki, Suomi
Kirjapaino: Libri Plureos GmbH, Hampuri, Saksa
ISBN: 978-952-80-8507-2

Jatkosodan vaiheet

1941 kesä–1942 kesä hyökkäysvaihe. Suomi liittoutui Saksan kanssa. Tavoitteena vallata takaisin Talvisodassa menetetyt alueet

1942–1944 asemasota vaihe. Rintamalinjat pysyivät lähes muuttumattomina.

1944 kesäkuu, Neuvostoliiton suurhyökkäys, Suomen armeija joutui vetäytymään.

1944 syyskuu rauhanneuvottelut ja sodan loppu. Moskovan välirauha. Suomi säilytti itsenäisyytensä, mutta menetti osan alueistaan, joutui maksamaan sotakorvauksia ja antamaan sotilastukikohdat Neuvostoliitolle.

Alkusanat

Tähän kirjaan on Niilo Kenjakan perikunnan pyynnöstä puhtaaksikirjoitettu hänen päiväkirjojensa tekstejä, joita hän kirjoitti lähes päivittäin ollessaan jatkosodassa 1941–1944. Päiväkirjat tuovat meidän lähellemme sodan kauheudet, sotilaan ajatukset ja tunteet rintamalta, raastavan koti-ikävän ja taistelutahdon Suomen puolesta. Vihkoista näki, että ne olivat olleet rintamaolosuhteissa, osa likaantuneita ja kastuneita. Koskettavinta oli se, että tekstistä huokui välillä väsyneen sotilaan ajatuksen harhailu, mutta kuitenkin kyky havaita kaiken kauheuden keskellä luonnon kauneus ja tehdä inhimillisiä huomioita sekä aseveljistä että vihollisista.

Jatkosota 1941–1944

Niemisjärvellä kesällä vuonna 1941. Niilo Kenjakka toimi rakuunarykmentissä eversti Hans Olof von Essenin ja everstiluutnantti Å. Wahrenin alaisuudessa. Sotamarsalkkamme Mannerheim oli Uudenmaan rakuunarykmentin (URR) kunniapäällikkö ja tämä rykmentti oli hänen lempilapsensa.

24.6.1941 - 15.11.1941 Uudenmaan rakuunarykmentin tiedustelu-upseeri, 21.9.1941 esikunta eskadroonan päällikkö

15.11.1941 - 22.6.1944 Metsäosaston toimistoupseeri (Petroskoissa ja Aunusjoella). 16.6.1944 käskynjako Aunuksessa ja vetäytyminen alkoi 22.6.1944

23.6.1944 - 1.9.1944 Joukkueenjohtaja

2.9.1944 - 26.9.1944 Tiedustelu-upseeri

27.9.1944 - 3.11.1944 Valistusupseeri

3.11.1944 kotiutus

Osallistui taisteluihin 1941–1944 mm. seuraavissa paikoissa: Ilomantsi, Tolvajärvi, Oukannus, Ravanmäki, Lahtikylä, Sunajoki, Vornova, Sunajoen ylitys.

Niilo Kenjakka palveli aiemmin myös talvisodassa ja oli joukkueenjohtajana sekä komppanianpäällikkönä 15.11.1939 - 22.4.1940.

Kunniamerkit ja mitalit:
Sodan 1939-1940 muistomitali/sotamarsalkka Mannerheim
Sodan 1941–1945 muistomitali/presidentti U. Kekkonen
Rakuunaristi URR 1946/eversti Ehrnrooth
4. lk Vapaudenristi/sotamarsalkka Mannerheim 1940
4. lk Vapaudenristi/kenraalimajuri W. Oinonen 1/1941
4. lk Vapaudenristi/kenraalimajuri W. Oinonen 3/1941
Saksan rautaristi 2. lk/Hitler 26.9.1941

6

Kesäkuu 1941

Lähtö Uimaharjusta
Ilmoittautuminen Kivilahdessa Uudenmaan rakuunaryk-
mentissä (URR)
Huhus
Hattuvaara

22.6.1941 sunnuntai

Tänään lähdin. Olin jo useita päiviä odotellut kutsua ylimääräisiin kertausharjoituksiin, mutta en ollut saanut. Olin vielä Helsingin sotilaspiirissä, joten määräystä ei tullut, mutta tänään Nina (serkkuni, joka on Outin apulaisena) sanoi, että Saksa on julistanut sodan Venäjälle. Sykähdyttävä uutinen. En tahtonut sitä uskoa todeksi, mutta niin se oli. Vielä Nina sanoi, että asemalla oli jo julkinen määräys seinässä reserviin kutsumisesta. Vai niin.

Kiireesti lähdin kauniista saarestani asemalle ottamaan selvää. Sillalla kulkiessani onki siellä eräs ratsuvääpeli. Kysyin: "Onko Saksa julistanut sodan?" "On!", oli reipas vastaus.

Juoksujalkaa kiiruhdin Uimaharjun asemalle. Niin oli julkinen ilmoitus 1897 (ja nuoremmat syntyneet) ilmoittautuvat heti Joensuussa Niinivaaran Kansakoululla. Jahah! Siis huomenna lähtö. Kiireesti vielä naulasin pakkilaatikon Outilleni valmiiksi ja pakkasin reppuni. Sillä ainoa juna päivässä lähti etelään Uimaharjulta kello 3.35. Outo oli tunne, kun rakkaan pikku-Outini vieressä nukuin viimeistä yötä. Lyhyt oli yö, mutta nukuin.

23.6.1941, maanantai

Juhannusaatto. Enpä muistanut, en tiennyt, että on juhannus. Mieleni täytti levottomuus, kun nousin ylös klo 2.45. Rakas pieni vaimoni oli laittanut jo kahvin. Kiireesti join ja jätin hyvästini Outilleni ja pienelle Paulilleni ja Ninalle ja lähdin asemalle. Juna lähti, saavuin Joensuuhun.

Ilmoittauduin Pohjois-Karjalan SK-piirissä kapteeni Franzenille. Sain käskykortin ja mikä sattuma, onnellinen vai ei, sain määräyksen ilmoittautua Uimaharjun Kansakoululla.

Palasin kortti taskussani ja mieleni valoisampana Lehmoon. Pääsin Oma-Avun kuorma-auton päällä Lehmoon. Menin vielä kerran Kontiolahden pika-asutustoimi-kuntaan, Janne Revon taloon. Kaikki pojat olivat Revoltakin viety. Minun aikanani tuli vielä kutsukortti Yrjö Revolle, 15-vuotiaalle.

Kun oli juhannusaatto, kävin Revon hyvässä saunassa 14-vuotiaan pojan kanssa. Nukuin illan, juhannusillan Revossa ja aamulla kello 5.30 lähdin junalla Uimaharjuun.

24.6.1941 juhannus, tiistai

Vaille 10 juoksin saareeni viemään reppuni Outini luo. Miten iloinen olikaan vaimoni. Sitten ilmoittauduin Uimaharjun koululla. Siellä oli ratsuväki prikaatin esikunta ja esikuntapäällikkö oli majuri Palmgren.

Hän kysyi henkilötietojani ja vastailin: "JV-koulutus. Olin Taipaleenjoella ensin joukkueenjohtajana, sitten komppanianpäällikkönä. Kotipaikkani on nyt Uimaharju, olen tämän alueen metsänhoitaja. Kun olen aunukselainen, osaavat vanhempani venäjää ja minäkin ymmärrän yksinkertaisen keskustelun."

Majuri Palmgrenin katse väljeni ja näin nyt joutuneeni omine persoonineni ja taitoineni johonkin erikoiseen tehtävään. Niin sain määräyksen ilmoittautua Kivilahden URR:ssä (Uudenmaan Rakuunarykmentissä).

9

Kello 12 lähti kuorma-auto Kivilahteen ja olin pian siellä, sillä matkaa oli vain 17 km.

URR:ssä oli kenttäjumalanpalvelus klo 13, sain sivullisena seurata sitä ja ajattelin. Olin itse vain JV-mies Katsoin upseerien värikkäitä pukuja, oikeita upseerisaappaita, ratsupiiskoja ja ryhtiä. Huomasin, että joukko on erilaista. Ehkä parempaa, iskevämpää. En tiedä vielä. URR:n komentaja on everstiluutnantti von Essen. Katselin häntä. Ei kovin vanha, minun kokoiseni, ryhdikäs, aina rauhallinen ilme. Puhuu virheellisesti suomea, koska on ruotsi äidinkielenä. Von Essen puhui voimakkaan puheen kosketellen Venäjän aikeita Suomea kohtaan ja sanoi: "Ensi juhannuksena liehuvat liput luovutetun alueen saloissa."

Tilaisuuden jälkeen ilmoittauduin URR:n adjutantille, ratsumestari Åkermanille. Komea mies, kookas, avokatseinen, reilu. Hänkin syntyperäinen ruotsinkielinen. No niin! Saatuani tiedot minusta hän arveli, että olen juuri heille lähetetty puuttuva tiedustelu-upseeri. Asia jäi vielä avoimeksi.

25.-26.6.1941, keskiviikko - torstai

Nämä päivät olin Kivilahdessa. URR:n esikunta oli Kivilahden koululla. Asuin kauppias Penttisen talon yläkerrassa, vinttikamarissa esikunta eskadroonan vääpeli Nikkilän kanssa. Varusteet olivat itselleni pääasiassa. Sain vain sadetakin ja kypärän sekä Parabellumin. Vielä sain itselleni hyvän ratsuhevosen. Se on ollut erään luutnantin hevonen ja on nimeltään Mervi. Kävin sillä ratsastamassa kornetti Esko Jussilan kanssa ja oli nautinto ratsastaa oikealla, opetetulla ratsulla.

27.6.1941, perjantai

Tänä iltana muutimme Kivilahdesta Huhukseen. Eskadroonat marssivat ja minä lähettiupseeri Esko Jussilan kanssa ja pastori Juho Tenkun kanssa ajoimme pikku Eifelautolla. Tie oli kapea, mutta maisemat kauniit. Menimme parin lossin yli. Särkän lossi oli pieni ja heikko, mutta kauniissa paikassa. Viime sodan aikana oli vihollinen ampunut usein noin 6 km:n takaa korkealta vaaralta tätä lossia ja oli vain kerran osunut. Sitten toinen Kallioniemen lossi, jossa oli viime sodassa ollut ja pysynyt taistelurintamana.

Puhuttelin siinä lossia ylittäessä erästä paikkakuntalaista sk. vääpeliä ja hän kertoi, että monta kertaa oli jää ollut mustana, kun vihollinen hyökkäsi. Se oli usein tullut kovasti huutaen ja juosten yli joen aina meidän rannallemme, mutta meidän noin 50 miestä oli sen kk- ja kivääritulella aina torjunut tuon rohkean, mutta hullun ryntäyksen.

Kun sitten ylitin lossin ja sain nähdä tuon korsukaupungin, jossa vihollinen oli majaillut, niin todella ihmettely pääsi suustani, kun näin sen valtavan sotilasmassan, jotka nuo monet korsut olivat tuona talvena kätkeneet. Oudoin tuntein ajoin autolla tuon alueen läpi. Jossain riippui vihollisen toppanutun riekaleet puun oksalla. Ajattelin ja asetuin vihollisen asemaan ja tunteeni oli rauhaton ja pelokas.

28.6.1941, lauantai

Tämän päivän olin Huhuksen Sk:n talolla. Yö oli kylmä ja palelin. Nukuin juhlasalin parvekkeella. Siellä nukkui myös se vihollispuolelle laitettava partio, 1 + 7 miestä. Tehtäväni oli laittaa nuo miehet matkaan. Katselin heitä.

11

Vanhoja reserviläisiä, työmiehen rasittuneita kasvoja. Väsyneitä olivat miehet vielä eilisestä marssista, Rajavartioston palveluksessa ollut kersantti Määttänen oli vanhimpana. He odottivat jännittyneinä tehtäväänsä.

Kello 11 laitoin heidät matkaan. Kuorma-autolla he lähtivät mahdollisimman lähelle rajaa. Reppunsa selkään nostaen, kuuman auringon helottaessa lähti sotaisan näköinen partio matkaan. "Hyvää yötä!" sanoi kersantti Määttänen leikkisästi, nousi kuorma-auton laverille ja niin Huhuksen tomuinen kangastie pölisi auton mennessä kohti itää.

Illalla kello 19 oli lähtö eteenpäin, koko esikunta lähti. Esikunnalla on siirtoihin käytettävissä kaksi henkilöautoa ja yksi kuorma-auto. Toisella henkilöautolla, joka oli suurempi ja parempi, liikkui komentajamme von Essen ja ratsumestari E Åkerman sekä adjutantti kornetti Suomela. Toinen pikku-Eifel on ollut tähän asti minun ja pastorin käytössä. Niinpä nytkin pastori Jouko Alfred Tenkku ja toinen lähettiupseeri Esko Jussila, vielä asevelvollinen nuori (syntynyt 1919) kornetti, lähdimme Eifelillä.

Kello 24 maissa tulimme Hattuvaaraan. Tehtäväni oli matkan varrella valvoa kahden lossin, Särkän ja Kallioniemen, losseja. Komentaja ja Åkerman olivat jo vuoteissaan pastorin ilmoittaessa: "Herra eversti! Motorisoitu ptri saavutti alkupäällään Kallioniemen lossin kello 22.30."

"Hyvä on." oli everstin vastaus.

Niin aloimme Eskon ja pastorin kanssa hakea yösijaa. Tupa oli suuri, siinä oli yksi sänky ja yksi sohva. Ei mitään peitteitä, ei pehmikkeitä. Kapusin ullakolle ja sieltä löydettyäni puhtaan nokkossäkin ja puhtaita riepuja sulloin rievut säkkiin, niin oli patja. Vielä löysin vanhan tyynyn, mutta kun se oli likainen, panin sen puhtaaseen naisen hameeseen ja niin oli puhdas tyynynpäällinen. Vielä eräästä kamarista löytyi iso matto ja niin oli makupaikkani kunnossa.

29.6.1941, sunnuntai

Heräsin työhön ja touhuun. Olen nyt URR:n (Uudenmaan Rakuunarykmentin) oikea tiedustelu-upseeri, sillä edessäni on Uudenmaan Rykmentin päiväkäsky N: 52 (4) 29.6.1941 N: 1861/I/II 13 AS/JK Tässä on kohta 4.: res.vänr. N. Kenjakka on ilmoittautunut rykmentissä päivämäärällä 24.6.41 ja määrätty tiedustelu-upseeriksi.

Niin, olen staabiherra. En olisi uskonut saavani näin suurta tehtävää, mutta niin nyt on käynyt.

Tänään on siis sunnuntai. Talo ja kylä kokonaisuudessaan ovat kauniilla paikalla. Paljon on taloja palanut viime sodan aikana ja melkein joka paikkaan on noussut uusi sitäkin komeampi talo. Keskellä kylää seisoo pieni, ikivanhoista suurista kuusista muodostunut kalmisto, sen vieressä yhtä pieni tsasouna kuin on kalmiston kuuset suuria.

Kello 10 sain tehtävän Esko Jussilan kanssa lähteä tiedusteluun Korentovaara– Korkeakangas- Iljanvaara - Hattuvaara. Kävelimme noin 16 km jalan kuumassa auringossa, kunnes olimme kylän korkeimmalla kohdalla tsasounan vieressä. Ovi oli auki ja niin kurkistin sisään Jussilan kanssa. Pieni, joitakin kuvia ja aivan itämainen leima.

"Ryssiähän nämä ovat?" oli Jussilan kysyvä toteamus.

13

En puhunut mitään, tein vain äitini jo ammoin opetta-
man hartaan merkin. Se oli käynti Hattuvaaran tsasou-
nassa.

Vielä tänä sunnuntai-iltani annoin lähetille käskyn läm-
mittää saunan ja kylvimme komentaja, adjutantti Suomela,
krk-joukkueenjohtaja luutnantti Parikka, Esko Jussila, pas-
tori ja minä. Näin komentajan aatamina. Sorea, kaunis, ja-
lorotuinen, siro. Siinä kuvaus esimieheni olemuksesta.

Saunan jälkeen nukuin hyvin.

30.6.1941, maanantai

Kesäkuun viimeinen. On kaunein kesä. Lämmin, aurin-
koinen, vehreä. Olen Hattuvaarassa, tyypillisessä karjalai-
sessa kylässä. Suomen itäisimmässä osassa (nyky-Suo-
meni). Sota ei tunnu sodalta muuten kuin että työtä on ja
työajalla ei ole mitään rajaa. Talo on evakuoitu, mutta ei ole
tavaroita juuri pois viety. Seinäkellot ehjinä seinillä, astiat
kaapissa. Olipa tämä samainen talo kyllä vienyt metsään
piiloon vaatteita ja esim. 10 kiloa hienoa sokeria, mutta kun
meidän eräs eskadroona majoittui juuri tähän metsäkoh-
taan, olivat miehet löytäneet peiton ja käyttäneet sokeria
suihinsa. Kyllä tätä asiaa tuli sitten tutkimaan pari sotapo-
liisia. Mutta vain yhdet housut ja noin pari kiloa sokeria
löytyi. Vaikeaa on ottaa selville tuollaista tapausta.

Heinäkuu 1941

Hattuvaara
Lipsunaho
Hullari
Korkeakangas
Niemijärvi
Vellivaara
Lehmivaara
Moskovan rauhan raja
Lengonvaara
Ilomantsin Putkela
Tolvajärvi
Ristisalmi
Ägläjärvi
Haukivaara

1.7.1941, tiistai

Oi armas heinäkuu. Missä minä otankaan sinut vastaan. Ilomantsin perukassa Hattuvaarassa. Kaunis olet sinä, Suomeni kesä, vaikka sotakin riehuu. Lämmintä. Otinpa pienen loman (1 tunti) töistäni. Menin talon puutarhan puolelle, aurinkoiseen puoleen ottamaan aurinkoa. Ensi kerran tänä kesänä aataminpuvussa. Kauan en saanut nauttia. Siinä selälläni levätessä muistin aikaisempia nuoruuskesiäni. Oi! Nuoruus intoineen ja nautintoineen. Silloin pienikin asia toi täydellisen ilon. Entä nyt. Saa olla melko suuri positiivinen tapaus ennen kuin tunnen iloa, sellaista kuin poikasena ja nuorukaisena. Siinä makasin heinikossa. Komentajan ikkunasta paistoivat vain kahden saappaan pohjat, ne olivat kuivumassa auringossa ikkunalla.

2.7.1941, keskiviikko

Olo Hattuvaarassa loppui. Siirto idemmäksi ja lähemmäksi rajaa, Lipsunahon uuteen taloon. Autolla, Eifeleillä, tulin luutnantti Tuppuraisen kanssa. Tiellä otin autoon nostomies Romsun, syntyjään Itä-Karjalasta Vuokkiniemeltä, ikä 32 vuotta. Hän oli menossa csikuntaamme Lipsunahoon jalan, koska oli myöhästynyt kansliatarvikkeita kuljettavasta autosta. En olisi uskonut, että hän oli niin nuori. Kovin oli vanhan näköinen. Työ on kovin raskas varmaan, ehkä myös pakolaisen kohtalo on karjalaisen veljeni niin vanhentanut. Kuuma oli päivä, hikeä pyyhki hihallaan mies, pakkaus selässään. Kiitollisena istui viereeni autoon.

"Lähdettekö takaisin Karjalaan, kun saamme sen nyt takaisin?" kysyin.

"Kyllä varmasti, onhan siellä maat, jos ei muuta lienekään." hän vastai.

"Oikein!" sanoin kohtalontoverilleni.

Lipsunaho on talo. Sodan jälkeen rakennettu, vierellä seisoo vanhan talon uuni savupiippuineen kuin komea patsas ajasta, joka repi ja poltti Karjalaani. Ajattelin, eikö olisi syytä pitää muistomerkkinä tuota "patsasta", tehdä siitä todella patsas. Säilyttää se tuleville polville. Mutta me suomalaiset olemme uutuutta rakastavia, revimme usein sellaistakin, jota olisi syytä säilyttää. Kuitenkin on kaunista, että näinkin paljon on Karjalaa jo jälleenrakennettu.

3.7.1941, torstai

Lipsunahossa. Hoidan virkaani tiedustelu-upseerin tehtävissä. Otan vastaan puhelinsanomia edestä everstiluutnantti Karilta (=Rovasti) ja ratsumestari Parviaiselta (=Kalle). Kirjoitan ne salasanomamuotoon ja lähetän ne Ratsuväkiprikaatin (Ryhmä O) esikuntaan majuri Laurille (=Reppu), joka on prikaatin tiedustelu-upseeri ja minun esimieheni. Vielä pidän tiedustelupäiväkirjaa kaikista tiedoista, hoidan muitakin ilmoituksia, pidän huolen tilannekartoista muuttaen omaa ryhmitystämme sen mukaan kuin se muuttuu ja vien kaikki tiedot vihollisista karttaan.

4.7.1941, perjantai

Yhä kaunista, ei ole hyökkäys ryhmä O:lla alkanut. Ryhmä O:n komentaja on kenraalimajuri Oinonen. Hän kävi tänään von Essenin luona ja kuulin hänen tarkastavan von Essenin hyökkäyskäskyä ja hyväksyvän sen. Seurasin tätä selvitystä ja huomasin kenraalin olevan ystävällisen ja tavallisen miehen. Ei sellaista käskevää, jyrkkää,

17

tiuskahtelevaa aristokraattia kuin esimieheni von Essen. Katselin luonteita. Enemmän kansanomaisempi, ystävällisempi on Oinonen.

O on hyökkäysryhmityksessä, odotamme hyökkäyskäskyä. Kalle on tiedustellut ja tänään yksi mies kaatui. Tietoja on saatu hyviäkin. Vihollisen ryhmityksistä on tietoja. Vihollinen tiedustelee meidänkin puolellamme. Eilen hyökkäsi 40-miehinen vihollispartio noin 6 km rajan tälle puolen meidän aliupseerivartiomme kimppuun erääseen taloon huutaen ja ampuen, käsikranaatteja heittäen. Onneksi vartiomme levossa oleva au nukkui riihessä ja kaikki muut pääsivät sieltä paitsi yksi miehistä, joka sai luodin rintaansa. Hänkin tänään tuli yksin osastonsa luo tuoden jopa kiväärinsäkin. Urhea poika. Karjalan kannakselta.

5.7.1941, lauantai

Lisää uhreja. Kallen osasto tiedusteli Hullariin ja joutui yllättäen vihollisen krh- ja kranaattituliasetuleen, jolloin kolme miestä jäi kentälle ja yksi haavoittui lonkkaan, mutta käveli takaisin rajan tälle puolelle.

Parviainen (=Kalle) on rehti upseeri, suomalainen, keski-ikäinen, ystävällinen. Pidän häntä toimen miehenä. Sai moitteita von Esseniltä, kun oli ilmoittanut maaston olevan vapaan (kuten se olikin) ja sitten kuitenkin oli ollut vihollisia, jotka aiheuttivat tuollaisen yllätyksen ja kolmen miehen tappion. Sellaista sattuu, syy ei ollut Kallessa.

6.7.1941, sunnuntai

Sunnuntai, olet pyhä, mutta en tunne sitä. Kaikki päivät ovat samanlaisia. Jälleen sain tietoja yöllä aina klo 24:ään.

Partiomme toimivat. Eilen ampui vihollinen noin 45 min. kahdella krh:lla ja kahdella tykillä yli rajan Lengonvaaraan ja vain yksi miehistämme haavoittui lievästi käteen. Ammu sinä vihollinen, kun et tuon suurempaa saa aikaan. Olet hermostunut vihollinen. Mutta mekin olemme hermostuneet siksi, että hyökkäyksemme ei ala, vaan on tällaista turhaa odotusta. Mutta pian se kai alkaa.

Tänään lähtivät von Essen ja Åkerman (=Ye-ups) autolla Kallen luo. On hiljaista, ei kuulu mitään. Tilannetiedotus päämajasta ilmoitti joukkojemme pohjoisessa saaneen Vuokkiniemen ym. paikkoja. Eteneminen on hidasta, mutta etenemme kuitenkin. Kallen tiedustelupartiossa kolmesta kadonneesta kaatui kärkipartionjohtaja Penzin. Yöllä toiminut tiedustelupartio sai tietää, että Hullorin länsipuolella oleva kukkula, jossa oli ollut aikaisemmin vihollisen miehitystä, olikin aamuyöstä tyhjä, jolloin partio pisti tuleen hallitsevalla paikalla olevan suuren 4-aukkoisen kk-korsun ja palasi 1. eskadroonaan ilmoittaen havaintonsa. Tällöin komentaja käski Kallen lähettää vahvan taistelupartion ottamaan haltuun tämän kukkulan sekä Hullorin taloryhmän.

Näin lähti taistelupartio. Kärkipartiota johti Penzin, poika Helsingistä, arvoltaan kersantti. Vielä oli haava umpeen menemättä miehellä selässään viime sodasta. Melkein väkisten oli mies lähtenyt nykyiseen sotaan. Vapaaehtoisesti. Löysi kuolemansa ensi taistelussaan. Kärkipartiota johtaen kersantti Penzin tuli varovaisesti tietä pitkin saavuttaen erään puuosillaan palavan kk-korsun edessä. Silloin äkkiä soi vihollisen kk:t ja krh syöksi kranaattejaan. Rintaansa painaen huusi Penzin partiolleen: "Minua sattui sydämeen, pojat! Älkää tapattako itseänne!" ja kaatui rintaansa yhä painaen purosillan korvaan. Vielä tuli krhkranaatti Penzinin pk:n viereen sen asetuttua tienpuolen asemaan ja ammuttua yhden lippaan. Ampuja voihkaisten kääntyi vaan seljälleen ja jäi liikkuvan aseensa viereen. Ampujan apulainen otti silloin aseen ja vetäytyi pois. Vielä yksi miehistämme oli jäänyt tuosta 1 + 6 kärkipartiosta tuohon vihollisen yllättävään tuliryöppyyn. Taaempana tullut taistelupartio kuuli taistelun, mutta ei harkittuaan tahtonut vallata tuota hyvin varustettua kukkulaa.

7.7.1941, maanantai

Alkoi jälleen viikko. Eilen klo 19 muutimme Esikunnan Lipsunahosta Korkeakankaan taloon. Talo on ruotsalainen lahjatalo. Katselin sen rakennetta. Heikko. Piirustus on fiksu, huoneet huvilalle sopivammat kuin maalaistalolle. Ovet ohuet, faneri niissä jo veden rappauttama. Seinät suurirakoiset. Vain perusta, sementistä laskettu on hyvä. Huvilana kyllä sopiva. Noniin, tulin kolonnamme yhden kuorma-auton lavalla pastori Tenkun kanssa. Tie huono, kovin huono, mutta eteenpäin pääsimme. Jäin autosta mäen alla ja nousimme Tenkun kanssa taloon, joka on hyvin kauniilla vaaralla.

Katselin etelään aukeavaa maisemaa. Miten kaunista, jylhää. Karjalani, Sinä hymyilet minulle, omalle pojallesi. Kivinen on sinun mäkesi, soiset ovat metsäsi, mutta jylhät, kauniit kaikessa yksinkertaisuudessaan. Avara, mieliä kohottava ja hyväksi tekevä on Sinun kasvosi.

Niin asetuimme uuteen taloon. Von Essen ja Åkerman menivät ullakkohuoneisiin, minä jäin alas toiseen huoneeseen. Koko illan parveilivat eskadroonan päälliköt esikunnassa. Ruotsinmaalainen ratsumestari sai kutsun pois ja hänelle sanoimme hyvästit. Schildt oli hänen nimensä.

Pastori Tenkku lähti samalla autolla. Tenkulla oli käsky tänään mennä Ilomantsiin.

8.7.1941 tiistai

Mikä rauhallinen päivä sodan vallitessa. Alan osata hoitaa tehtäviäni ja sainkin tänään erästä puhelinsanomaa antaessani Repulle seuraavan tunnustuksen: "Tahdon tässä muuten sanoa, että teiltä olemme saaneet parhaat ilmoitukset, josta tahdon tunnustukseksi mainita."

"Kiitos!" oli vastaukseni. Työni on ottaa vastaan puhelinsanomia tiedustelutuloksista ja antaa ne edelleen Repulle (=majuri Lauri=ratsuväkiprikaatin tiedustelu-upseeri).

Tänään oli rauhallista, odotamme hyökkäyskäskyä, jota ei vaan kuulu. Rykmenttimme HRR on eilen hyökännyt saaden haltuunsa Suur-Kivisaaren, mutta Ontronvaara oli sen jätettävä takaisin viholliselle tänä aamuna. Omat tappiomme 21 miestä. Liian paljon. Liian kallista on hyökkäyssota. Oma osastomme, Osasto E (=Essen) vain tiedustelee. Mutta siinäkin tehtävässä on mennyt jo neljä miestämme. Osasto E:lle kuuluu: SP (Sissipataljoona I), jonka päällikkönä on jo viime sodassa kenraali Siilasvuon joukoissa kunnostautunut everstiluutnantti Kari, II/Kev.Psto 12 luutnantti Palokankaan johdossa, Ratsastava patteri luutnantti Anttisen johdossa ja Tykki Eskadroona luutnantti Palokankaan johdolla, krk-joukkue luutnantti Parikan johdolla. Siis melko vahva osasto. Kaikki nuo URR:n lisäksi ja alistettuna URR:n komentajalle, everstiluutnantti von Essenille.

Tämä päivä rauhallinen. Kirjoitin kirjeen Outini vanhemmille ja Outilleni (№ 4–41). Kävin saunassa Essenin,

21

Åkermanin ja pastorin kanssa. Mikä suloinen tunne istua saunan jälkeen talon ikkunan ääressä ja katsoa kaunista Karjalan maisemaa vaaran näköaloilta. Mikä rauha, mikä kesän kaunis autereinen hämy. Tuolla Ilajanjärvi, tuolla suuri onkea suo, jonka reunassa hiekkainen tie pistää esiin ja muuten ei mikään riko erämaan rauhaa. Täytyy olla hyviä ihmisiä niiden, jotka ikänsä asuvat täällä ja näkevät ja tuntevat erämaan rauhan. Nyt on uusi, kaunis talo tyhjä. Vain me sotilaat häiritsemme sen kaunista rauhaa. Saunan savu kiertää matalalla vaaran rinnettä, näen sen yli. Pääskyset liitelevät, niiden pesä on uuden navetan ullakolla. Ei ole lintunen jättänyt kotiaan, vaikka ihmiset ovat jättäneet. Sinä, kirjani, sinulle annan aarteeni, tämän Karjalan lippuni. Panen sen Sinun lehtiesi väliin. Ota sen värit suojelukseesi.

9.7.1941 keskiviikko

Aika rientää. Juuri kun olin illalla nukahtanut rintamavalokuvaaja Valto Vuorelan viereen, tuli Åkerman komentajan huoneesta alas kiireisenä ja sanoi: "Nyt on tiedusteluupseerin herättävä!"

Kuin valveilla ollen hyppäsin pystyyn ja sain kouraani radiosanoman. "Lentiera vallattu, sieltä partio Lupasalmelle. Hypätkää heti!"

Kaivoin salkustani avainkamman ja pian oli sanoma salakirjoitettu ja viestiupseeri Etelä-aho vei sen radiomiehelle. Kömmin takaisin vuoteelleni ja vaikka olikin kuuma, vedin villavilttini pääni yli välttyäkseni hyttysten ilkeistä puremista ja soitosta.

Heräsin jälleen Åkermanin alastuloon ja sain salakirjoittaa Repulle puhelinsanoman: "Tiedustelupartiomme palatessa joutui se vihollisen yllättämäksi, tulitaistelussa kaatui yksi."

10.7.1941 torstai

Sanon sinua Kirjakseni, hyvä vahakantinen, minun Karjalan lippuni kanssa. No, nyt se alkoi! Korkeakankaan ruotsalaistalo selkäni takana. Tulin juuri apulaiseni kanssa Eifelillämme tähän metsään. Olen nyt teltassa. Ensi kertaa tällä retkelläni. Kovaa hälinää oli koko aamupäivän Korkeakankaalla. O. soitti E:lle. Karma osasto E:ssä alkaa tänään klo 17.

Heräsin Åkermanin touhuun. Vielä melko rauhan aikaisesti. Puin ylleni, pesin, join teeni ja ryhdyin töihin. Lähetin yöllä tulleen sanoman Repulle, järjestelin karttoja ja lähtöä. Essen ja Åkerman lähtivät Hattuvaaraan tarkastamaan vartioita sekä edelleen Lehmojärvelle 1. Esk:n luo.

Palattuaan sieltä klo 11 komentaja soitti O:lle ja varmisti Karman (=hyökkäyshetken). Komentaja antoi käskyn. Läsnä olivat minun lisäkseni luutnantti Palokangas, ratsumestari Åkerman, luutnantti Tuppurainen, kornetti Suomela, kornetti Etelä-aho ja vääpeli Nikkilä. Tilaisuus oli rauhallisen vakava. Everstin ensisanat olivat: "Tänään hyökkää Karjalan armeija!"

Mikä sykähdyttävä lause. Kauan olimme jo odottaneet tätä ja nyt se tapahtuu. Minä Karjalan poika olen Karjalan armeijassa. Kiitos kohtalolleni, että järjesti niin. En tiedä, mitä tulee eteeni, mutta tunnen aloittavani elämäni arvokkaimman työn.

Käsky oli rauhallinen. Komentaja on hyvä johtaja. Tämän jälkeen alkoi siirron järjestäminen. Esikunta siirtyy klo 16 mennessä SPT:n komentopaikkaan. Nyt on kello 16 ja minä olen teltan paikalla ja telttamme jo Karin havuilla.

Ajo autolla oli mielenkiintoinen. Tien kahden puolen oli ajoneuvoja, oli miehiä partaisia ja kesän lämmön rasittamia. Kärryjä, isoja kumipyöräisiä. Tie juuri pioneeriemme korjaama vain polusta, ehkä kärrytiestä, autolla ajettavaksi. Ratsuja täysissä ratsupakkauksissa ryhmittäin metsikössä, soturit istumassa hikisinä, mutta julman näköisinä karskeina sotilaina kypärät päissä, italialaiset lyhyet kiväärit huolimattomasti heiluivat olalla.

Ajoin kornetti Yrjö Tchernychin kanssa hyökkäystä odottavien miesten ohi. Tuossa oli 2. eskadroonan ratsumestari Lindeman, hän hyökkää parin tunnin kuluttua Iljan-Ruukinpohja-Lehmivaara. Sitten oli sissipataljoonan miehiä. He ovat reserviläisiä ja moni on heistä vanhan näköisiä. Ajan ohi yhden sissijoukkueen, se marssii eteen, puseroiden rinnat auki ja hiki virtaa karvaista rintaa pitkin, partaa ei ole joudettu ajelemaan. Nuori vänrikki on edessä joukkueen johtajana. Ei ole suurta pakkausta sissillä, vain leipälaukku, kivääri, ks-naamari ja kypärä. Jälkeen jäivät hekin. Tulen uuteen komentopaikkaan. Tässä on jo edeltä laittamamme komentoryhmä teltta-ajoneuvoineen. Täällä kornetti Jussila ja Etelä-aho jo hääräävät. Löysimme Karin teltan paikan ja niin lähettien auttamana on telttamme pystyssä. Otin esiin kirjani ja panen alkutunnelmani kirjaani. Odottelen komentajan autoa. Sieltä tulevatkin jo Essen ja Åkerman. Seuraavaksi jään odottamaan odotettua hyökkäystämme. Saammeko Vellivaaran haltuumme vielä tänä yönä? Toivon niin. Toivon mahdollisimman pieniä omia tappioita.

11.7.1941 perjantai

Ensimmäinen hyökkäyspäivämme. On vuorokausi kulunut hyökkäyksen alusta. Hallussamme on tie Niemijärvi-Vellivaara-Hullari ja olemme tehneet kolme mottia: Vellivaara, Hullari ja Lehmivaara. Alku ei ollut niin raisu ja selvä kuin olisin odottanut. Tykkitulemme alkoi hitaasti, samoin etenemisemme. Heti alussa, ensimmäisessä murroksessa, rajan ylityksessä meni kaksi pioneeriamme. He joutuivat murroksen edessä oleviin herkkiin miinoihin, jolloin kahdesta miehestä ei jäänyt mitään kannettavaa. Kolmas, vähän kauempana ollut mies sai lihariekaleita rinnoilleen ja oli kaatua ilmanpaineesta. Ensimmäiset uhrimme olivat pioneereja.

Vasen sivusta, 2. Esk. ratsumestari Lindemanin johdolla eteni hyvin aina Vellivaara-Lehmivaara-tielle. Siinä oli kaikenlaista sotkua. SP:n yksi komppania melkein hajosi, se oli luutnantti Pöyryn komppania. Illalla hämärissä kaksi miestä - karkureita - tuli esikuntamme luo etsien SP:n komentopaikkaa. Katselin pelästyneitä miehiä. Kalpeita, märkiä ja väsyneitä. Yritin puhua heille vakavasti miehekkyydestä ja huomasinkin sen heihin vaikuttavan. Sitten yksi läheteistämme vei heidät Rovastin luo.

Hyökkäyksemme alettua nousi ukonilma. Oli kuin luonto olisi yhtynyt tykkituleemme, mutta valtavasti suuremman jyrinän päästi ukkonen kuin ihmisten tykit. Ryömimme koko esikunta telttaamme ja oli todella turvallista olla suomalaisessa sotilasteltassa. Olin jälleen tehtävässäni, puhelin kilisi, otin sanomia vastaan ja seurasin karttaa.

Hitaasti meni SP. Pian tuli tappioita. SP:ssä 1+2, Esk:ssa 1+5 jne. Poikiamme menee.

Aamupäivällä Yrjö toi SP:stä meille vangin. Kuulustelimme vankia joukolla, eversti, minä, Åkerman ja Yrjö. Vanki puhui hyvin suomea ja sanoi olevansa Inkeristä, 40 km Pietarista. Nimeltään Eino Matinpoika Karjalainen. Ensi kerran näin vihollisen näin vapaana ja luonnollisessa tilassa. Kuvitelmani oli toinen. Tunsin kuin olisin taistellut aaveita ja ei-ihmisiä vastaan. Nyt huomasin, että hekin ovat aivan tavallisia ihmisiä. Tämäkin nuori (synt. 1921) ei tietänyt kuukautta ja päivää, oli rasittuneen näköinen, laiha ja likainen. Päällä huono mantteli, kypärä ja nauhakengät käärittynä säärystimillä. Kädet aivan mustat. Selässä likainen pussi ja kaasunaamari. Puhui avoimesti kaiken, sanoi olleensa viime marraskuusta otetun kahden vuoden palvelukseen. Oli ollut Suojärven puolessa tekemässä tietä. Heitä oli tuotu 40 miestä tänne Vellivaaraan autoilla. Katselin ihmistä. Mikä kurjuus onkaan tuolla rajan tuolla puolen. Voi ihmisiä siellä.

Kysyin uskontoa. "Ei meillä ole sellaista", oli vangin vastaus.

"Kuinkas teidät on sitten kastettu?" kysyin.
"En tiedä" vanki vastasi.
Poloinen! ajattelin.

Pyysimme tyhjentämään pussin. Se oli ammuksia täynnä: varsikäsikranaatteja ja kiväärin patruunoita noin 10–15 kiloa ja omaa tavaraa pienen pieni pussi, jossa tyhjä, huonoa paperia oleva vihko ja venäläis-suomalainen sanakirja. Ihmettelin, ettei ole mitään henkilökohtaista tavaraa, mutta siellähän yksilö ei olekaan mitään. Ja niin

26

tyytyväisenä vanki istui tavaroittensa taakse, kun pyydettiin ottamaan valokuvaa. Yksinkertainen, nuori mies. Säälin tunne oli syvä minun rinnassani.

12.7.1941 lauantai

Tänään oli sotainen päivä. Vihollinen hyökkäsi joukkojemme sivustaan ja löi hyökänneen osastomme rajalle asti. Suuret tappiomme: 18 kaatui, 30 haavoittui ja 9 on kateissa. Puolen päivän tienoilla ampui vihollisen tykki meistä yli lähelle. Olin teltan takana kaivetussa pienessä kuopassa ja kirjoitin siellä Outilleni kirjeen valmiiksi.

Illalla kävin pesulla Jussilan kanssa Niemisjärvellä. Kävelimme 2 km telttapaikastamme. Tien varrella olikin kovarantainen paikka. Vasta riisuuduttuamme huomasimme, että siinä kohtaa oli verta. Ja tarkemmin katsottuamme huomasin ihmisen suolistoa tai aivoja rantakivillä ja vedessä. Siinä olivat sairaankantajat pesseet haavoittunutta tai kuollutta. Oli jo paha hajukin. Kuitenkin peseydyin ja uin siinä. Kuka poloinen lie ollut. Jäljet ja jätteet olivat päivällisiä.

Niin meni touhukas päivä iltaan. Järjestin yöpäivystyksen ja panin levolle.

13.7.1941 sunnuntai

Heräsin everstin kutsuun: "Kenjakka!"

"Herra eversti!" vastasin nopeasti ja olin pystyssä sekunnissa.

"Toiminta alkaa" oli komentajan käsky.

Pian kömpivät ylös Jussila, Tchernych, Tuppurainen, Autio ja propagandamiehet Mäkinen ja Vuorela. Nyt on toiminta vauhdissaan. Klo 6:55 hyökkäsi vihollinen Lindemania kohti. Oma kk avasi tulen ja 30 vihollista jäi kentälle ja noin 10 miestä pääsi rajan yli. Äsken lähtivät pois nuo kaksi propagandamiestä Kiteen lohkolle. Nyt kuuluu vain tykin jyskettä, kun vihollinen ampuu Lindemania. Jätän kirjoitukseni tähän.

14.7.1941 maanantai

Eilinen iltapäivä oli touhun päivä. Vihollisen kiivas hyökkäys pani esikuntamme vähän sekaisin. Kivääritulen rätinä kuuluikin lähellä mäen takana. Eversti antoi määräyksen purkaa teltan ja pian se olikin pussissa ja kärryssä. Puhelin rätisi aina ja eversti, Åkerman ja minä saimme puhua torveen tarpeeksemme.

Oikealla ratsumestari Lindeman vetäytyi vihollisen ahdistamana rajalinjalle, vasemmalla sissipataljoonan 1. komppania oli lyöty aivan hajalle. Yksi nuorenpuoleinen, eksynyt mies tuli komentopaikkaamme, joka oli vain paljon tallattu paikka ja maatun näköinen, havujen peittämä ympyrä, jossa teltta oli ollut ja jossa nyt lojui pari upseeria nenä kohti taivasta, kenttäpuhelin 8 tuumaisen näreen kyljessä. Eversti odotti juuri jännittyneenä tietoja puhelimesta, kun hikinen ja kalpea sissi saapui paikalle. Kivääristään lujasti kiinni pitäen - kuin kalleimmasta aarteestaan - hän otti vielä asennon ja yritti selittää, mutta ääni katkesi ja kyyneleet sumensivat hänen silmänsä. Seisoin aivan soturin vieressä ja katsoin sivusta asennossa seisovaa suomalaista. En ollut ennen nähnyt, että silmästä voi tippumalla tippua kyyneleitä, ehkä siinä oli osa hikeä, joka helmeili urhon otsalla ja hiusten rajassa. Näin miten karpalo karpalon jälkeen nousi kyynel luomen alta vierähtäen jo läpimärälle puserolle. Näin miehestä, että hän oli ollut kovassa taistelussa. Hän selitti, että komppania oli vetäytynyt viivyttäen järjestyksessä, mutta sitten oli vihollinen aivan yllättäen iskenyt komppanian sivuun ja lyönyt joukkomme hajalle. Kovasti olivat vihollisen konekiväärit kaataneet miehiämme ja tuo toverien joukkokuolema ja vihollisen äkkiylläkkö olivat vaikuttaneet mieheen. Se, että ehjä komppania oli lyöty niin pirstaleiksi ja tappio oli ollut niin kamalaa ensi kertaa tulessa olevan urhon mielestä.

Eversti lohdutti ymmärtäväisesti miestä ja sanoi: "Menkää rauhallisesti tuohon tien varteen ja istukaa ja levätkää. Siihen tulevat toisetkin toverinne ja pääsette takaisin omaan komppaniaanne."

Lohdullinen oli sekin näky mielestäni, kun sissipataljoonan adjutantti luutnantti Eistilä, jo keski-ikäinen mies, rauhallinen ja vakava - juoksi hölkötti aivan hikisenä ja läpimärkänä, veti märän lappusen puseron rintataskustaan everstin edessä ja sitten yhdessä maassa mahallaan maaten tutkivat SP:n komentajan lappusta. Katselin tuota vakavan tasaista Eistilää. Ajattelin, kuinka hyvä voi olla suomalainen mies, kuinka mielelläni tahdon puristaa tuon miehen kättä vielä siviiliin päästyäni. Aina hän on yhtä rauhallinen puhelimessakin, kun olen saanut kuulla hänen tietojaan tässä tiedustelu-upseerin tehtävässäni. Tunnen puhelimessa aina tuon äänen sodan kiivaimmassakin tuoksinassa ja pauhussa.

Touhukas oli tuo päivä. Vihollisen tarkoitus oli vapauttaa motissa oleva Vellivaara ja siinä vihollinen onnistui. Meidän oli pakko vetäytyä rajalinjalle, sillä kolmen vuorokauden taisteluissa miehemme olivat väsyneet.

Ilta menikin rauhallisesti. Vihollinen pysähtyi. Eversti kutsui teltta-ajoneuvon takaisin ja niin jäi tekemättä ikävä teko, perääntyminen. Sillä kun olimme alkaneet hyökkäyksen, katson suureksi häpeäksi perääntymisen. Ja nyt onneksi emme ole perääntyneet vielä metriäkään. Telttamme seisoo samassa paikassa, mihin olemme sen tuoneet, Niemisjärven eteläpäässä, valtion metsässä, mäen kupeella, hyvässä sekametsikössä.

Tänään on ollut rauhallista. Poikamme saavat levätä. Vihollinen ei ole osoittanut mitään aktiivisuutta, se on vetäytynyt korsuihinsa ja varmistaa hyvin, joten partioittemmekin on paha päästä tiedustelemaan. Tänään sain ensimmäisen kirjeen tämän sodan aikana ja se on isältäni ja Fala-sisareltani. He ovat yhä Riihimäellä ja voivat hyvin. Kumma, etten ole saanut kirjettä omalta pikkuvaimoltani, vaikka hän on tässä lähellä, naapuripitäjässä Uimaharjussa. No, odotan, ehkä vielä joskus saan.

17.7.1941 torstai

Monta päivää on mennä hurahtanut. Olen yhä tässä samassa teltassa. Osasto E on vain samassa paikassa, kuin missä ensimmäinen hyökkäys epäonnistui. Nyt miehet ovat levänneet jo neljä päivää. Toiminta on ollut vain varmistusta ja tiedustelua.

Kävin yhtenä päivänä 2. eskadroonan luona. Se on etulinjassa varmistamassa. Menin ratsain omalla ratsullani, Mervillä. Mikä nautinto on ratsastaa oikealla ratsuhevosella, kun se tottelee pienintäkin ohjaksen nykäisyä ja jalan ohjausta. Menin metsätietä täyttä laukkaa ja nautin vauhdista. Mukanani olivat kornetti Jussila omalla Nassellaan ja sitten lähetti ratsullaan. Jätimme ratsumme mäen taakse ja menimme eskadroonan ratsumestari Lindemanin komentopaikkaan. Ei se ylen komea paikka ollut. Mäen rinne, jossa oli tiheä metsä, männyssä kenttäpuhelin ja männyn tyvessä kuoppa, kuin hauta. Kuopan pohjalla makasi ratsumestari Lindeman vilttien sisällä, koska oli koleahko sää. Mäen rinteessä oli paljon tuollaisia kuoppia tykistökeskityksen varalta. Miehet voivat hypätä silloin kuoppiinsa. Kranaatin on osuttava juuri tuollaiseen kuoppaan ennen kuin mies menee. Nyt lepovuorossa olevat rakuunat olivat tekemissään havumajoissa ja niiden suulla paloi pienet nuotiot, sillä ilma oli koleahko heinäkuusta huolimatta. Vaihdoin muutaman sanan Lindemanin kanssa, tiedustellen kuulumisia ja sitten lähdin etulinjaan, jossa pojat seisovat vartiossa.

Kuljen Jussilan kanssa polkuja pitkin, siellä oli ajettu reellä. Haavoittuneet ja kaatuneet pitää evakuoida reellä kesällä, sillä kärryillä ei pääse. Kuljin sen alueen kautta, jossa oli eilen ollut tykistökeskitys. Puita oli poikki ja oli kuin olisi tehty murros polulle. Ajattelin, että tiukat olisi ollut paikat, jos olisi ollut tuossa kohdassa kranaattien räiskyessä. Kuljimme edelleen, metsikössä seisoi siellä täällä vartiomiehiämme. Huomasimme heidät vasta aivan läheltä, kun taas he olivat huomanneet meidät jo kaukaa ja tunteneet omikseen, koska yksikään vartio ei kysynyt meiltä tunnussanaa.

Saavuimme eteen ja pujahdimme polulta tiheän lehtipuupensaikon läpi pienelle mäelle. Siellä olikin ne miehet, joita haimme. Vartiopäällikkönä oli asevelvollisuuttaan suorittava nuori vänrikki. Eilen hän oli kokelas ja ylennystä olimme hänelle viemässä. Pieni nuotio, kolme leppää taivutettu mukavasti kiinni toisiinsa ja niiden alla paloi

31

nuotio ja nuo lepät hajottivat mukavasti savun. Viisaita nuo pojat.

"Terve!" huusivat pojat jo kaukaa meille. Menimme nuotion ääreen. Tuo nuori kornetti oli partainen ja väsynyt ja hänen miehensä olivat yhtä nuhruisen näköisiä. Onnittelimme Jussilan kanssa uutta upseeria ja annoimme hänelle yhden ruusukkeen kaulukseensa.

"Kyllä ne riittävät", sanoi upseeri, Katila nimeltään. "Mieheni tuntevat minut ilman merkkejäkin."

Niinpä tuntevat, ajattelin. Suhde oli toverillinen miesten ja upseerin välillä. Pojat kyselivät uutisia ja kerroin heille, mitä tiesin: saksalaisten eteneminen Pietarin lähelle ja Narran ja Suolahden valtaus tekivät miesten mielet iloisiksi. He kertoivat omia kuulumisiaan. Eilen meni hyvä mies, sanoi yksi. Räjähtävä luoti osui leukaan vieden sen kokonaan. Jos olisi ollut tavallinen luoti, ei Väinö olisi kuollut. Huomasin poikien kammoavan räjähtäviä luoteja. Istuttuamme ehkä tunnin lähdimme takaisin.

Muuten aika meni hiljalleen. Elämä on kuin leirillä oloa. Asumme teltassa. Lähetit huolehtivat kaminan lämmityksestä ja teltan puhdistuksesta, tuovat meille ruuan ja juomaveden, keittävät käskystämme kahvin ja vartioivat teltta-aluetta öin ja päivin. Sodasta emme tiedä. Vihollinen on vetäytynyt varustettuihin asemiinsa ja meidän miehemme vain vartioivat.

Teltta-elämä on erämiehen elämää, sellaista likaista. Nukumme havujen päällä, useimmilla meistä on viltit, mutta alle on vain havut. Kullakin on vaatteet päällä. Havujen oksat eivät ole pehmeitä, mutta väsynyt mies nukkuu.

Kaminan lämpö tekee niin suloisen tunteen, varsinkin kun aamuyöstä on kylmä. Nukkuessani puolet viltistäni on alla, puolet päällä. Hattuni on päässä korvilleni vedettynä, sillä pää on kaminasta poispäin, teltan reunassa ja jalat melkein kaminassa kiinni, lämpimässä. Nukun rauhattomasti, sillä olen tiedustelu-upseeri ja on oltava aina varuillaan, mitä tärkeää kuuluu puhelimesta. Olen asettanut puhelinpäivystäjäksi joka yö jonkun. Tänä yönä on kornetti Jussila vuorossa. Hän nukkuu puhelin aivan korvansa vieressä. PRRR! soi puhelin. Jussila vastaa. Kuulen joka soiton ja puhelun aiheen. Milloin asia on tärkeä, hyppään pystyyn muuttamaan tiedon lyhyeen ja täsmälliseen muotoon ja panen sen salakirjoitussanomana edelleen Kahvit 5 ja Repulle Ryhmä O:n esikuntaan. Nyt Jussila kuulee: "Illalla on annettu propaganda kovaäänisellä ja vangin esittämänä tehonnut. Klo 3 yöllä tuli 10 vihollismiestä kiväärit piippu alaspäin ja kädet ylhäällä pyrkien meille vangiksi, mutta meidän vartiomiehemme, jo iäkäs sissi, ei tiennyt meidän propagandalähetyksestämme, vaan ampui vihollisia. Vtholliset suojautuivat ja menivät takaisin."

Eversti vierelläni nostaa päätään ja tiuskaisee: "Perkele, mikä tonttu vartiomies!" Minäkin nousen, mutta menemme jälleen maaten, Jussila, eversti ja minä. Muut nukkuvat sikeästi meitä kuulematta. Taas soi puhelin, kuulen unen seasta Jussilan ottavan vastaan puhelinsanoman: "Takana selustassa, Lehtovaarassa vihollispartio yllätti vartion 4 miilunpolttajaa, joista vartiossa ollut pääsi pakoon ja muut kolme joutuivat vihollispartion tuhottavaksi!" Taas eversti herää, minä myös. Eversti antaa käskyn lähettää partion ottamaan vihollisia kiinni. Partio lähtee. Jälleen nukumme. Eversti, aatelisherra, siisti, nukkuu vanutäyteisellä makuupussilla vierelläni. Hän on pehmeän huovan alla ilman puseroa. Tiedän, että hänkin nukkuu koiran unta.

Teltan oviaukon peitto kahisee, esiin pistää alikersantin hikiset kasvot. On yö klo 3–4 paikkeilla. Alikersantti kysyi jotain kaminanvartijalta ja lähetti osoitti ratsumestari Åkermania. Åkerman herää alikersantin kosketuksesta ja alikersantti selittää käskyn antaneelle Åkermanille asiaa: "Partio Luukkonen on palannut. Ei mitään erikoista. Vihollinen liikkuu välimaastossa vain partioina."

Kuuluu mutinaa ja "hyvä on" ja alikersantti menee nukkumaan omaan telttaansa.

Taas soi puhelin: "Vihollispartio hyökännyt parivartiomme kimppuun ja toinen miehistämme on kaatunut." Eversti herää tuohon. Sehän on tavallista sodassa, että miehiä kaatuu. Jussila kallistuu jälleen kenttäpuhelimen viereen. Teltassa palaa lyhty. Kirjuri ylikersantti Nisonen, hiljainen Lenin mies, kirjoitettuaan klo 2 yöllä uutta hyökkäyskäskyä koneella on sen saanut valmiiksi ja on kallistunut kenttäkirjoituspöydän viereen, puoleksi sen alle, nukkumaan.

Ulkona aamu valkenee, aamunkoi on punainen, mäellä telttamme yläpuolella seisoo vartiossa suomalainen soturi. Hän ei nuku, katse tähyää itään, tuolla on rajarailo, sen takana on vihollisemme, puna-armeijalaiset. Hän vartioi, hänelle on uskottu paljon, hän vartioi rykmenttinsä esikuntaa, komentajaa ja muita esikuntaupseereita. Aamu muuttuu päiväksi. Teltassa heräämme. Lähettimme tuovat teetä. Eversti pukee puseronsa ja avaa yöllä kuriirin tuoman virkapostin. Osa kuuluu adjutantille, mappi I, osa minulle, mappi II ja osa y-e-upseerille, ratsumestari Åkermanille,

mappi III. Otan minulle kuuluvan postin, ryhdyn toimen-
piteisiin ja panen salkkuuni. Minun postiini kuuluu Pää-
majan tilannetiedotus joka päivä. Tutustun siihen kartan
avulla ja esitän sitten sen everstille. Eversti merkkaa sini-
sellä ja punaisella kynällä taistelurintamien kohdat. Tä-
nään on paljon tietoja. Joukkomme ovat Loimolassa, Kollaa
on vallattu, olemme Jänisjärven eteläpäässä, etenemme Su-
vilahteen, saksalaiset ovat Pietarin porteilla, Partinen saa-
puu Lupasalmelle, siellä on 600 ryssää motissa. Niin alkaa
jälleen päivä.

Nyt palasi yöllä laitettu partio ja ilmoitti: "Miilunpoltta-
jia ei ole tapettu. Yksi ryssä oli tullut vain miilunpolttajien
majapaikalle, jolloin vartiossa ollut oli paennut ja ryssä oli
mennyt kolmen makaavan polttajan luo ja herättänyt hei-
dät. Ja kun partiomme meni paikalle, oli ryssä miilunpolt-
tajien keskellä piirissä istuen ja he juttelivat rauhassa suo-
meksi. Ryssä oli Vilho Lukkarila Ylivieskasta, hän oli rys-
sän puolella. Oli ollut kaksi päivää sitten hajotetun 4-mie-
hisen partion yksi jäsen. Hän oli 54-vuotias ja jäänyt jälkeen
ja eksynyt muista, kun suomalaiset ajoivat takaa." Niin sel-
visi yöllinen hälytys.

18.7.1941 perjantai

Tänään heräsimme tavalliseen meluun, kun lähetit toi-
vat aamuteen. Yöllä oli tullut taas joitakin puhelinsanomia,
tutkin ne ja laitoin yhtenä sanomana Repulle. Eversti il-
moitti, että Ilomantsissa Ryhmä O:n esikunnassa on sota-
marsalkkamme Mannerheim. Hän voi tulla tänne, sillä on-
han hän URR:n kunniapäällikkö ja tämä rykmentti hänen
lempilapsensa. Eversti ilmoitti vielä, että tänään tulee taas
sotilaskotiauto tänne.

Niin alkoi puhdistustouhu. Parrat ajettava, peseydyttävä, teltta-alue siistiksi ja telttaan uusia havuja, kamina siistiä ja kaikki kuntoon. Eversti ja Å lähtivät yksikköihin jakamaan vapaudenristejä ja mitaleja ensimmäisessä hyökkäyksessämme kunnostautuneille. Nyt on kaikki kunnossa, istun siistityssä teltassa kirjoittaen tähän kirjaani.

Äsken tutkin karttoja. Rakkain oli Itä-Karjalan kartta. Katsoin synnyinpaikkaani. Siinä se oli, Kenjaki. Se on venäläisittäin, mutta tässä on päämajan tieselostuskirjelmä, siinä seisoo "tie Munjärvenlahti-Nolgamjärvi-Kangasjärvi autotie. Kenjakassa 4 taloa. 3 km Kenjakasta itään traktoriasema." Katson tuota. Lasken ja suunnittelen. Saanko takaisin isieni maan, kodin, tilan. Tuossa se on, kotikyläni. Olen mittaillut mitan kanssa usein matkoja siinä. Niin, 70 km on Petroskoihin ja 80 km tulee Suvilahteen. Suurethan nuo matkat ovat, mutta nykyisenä autokautena ei liian suuret. Jospa joskus vielä saan oman kodin Kenjakan mäelle pystyttää.

19.7.1941 lauantai

Lauantai, pyhän aatto, voinko mieleni asettaa pyhäiseksi. Yritän. Kun ihminen oikein pakottautuu, niin voi sodassakin erottaa pyhän arjesta. Tänään päivä oli siitä erikoinen, että sain ensimmäisen kirjeen rakkaalta vaimoltani ja suloiselta Pauli-pojaltani. Kovin sota panee postin sekaisin, kun kuukausi meni ennen kuin kirje Uimaharjusta Ilomantsin Korentovaaraan saapui. Mutta saapui ja se on pääasia. Päivä oli muutenkin erikoinen. Jospa panen yhden lauseen vaimoni kirjeestä aina tähän kirjaani ja nyt se on seuraava: "Kun eräänä iltana olin surullinen ja kyyneleenikin tulivat esiin ja Pauli-poikani oli sylissäni, niin katsoi pojuni niin ihmeissään ja kohta pieni huuli meni mutruun ja itku meinasi tulla. Hän, pieni poloinen, jo voi ymmärtää mamin surun."

Saunareissukin oli omalaatuinen. Menin Jussilan kera lämmittämään saunaa komentoryhmän everstille. Eversti ei voinut lähteä, kun odotteli hyökkäyskäskyä, mikä tulikin. Talo, jonka saunaan menimme, oli palanut viime sodan aikana. Vain kaunis tiilistä tehty savupiippu törötti rauniokasan keskellä komealla vaaralla ja sivussa vaaran rinteessä oli tämä pieni sauna. Jussila sanoikin: " Ei tuo ryssä ymmärrä edes tuhoamistyön päälle, vaikka itse kansojen isä (=Stalin) siihen kehoittaa, kun parhaan suomalaisesta talosta - saunan- jättää polttamatta." Oli todella mukava kylpeä lika pois pinnasta ja tuta lämmön sulo ruumiissa. Mutta siinä kylpiessä hyviä löylyjä lauteilla Jussilan ja ylikersantti Nisosen kanssa, tapahtui kamala jyrähdys ja heti perään toinen. Sauna oli oikea sisäänlämpiävä, vanhahko ja nokinen ja tuo jyrähdys tärähdytti vanhaa saunaa niin, että nokea rapisi niskaamme ja luulin näkeväni kiukaan hajoavan. Hyppäsin alas lauteilta ja huusin: "Keskitys!"

Esko Jussila hörähti nauruun ja nauroi niin pitkään, että olin suuttua. "Selitä, senkin Esko Eskonpoika pässinpää, Tervasmäen alingosta, Pahkaperä Jussin seitsemäs apina!" Selittihän Jussila, että oma tulipatteri on tässä saunan takana, metsän reunassa ja on tullut juuri tukiasemiin ja ampuu ensimmäisiä tarkistuslaukauksia.

"Vai niin!" sanoin venyttäen ja jatkoin kylpemistä. Mutta olinko vielä vähän suuttunut, kun panin löylyä lisää ja kylvin niin lujaa, että Jussila ja Nisonen pakenivat lauteilta. "Ja minä menen katsomaan noita noenkaristajia saunan päälle."

Niin menin Jussilan kanssa. Siellä oli neljä tykkiä, pieniä, lyhytputkisia asemissa. Tykkimiehet lojuivat kukin ryhmä tykkinsä takana ja heidän takanaan avonaiset ammuslaatikot. Taaempana oli puhelin, jonka ääressä nuori vänrikki laski. Kohta nousi vänrikki pystyyn ja komensi: "Ensimmäinen laukaus! Numeroita sarja - ja tulta!" Jälleen rävähti, tykki oikein hyppäsi, mutta jäi entisille pyöränsijoilleen.

Palattuani komentoteltalle oli siellä kiire ja hoppu. Kohta sain selvityksen: "Tänään yöllä klo 1.30 se alkaa!" Ja niin alkoi touhu. Komentajan käskynanto, sitten tilattiin kahvit ja voileivät huoltoportaasta, lottaneiti ne toi, tarjoili ja lähti. Vielä pariksi tunniksi telttaan ottamaan nokkakärsköt (=pienet unet) ja sitten uuteen paikkaan.

23.7.1941 sunnuntai

Toinen hyökkäyksemme tässä sodassa on alkanut. Purettuamme teltan ajoin yksin pikkuautolla kärrytien haaraan, sitten kaikki rensselini yllä marssin pari kilometriä pioneeriemme laittamaa kärrytietä etulinjaan. Tien varrella oli miehiämme. Tuossa on kärryjä ja niiden vieressä laatikoita - ammuksia. Tuossa ratsuja - käsihevosia vartiomiehineen. On heinäkuun keskiyö, valoisaa ja hiljaista. Tässä on pst-tykkejä ja pattereita. Tuossa on sotaisen näköisiä miehiä, yksi seisoo hajareisin selittäen jotain. Kaikilla on sotainen varustus, kypärät, jotka hyvin naamioitu varvuilla, niin että kun pää heilahtaa, näyttää kuin mustikkamätäs kääntyisi. He olivat hyökkäykseen valmistuneita rakuunoita. Koko tien varsi miehiä. Saavun metsikköön, jossa on jo puhelin puussa ja komentaja Å. Jaha komentopaikka. No niin, olenhan minä täällä kerran käynyt, tuttu paikka. Paneudun kiven juureen istumaan. Nyt tykistömme valmistelee. Kranaatit ulvovat yli päittemme, katson silmä kovana eikö nuo näy, kun ääni kuuluu niin läheltä. Ei, ei ne näy. Odotamme kaikki: ohi menee 3. eskadroona - reservi. Miehet marssivat totisina, mutta näen askeleen noususta, että he ovat innokkaita ja palavat halusta saada iskeä ryssää. Siinä menee kk, siinä pioneerit omalaatuisine putki- ja muine miinoineen. Siinä pieni sairasryhmä ja nyt kolme hevosta perässään oikeat purilaat, joilla tuodaan haavoittuneet ja kaatuneet.

Ja nyt alkoi kova rähinä, pauke ja papatus. Mäkemme takana on vihollisen ensimmäinen varustettu tukikohta. Mökkiaukio. Lindeman ottaa sen, niin oli käsky. Eversti ja Å ovat puhelimessa. Å otti soiton ja sai kuulla jotain mielenkiintoista: "Saatu kolme vankia ja ne ovat tulossa tänne."

Vangit tulivat ja kuulustelin heitä. Inkeriläinen Väinö Adaminp. Purlakka, aunukselaiset Feodor Adreinp. Feodoroff ja Adrei Paulovinp. Arestoff. Viime mainittu vanhin, 4 lasta ja vaimo jäi odottamaan viidettä. Aunukselaiset olivat metsätyömiehiä ja inkeriläinen traktorinajaja läheltä Pietaria. Kertoivat avoimesti kaiken, minkä tiesivät. Tärkein tieto oli meille, että 4 km päässä Mökkiaukiosta on vihollispataljoona. Tätä tietoa lähti Tchernych viemään eteen komentajalle. Sillä se tekee vastaiskun varmasti. Minä siis kuulustelin vangit. Ei hullumman näköisiä, kesäpuku ruskea ja siisti, vain mantteli oli huono. Vangiksi olivat joutuneet omaa haavoittunutta hakiessaan. Aseet olivat antaneet heti pois. Ei ollut nämä pojat halukkaita sotimaan, huomasin sen. Yhden miehemme saattamina lähtivät vangit taakse.

Taistelu jatkui koko päivän tyyntyen illalla ja lakaten yöksi. Tchernych, joka lähti vangeilta saatua tietoa viemään, joutui aivan edessä taisteluihin. Olin juuri laatimassa ilmoitusta Kahvi5:een URR:n viholliselle aiheuttamista tappioista, kun lähetti toi sanan, että vänrikki Kenjakka joukkosidontapaikalle. Lähdin kiireesti. Heti ajatus välähti, että joku tuttavistani on haavoittunut. Juoksin noin 50 m päässä olevan Jsp:n luo. Huomasin, että teltan eteen oli ajettu purilaat, jossa makasi haavoittunut. Katsoin jännittyneenä ja huusin: "Tchernych!" Niin, siinä makasi toverini, hyvin hyvin nokisena ja hien tekemästä vaosta kuulsi kalpea poski. Silmät olivat sammuneen näköiset. Mies oli haavoittunut.

"Reiteen ylös osui luoti. Olin ottamassa takaisin viholliselta erästä poltettua kukkulaa ja olimme jo saaneet sen, kun vihollinen noin 100 metrin takaa pienen, vielä palavan suon yli aukaisi kk-tulen ja aivan läheltä pari krh:ta alkoivat syytää kranaatteja kukkulallemme, joka oli aivan avoin, koska metsä oli palanut. Oli kamala olla siinä, kun olimme tukehtua. Kranaattien räjähdykset ympärillämme nostivat kaiken tuhkan ja noen ilmaan. Tuhka ja noki tarttui hikiseen ja märkään ihoomme, olimme mustia. Oli kamalan ankara krh-tuli, miehiämme haavoittui ja kaatui. Näin lähellä osuman saaneen miehemme, hän oli kääntynyt selälleen tuhkaiseen maahan ja huusi apua. En voinut jättää rakuunaa noin, ryömin avuksi. "Lonkkaani osui!" ilmoitti musta soturi. Koetin vetää käsistä miestä alas kukkulalta, silloin olinkin liian pystyssä. Maa ja tuhka pöllähti edessäni ja reittäni vihlaisi, kun minuun osui. Oikea jalkani tuli aivan hervottomaksi. En voi auttaa, sanoin rakuunalle, minuunkin osui. Olin samassa tilanteessa kuin äsken autettavani. Krh-tuli oli ankara. Kk-tuli oli huomaamattamme loppunut, krh-tuli harventunut, silloin ilmoitin lähellä olevalle: "Viekää sana, että lääkintämiehiä tarvitaan tänne, täällä on paljon haavoittuneita." Mutta pian olikin pari soturia luonani, he huomasivat minun olevan haavoittunut. He raahasivat minua ja näin lääkintämiesten vetävän paareja ohitseni kukkulalle. Pian olimme alhaalla koivikossa, siellä paareihin ja edelleen. Verta vuosi kovin, olin jo ihan kuitti. Lääkintämiehet olivat repineet housuni ja panneet jotain vanua. Ja se purilailla tulo oli kamalaa. Arvaat, kun yli kivien ja kantojen tuotiin. Nyt olen tässä, saanko vettä?"

Annoin vettä. Hän odotti vuoroaan, sillä sidontapaikalla oli jonoa, nyt sidottiin sitä rakuunaa, jota auttaessaan upseeritoverini oli haavoittunut. Katsoin tutun lääkärin työtä, hän on AKS-läinen, osakuntatoveri, nimeltään Kankkunen. Hän hääri aamutohveleissa teltan edessä kankaalla. Potilas tuotiin varta vasten tehdylle pöydänkorkuiselle paarille. Siinä oli lääkintälaukut auki, oli pulloja, pihtejä, lasipistimiä ja tuubeja. Ammattityötä, katsoin ja ajattelin. Nyt nostettiin Yrjö pöydälle. Kasvot vääntyivät tuskasta. Seuraavaksi hänet aukaistiin. Huh! Mikä näky. Housut oli revitty auki, sukupuolielimet olivat ihan veressä ja noessa. Haava oli ammottava ja vuoti vielä verta. Sirpaleen reikä, sanoi lääkäri kasvot vakavina. Kysyin hiljaa lääkäriltä: "Pahoin on, kun on rikki ja näyttää kuin toinen kivespussi olisi vuotanut."

"Ohoh! pääsi huokaus. Yrjö, nuori poika, puhui aina tytöistä ja oli reipas, ja nyt on tuossa. Lohdutin häntä.

Lääkäri apulaisensa kanssa hääri. Nyt oli sidottu. Vielä ruiske morfiinia. Yrjö on puhelias. Kiroaa ryssää, näkee morfiinin ja tietää sen vaikutuksen olevan lyhyen. Yrjö vastailee tohtorin apulaiselle, joka kirjaa isoon kirjaan haavoittuneen nimen, arvon, tuntolevyn numeron, haavan laadun, osoitteen yms. Otan Yrjön kellon, joka putosi revittyjen housujen taskusta, samoin lompakon takataskusta ja panen ne potilaan päällä olevan puseron rintataskuun. Pian on valmista. Yrjö Tchernychiä tuli katsomaan luutnantti Tuppurainen ja ratsumestari Åkerman. Sairasauto tuli ja pian sinne nostettiin neljät paarit. Yrjöä autoon kannettaessa hän huusi: "Tuppurainen, vie terveisiä sille tytölle." Hän tarkoitti sairaanhoitajatar Oili Peilimoa (Pauloff), joka on työjoukkueen mukana. Työjoukkue tekee meille tietä aina kun me etenemme. Yrjö-parka. Vielä muisti tyttöään. Pari kolme kertaa hän oli käynyt takana majailevan työjoukon luona ja hankkinut tyttötuttavan. Nyt hän lähti sairaalaan ja menetti ehkä isyysonnen iäkseen.

Tapahtumat jatkuvat. Sairasauto lähtee, purilaat tulevat, nyt on purilaissa kuollut, pää on sillä alaspäin, niin tavallisesti kuollut tuodaan. Hän oli jo 9. tänään. Paljon menee hyviä poikia.

Sotainen ja toiminnan sunnuntai hiljeni yöksi. Vain silloin tällöin pieni konetuliaseen sarja särähdyttää kesäyön rauhaa. Makaan teltassa. Olen puhelinpäivystäjä. Äsken tuli komentaja viestiupseerin (=kornetti Etelä-aho) kanssa edestä. Nyt he nukkuvat. Kipinä-Kalle (–kaminavartija) panee puita ja kiroilee hiljaa kun kamina savuaa. Minä hieron silmiäni, niitä kirvelee savu ja edellisen yön valvominen. Puhelin pirisee...nappaan eestiläispuhelintorven ja kuulen: "Täällä luutnantti Anttinen. Ratsumestari Parviainen joukkueensa kanssa palannut vihollisen selustasta. Siellä tuhosivat 10 parivaljakon kuormaston. Seitsemän hevosta ammuttiin, kuusi ryssää ammuttiin, loput hevosista oli aikomus tuoda, mutta vihollinen aiheutti, että emme voineet."

Hyvä on, ajattelin. Komentaja olikin huolissaan juuri tästä joukkueesta, nyt se on palannut. Jälleen teltan lyhty väräjää ja kamina savuaa Kipinä-Kallen hiljaa kirotessa. Nukun hetken. Jälleen torvesta kuuluu: "Täällä Rovasti. Vihollinen yrittää huoltaa Vellivaaran mottia. Saimme yhden parivaljakon ehjänä. Muuten ei uutta."

Jälleen nukun. Nyt soittaa Jussila: "Hei, joko eversti nukkuu? Jaha, no pane ylös ja ilmoita sitten, että täydennysmiehet perillä klo 23." Hyvä on, katson kelloa, se on 2.00. Vielä torven ollessa korvallani herää eversti ja hihkaisen torveen: "Hetkinen!" Ilmoitan everstille Jussilan soittavan. "Jaha, käskekää hänen palata!"

Telttaovikangas pullistui, esiin pistää sileät ja puhtaat upseerin (luutn.) kasvot, siisti pusero arvomerkkeineen. Tunnen tulijan, hän on rykmenttimme krh-joukkueen johtaja. Palaa 7 vuorokauden lomalta äitiään kantamasta. Tervehdin häntä. Heti perässä tulee vänrikki. Tunnen hänet ROE:n (=ryhmä O:n Esikunta) kuriiriksi. Hänellä on virkapostia. Kuittaan ne, neuvon Rovastin komentopaikan ja kuriiri poistuu.

Juttelen krh-joukkueenjohtajan, luutnantti Parikan kanssa. "Kaksi päivää myöhästyin. Lähdin jo viime torstaina paluumatkaan, nyt on maanantaiaamu. Hauholta lähdin. Junat ovat aivan sekaisin. Kaikki myöhässä. Sain odottaa joka asemalla. Pääsin yhden asemavälin Punaisen ristin junassa. Sotilaskuljetuksia vain."

"Onko saksalaisia näkynyt?" kysyin.

"On. Paljon oli heitä Pieksämäellä, Jyväskylässä ja Joensuussa. Kovasti on autoja ja moottoripyöriä heillä. Ja itään ovat matkalla."

"Mutta mistä johtuu, että junainkulut ovat sekaisin, onhan jo kuukausi kulunut varsinaisesta liikekannallepanosta?"

"Kuulemma juuri näinä päivinä lähetetään kaikista koulutuskeskuksista miehiä rintamalle ja sotivien joukkojen huolto vaatii oman osansa liikenteestä."

Teen tilaa Parikalle saman viltin päälle ja oikaisemme. Nyt kuulen jälleen jonkun tulevan. Jussilahan se oli, poika väsynyt ja nälkäinen. Kysyy ruokaa, osoitan faneria. Eihän paljon vaadi, vilttinsä levittää ja pian nukkuu. Vielä kuulen kävijöitä teltassa, mutta kun puhelin ei soi niin nukun oikeaan uneen.

21.7.1941 maanantai

Olet erikoinen minulle, Sinä Maanantai: Tänään ylitin Venäjän rajan. Tosin vain Moskovan rauhan rajan ja olen vanhan Suomen luovutetulla alueella. Heräsin puhelimen äärestä, johon nukuin klo 4.00. Juotuani teen sain käskyn lähteä yhden lähetin kanssa tiedustelemaan Mökkiaution maastosta komentopaikan. Laitoin tavarani kuntoon. Sain pyörän ja leipälaukkuni vyössä ja tiedustelu-upseerin papereita täynnä oleva salkku tavaratelineessä ajoin lähetin kera eteen. Tulin Lengonvaaralle. Talo oli palanut siinäkin. Menin ohi. Nyt aukeni eteen noin 12 m leveä raja. Venäjän raja. Pysähdytin pyöräni ja katsoin. Ei ole vanha railo vaan kovin nuori. Katson ja mietin. Jatkan jälleen. Nyt olen vihollisen käyttämällä alueella.

Lähettini sanoo: "Nyt on kaikki asemat ryssän kaivamia."

Ajoin pyörällä. Kuoppia, uusi huonosti kohottu linja. Sitten Mökkiaukio. Sodan jälkiä näkyvissä, mökki purettu, juoksuhautoja ja kaksi valtavaa katettua bunkkeria. Katsoin maisemaa. Idässä palaa, kaksi suurta metsäpaloa. On sota. Jätän kentän ja haen teltalle paikan.

Komentopaikan muutto

Komentajan käsky: "Komentopaikka muuttuu klo 19 mennessä." Ensin ruokailu rauhallisesti. Hevonen toi kärryillä maitotonkilla hernekeiton. Ennen kuin astiat olivat maassa, oli komentoryhmä ja viestijoukkue jonossa astioineen. Niinpä aina vitsikäs viestiupseeri tokaisi: " Onpa nyt poikaa kymmenittäin, kun kysyy joskus "onko lähettejä" niin ei yhtään miestä näy paikalla. Mutta heti kun ruoka tulee, niin miehiä on." Niin todella olikin.

Pian tuli lähetti aliupseeri alik. Karhu ja toi laatikon kuivamuonaa ja jakeli esikuntaupseereille. Ensin Karhu antoi everstille, sitten ratsumestari Å:lle ja sitten me muut otimme itse. Ruokailun loputtua alkoi puuha. Komentoteltta oli purettava ja alue siistittävä. Pian lähettiryhmä oli teltan ja kaminan kimpussa. Nyt ajoi ajoneuvo, luja ja raskas sotilaskärry. Kovin heilui tuo kapea kärry huonolla polkutiellä. Sinne sullottiin tavarat. Esikunnalla oli kaksi henkilöautoa, komentajan ja viestiupseerin pieni auto (Eifel). Å käski, että minä lähden hänen kanssansa komentajan autolla. Niin tapahtui. Matka tosin vain 4 km, mutta äsken oli tuo tie vain polku, mutta nyt osasto E:lle alistettu työkomppanian heiluttua 4 päivää, oli tuo polku kärrytie

45

ja nyt me lähdimme autolla. En ollut ennen uskonut, että autolla pääsee niin huonoa tietä, mutta kyllä nyt näin. Kiviä, suota, puunjuuria ja puita. Välistä heitti pään kattoon, välillä auto oli kallellaan ja pelkäsin, että se kaatuu. Joskus puunrunko oli niin lähellä autoa, että luulin ovenkahvojen lähtevän mukaan ja joskus puun alaoksat uhkasivat lyödä päähän, että vaistomaisesti painoin pääni, vaikka istuin auton sisällä. Ja nyt tiedän, millaista tietä nykyisin voi auto päästä. Kiipesimme Lengonvaaralle, jyrkkä, kivinen mäki, mutta bensiiniauto veti. Sitten raja - valtakunnan raja. Koivumetsään hakattu suora. Äsken oli sitä vihollinen vartioinut, nyt me ajamme autolla. Tien sivussa oli vihollisen kaivamia kuoppia ja niiden lähellä kranaattiemme repimää metsää. Sitten tuli uusi, melkein kuin toinen raja, mutta huonompi, väärempi ja siinä oli piikkilankaeste, siis vihollisen puolustuslinja. Nyt tarkoitukseton. Ajoimme siihen, johon olin aiemmin komentopaikan katsonut. Niin alkoi teltan pystytys ja uusi elämä kuin alusta.

Panin levolle rauhallisesti. Kipinä-Kalle oli aamuyöstä nukahtanut. Pastori Tenkku, joka oli minusta telttaoveen päin eikä hänellä ollut omaa vilttiä, kömpi viluissaan välillämme olevan kiven yli ja tunki aivan minun kupeeseeni, kunnes heräsin. Hän pyysi niin anoen, että tein tilaa ja paneuduimme manttelini päälle minun vilttini alle. Niin meni yö rauhallisesti. Puhelimen ääressä nukkui Å. Oli hiljaista, eikä puhelin soinut.

22.7.1941 tiistai

Rauhallinen herätys. Nousin hyvin levänneenä, paljon enemmän kuin pitkään aikaan. Telttapaikka oli kauniin vaaranrinteen sekametsikössä. Aamuaurinko paistoi ovesta. Oli niin rauhan tuntu, ei kuulunut sodan ääniä.

Mieleni oli kaunis ja valoisa. Eversti oli jo noussut. Hän siistinä herrasmiehenä oli jo parranajopuuhissa. Valkoinen vati koivun juurella mättäällä, peili valkoisen koivunrungon oksassa, valkoinen vaahto everstin leuassa, valkoinen everstin paljas yläruumis, miten puhdasta ja kaunista. Ajattelen, miten kaunis kuva, jospa värivalokuva voisi tuon esiintuoda, tuon tilanteen vasten puhdasta aamuaurinkoa, puhtaassa ja raikkaassa metsikössä. Rauhallinen päivä alkoi.

Tuokiokuvateltan edustalla iltapäivällä

Eversti on edessä tutustumassa etumaastoon. Teltan edessä on muuta esikuntaupseeristoa. Tykistöpäällikkö luutnantti Anttinen istuu maassa nojaten nuoreen koivunrunkoon suussaan heinänkorsi. Hän hakkaa kepillään edessä olevaa mustikanvarpua ja hymy suunpielessä höystää leppoisaa ajanvietekeskustelua. Hänen vieressään istuu pioneeriupseeri luutnantti Mauno Tuppurainen, kuopiolainen veitikka kuten Anttinenkin. Sivussa makaa vatsallaan esikunnan kuopus, kornetti Esko Jussila, tumma, nuori ja kaunis 21-kesäinen kuten Anttinen nimittää. Taaempana vilttinsä päällä hajareisin seljällään taivasta tai oikeammin nuorten koivujen latvuksia katsellen lojui kornetti Etelä-aho. Aina vitsikäs setä.

Kenttäkirjoituspöydän päällä isoa kirjoituskonetta teltan kupeessa hoiteli kirj.aliupseeri ylikersantti Nisonen, aina puuhassa papereineen ja kalkkiopapereineen, naputteli nyt antamiani omakonetunnuksia yksiköille. Keskustelu oli kevyttä ja hauskaa. Minä istuin kenttätuolilla puhelimen ääressä valvoen puhelinta. Teltassa lepäsi ratsumestari Å. Oli leppoisa tunne. Etelä-aho otti esiin Jussilan jutun: "Taas oli Jussilalla ilon päivä. Sotapesä oli täällä.

Katsokaas tuota tavarakasaa tuon kuusen alla" hän sanoi osoittaen vehnäsiä, tupakkaa ja makeisia. Sotapesässä on eräs ylioppilas neitonen Vuokko Miettinen, sievä, nuori ja söötti. Ensi kerran oli jo Jussila siihen tutustunut ollessaan ostamassa sotapesästä Esikunnan osuutta, kuten tänäänkin oli ostanut. Jussila kyllä kertoi minulle avoimesti ensitutustumisestaan. Se oli reipas ja viaton. Kuorma-auton lava oli sotapesä. Auto ajoi aina joukkojen kohdalle ja myi tasaisesti jokaiselle. Ja Jussila sai Esikunnasta käskyn lähteä auttamaan kahden myyjättären myymistä antaen tietoja joukkojen suuruuksista. Niin siinä tavaroita sovussa jaettaessa syntyi ystävyys kahden nuoren välillä. Ensin kaunis hymy toisilleen, sitten pieni kosketus, ehkä saman tavaran ottaminen tietoisesti yhtä aikaa, jolloin nuorukaisen käsi osui äkkiä neidon valkoisen käden päälle: siinä sykähdyttävä sydänten samantahtinen lyönti ja ystävyyden syventyminen. Kerran viikossa ajoi tuo sotapesäauto tänne eteen miesten virkistykseksi ja vaihtelua antamaan. Aina tuo oli Jussilalle ilon päivä. Niin tänäänkin. Juttu teltan edessä siirtyi edelleen pysyen pääasiassa naisissa, sillä kaikki keskustelijat olivat nuoria miehiä.

"Kyllä tuolla rintaman takana taas on säilykemaitoa ja perunaa, kuten viime sodassa, mutta ei tänne liikene. Meille lähetetään vaan bromia. Kai antavat kotirintaman miehille anttibromia" juttelee viestiupseeri. Kuuluu pientä naurua. "Niin, on se väärin, että meille täällä syötetään bromia eikä naisillemme siviilissä anneta bromia, se ei ole oikein naisia kohtaan."

"Jaa, jaa, emme me tiedä, mitä naiset kotirintamalla saavat" tokaisee Anttinen, "mutta tänään eräs patterin upseeri, kemisti siviilissä, koetti ratkaista probleemia, miksi haikaran nokka on punainen."

"No, eikö tulokseen päästy?" on melkein yhteinen kysymys.

"Ei!" vastaa Anttinen. Niin siinä juttu kieri.

Nuorten koivujen takaa pisti esiin rykmenttimme adjutantti kornetti A. Suomela ja hänen mukanaan neljä kokelasta, jotka hän kohta ilmoitti ratsumestarille.

"On odotettava komentajaa" oli vastaus. Siihen jäivät nuoret, juuri sotakoulusta tulleet kokelaat seuraamaan upseerien kevyttä keskustelua. Teltan kupeeseen koivujen varjoon he panivat istumaan ja seurasivat ratsuväen oloja, sillä kaikki neljä kokelasta olivat JV-miehiä. He katselivat upseereita. Kaikilla heillä kilisi kannukset ja vaatetus oli muutenkin siisti ja sotilaallisuus melko korkealla, sillä jos ylempi upseeri jotain virallista käski alemmalleen, niin reipas asento ulommalla ja kannukset niin kauniisti kilahtivat asentoa ottaessa. Tuota kannuksien kilinää eivät itse rakuunat huomanneet, mutta uusista tulokkaista huomasi heti, miten kannusten kilahdus vei heidän katseensa sekunnin hetkeksi saappaisiin. Teltan takana olivat esikuntaupseerien ratsut. Sieltä kuului tuon tuosta hevosen hirnahdus tai ulvahdus, kun toinen näykkäisi hampaillaan toista kupeesta ja päälle kuului tallivartion huudahdus tai jopa kirous. Kokelaitten katse viipyi usein noissa kauniissa ratsuhevosissa, ja komeita ne ovatkin. Moni vieras reserviläinen on lausahtanut "Kovinpa on komeita hevosia täällä." Siinä tuleekin heti eräs ratsu. Se on asialta tuleva ratsulähetti. Kaunis on silläkin hevonen, sorja ratsu. Näen kun se tottelee pienintäkin jalan ohjausta tai miten ohjakset ovat vain yhden käden kahden sormen välissä ja miten hevonen tottelee sormenkin nykäisyjä väistäen eri puitten välistä

49

kenttätalliin. Komea hyppy satulasta, ohjasten heitto hevosen pään yli ja talutus talliin. Kaikki niin tottuneesti. Kokelaat eivät puhu, he ovat nuoria ja katselevat tulevan rykmenttinsä esikuntaa etulinjassa, kauniissa koivikossa, Karjalan vaaran rinteellä, heinäkuun kukkeudessa. He näkevät upseerien hilpeän mielialan, kuulevat tykkien jyskeen naapurikaistalla, siellä hyökkää HRR (Hämeen rakuunarykmentti).

Meidän kaistallamme on hiljaista, vain jokunen pikakiväärin lyhytsarja silloin tällöin särähtää ilmoittaen, että vartiomme ovat valppaita. Kokelaiden odotus ei käy pitkäksi. Heistä on paljon uutta kaikessa tässä. He näkevät rykmentin esikunnan aivan täydessä taisteluvalmiudessa. Näkevät, ettei sotaa ole otettava liian raskaasti muuten se käy hermoille. Eivät nuoret kokelaat tiedä, että 60 m päässä heistä on hauta, johon pastorimme hautasi kaksi vihollista, siinä koivikossa on kaksi kypärää patsaan päässä osoittamassa, että siinä lepää kaksi ihmistä. Eivät nuoret upseerikokelaat tiedä, mikä raivoisa hyökkäys oli käynyt tässä kolme päivää sitten. Tuota 20 m päässä nuorista miehistä kulkevaa tietä vedettiin ensin käsistä ehkä jaloista haavoittuneita paareihin juuri tähän koivikkoon, ja että purilailla vietiin 12 ruumista tätä samaa tietä, että 52 haavoittunutta on tiputtanut nuorta vertansa tuolle polulle vain neljä päivää sitten.

23.7.1941 keskiviikko

Muuton päivä

URR sai käskyn muuttaa täältä Vellivaaran suunnasta Tolvajärven suuntaan. Mikä hiljaisuus ja kaikkien sääntöjen mukainen irtautuminen etulinjasta ja jättää Sissi P sijalle vain varmistustehtäviin. Niin lähtö takaisin entistä tietä Ilomantsiin ja sieltä edelleen Tolvajärven suuntaan. Yllä kuvattu rauhallinen iltapäivä kokelaiden tuloineen muuttui pian toiminnan illaksi. Kaunis leiripaikka oli pian touhun näyttämö. Pölyinen, jauhomainen tie oli jälleen ratsujen kavioitten alla yhtenä pölyjuovana. Leuto tuulenhenki painoi pölyn teltan suuntaan. Esikuntaeskadroonan lähetit purkivat pian telttamme, mutta puhelin jää aina viimeiseksi teltta-alueelle puuhun. Niin nytkin. Siinä menee tykistö, hitaasti, hiljaa ja pölisten. Tuossa marssii jalan 1. eskadroonan pojat pölyisinä, väsyneinä katsahtaen kuin kysyen: "Kuka sinä olet, kun olet noin siisti, eikä ole kypärää päässäsi ja partaa leuassasi ja poskesi on vapaa pölystä ja noesta? Et ole meidän joukkoamme." Tahdon vastata noille sotureille, että olen samaa joukkoa ja tunnen ajatuksenne, urhot. Olen minäkin ollut samanlainen, silloin kun Taipaleenjoen taistelussa olin. Niin meni osasto toisensa perään ohi. Nyt tuli minun vuoroni lähteä. Komentajan auto oli siinä lähellä. Ja sillä oli minun määrä lähteä. Ajajana rauhallinen ja komea, rakuuna Ranta. Alkoi matka. Auto oli uusi, 5-hengen Ford, edessä Ranta ratissa ja eversti H. von Essen vierellä, takana minä yksin tavaroiden kanssa (everstin, Åkermanin ja omat henkilökohtaiset tavarat). Tie oli huono, äsken 3 päivää sitten vain kivinen polku, nyt autolla juuri ja juuri kävelyvauhdilla ajettava. Vaaran rinne loppui, nyt on lepikkoa, tässä vihollinen on vaaniskellut rajaa, joka on lepikon reunassa. Raja on uusi Moskovan rauhan raja. Nyt on automme sillä. On keskiyö, heinäkuun loppupuolen lämmin yö. Auton kaikki ikkunat ovat auki.

Katson rajaa. Idästä painaa tuuli melko sankan, sinisen savun rajarailoon. Se on meidän metsiemme savua, sitä on tullut jo viikkomäärin yli rajan. Vihollinen polttaa rakkaan Karjalani metsiä. Katson rajaa, se on uusi, se on suora.

Sieltä hakatut puut on otettu pois. Huomaan, että Suomen puolella on puut tehty propseiksi ja ne ovat kauniissa kasoissa, mutta tarkkaan vihollisen puolta ja näen, että samanlaiset puut on vihollinen käyttänyt esteitten tekoon. Matka jatkuu. Nousemme Lengonvaaran rinnettä. Vaaralla on talo, sinne emme mene, vaikka tie vetää sinne, vaan oikaisemme alempaa rinnettä, sillä vihollinen tähystää vaaran lakiaukeaa ja sillä olevaa rikkiammuttua taloa. Lepikon läpi näen talon rakennusryhmän. Asuinrakennuksen päädyssä on ammottava tykinammuksen reikä, monta hirttä on poikki ikkunain välissä. Karjarakennus on samoin rikkiammuttuna. Vihollinen on sen tehnyt, kun se oli vielä 3 km päässä tästä talosta. Laskemme jälleen vaaran rinteen. Näen rinnemetsikössä joukkosidontapaikan. Iso teltta, ympärillä kärryjä ja paareja. Eräät paarit veriset pään kohdalla, eräät keskeltä. Siinä on yhdellä ollut päässä haava ja toisella vatsassa. Everstillä on asiaa. Auto pysähtyy. Eversti menee telttaan. Kohta hän tulee esiin nuoren lääkärin, Montellin kanssa. He keskustelevat yössä. Kulosavu sinertää, on jo melko hämärä yö. Tiestä kauempana lepattaa nuotio, sen ääressä nukkuu mies, taaempana istuu toinen. Jos olisi taistelu käynnissä, pitäisin tuota nuotion vieressä nukkuvaa miestä kuolleena, mutta nyt hän on vain nukkuva vartiomiehemme. Nuotion loimu on niin salaperäinen tuossa joukkosidontapaikan vieressä. Auto lähtee, matka jatkuu. Hiljainen on vauhti, sillä tie on huono, on hämärää, ajaja jännittää ja kuroittaa kaulaansa, jotta näkisi kivet ja kuopat. Näin äkkiä, kun vartiomiehemme vetää reippaan asennon, hän seisoo puitten suojassa, enkä olisi häntä nähnyt, jollei hän olisi liikahtanut asentoa tehdessään, tunsi komentajansa yön pimeydessäkin. Tuossa menee kaksi soturia tietä pitkin, näen taivasta vasten kuin kaksi tinasotilasta, on pimeää, enkä erota mitään värejä, kypärät vaan pyöreinä kupuina ja kiväärien piiput olkien yli erottuvat selvästi. Nyt näky hävisi, kuin olisi ollut haamuja. Katson terävämmin ja huomaankin äkkiä aivan automme edessä kaksi soturia hyvässä asennossa tehden kunniaa autollemme, hekin tuntevat komentajansa, varmaan he tekevät kunniaa vain komentajan autolle olettaen komentajan olevan siellä. On hämärää, kulon kirpeä haju viileässä yössä tekee olon erikoiseksi. Katselen hitaasti ohi menevää metsää, se on hyvää, tiheää, vartevaa valtionmetsää. Tie on väkisten raivattu, tien ohessa on tieltä poistettuja puitten runkoja kuin murrokseksi asetettu.

Tarkkaan metsää kiinnostuneemmin. Huomaan, että sitä ei ole koskaan ihmiskäsi koskenut, se on vielä niitä valtion metsäkohtia, joita ei ole koskaan hakattu. Muistankin, että olen Ilomantsin saloperukassa, että täältä vedet virtaavat Venäjälle, että täällä ei ole teitä ja siksi metsä on säilynyt koskematta. Mikä kaunis näky onkaan koskematon metsä. Ei uskoisi sellaista olevan. Puita on siksi tiheään, että ei mikään auto sopisi niitten välistä. Ja miten paksuja ovat rungot. Näen mahtavia petäjiä, kilveksi on jo kaarna tullut, latva on lakkapäinen ja mahtavan paksut, väärät oksat muodostavat puulle kruunun. Salon kasvatteja ja komeita. On ollut työtä työkomppaniallemme saada poistettua ne monet rungot kaatuneita puita, mitä maassa on sikin sokin. Mikä kaunis aarniometsä. Nyt on suo, kaunis tasainen, mäntyä jopa tukkipuuksi varttuneita joitakin. Tiedän niiden olevan yli 300-vuotiaita, niiden runko on kilpikaarnainen ja latvus kruunumainen. Suolla on valkoista tupasvillaa (Erioform vaginatum) kuin valkoisena mattona, ja näyttää niin hienolta.

Nyt ohitamme marssivan joukon. Tunnen sen 1. eskadroonaksi, ratsumestari Parviaisen osastoksi. Sotimattomien joukko ja sotineitten. Jo on sodan vakavuus miesten olemuksessa. Nyt on yö, ei ole ilmavaaraa, osasto on koossa marssien suljetussa. Kypärät ovat eräillä päissä, eräillä roikkuu niskassa, eräillä kädessä, kivääri on heillä rakkain, siitä he pitävät lujasti, näen sen. On oltava varuillaan, vaikka edessä onkin varmistuspartiot, on korpi salaperäinen. Näitten aarniopuitten taa yönhämärä voi kätkeä paljon vihollisia, siksi on oltava varovainen. Sivuutamme osaston. Nyt onkin edessämme jo viestijoukkue. Ratsunsa selässä, komean venäläisiltä saadun Komitsan selässä on Etelä-aho. Takana jonossa pyöräpartio, heillä on selässä radioita, puhelimia ja keloja. Menevät edeltä tekemään yhteydet valmiiksi. Katson Komitsaa. Kaunis, uljas hevonen. Talvisotamme aikana 1940 on se saatu Komitsan luona sotasaaliiksi. Huono se silloin oli ollut, kertoi kerran Eteläaho, nyt se on komea ja uljas. "En anna vielä 25.000 markalla" vastasi Etelä-aho kysyessäni Komitsan hintaa. Nyt jää viestijoukkue taakse. Saavuimme Korkeakankaan-taloon, tuttuun jo. Kello oli 2.00. Eversti meni vielä lämpimään saunaan ja Ranta keitti kahvin. Niin vetäydyin eräälle olkipatjalle viltteineni ja olin jo unessa, kun kuulin Etelä-ahon soittavan puhelimellaan, että selvä on, yhteys on ja toimii.

24.7.1941 torstai

Hyvästi kaunis Korkeakangas, lähden taaksepäin, kun äsken menin kauttasi eteenpäin, en luullut tulevani näin pian takaisin. Kun pastorin ja Suomelan kanssa yritimme saada Eifeliämme käyntiin työntämällä ja vedättämällä ja hikisinä jätimme työn tuloksetta, saimme ratsut allemme ja aloitimme vaelluksemme Ilomantsin Putkelaan. Ensin pastori yritti ratsastaa, mutta kun ei osannut oikein keventää, jätti ratsunsa lähetille. Minä ratsastin. Matka oli 37 km. Ratsuni "Likka" kesti hyvin ja oli hyvä ratsastaa. Matka oli hauska. Edelläni kieseissä ajoivat pastori ja Suomela ja minä lähetin kanssa ratsastin. Oli kesä kukkeimmillaan, heinäkuu. Aurinko oli kuuma, ilma helteinen. Ratsastin ohi karjalaiskylien. Siellä seisoi tavallisesti aina mäkien päällä taloja, useimmat aivan uusia, ruotsalaismallisia. Väki oli jo palannut ja toisia oli palaamassa kauimmaisiin, esimerkiksi Hattuvaaran niityllä naisväki vanhojen ukkojen ja poikasten kanssa oli heinänteossa. Mikä ihana näky. Heinän tuore tuoksu oli niin houkuttelevan kesäinen. Vaikka kulon tuoksua oli ilmassa, voitti heinän suloisuus. Lapsukaisia oli paljon, melkein joka talon portailla. Ei talojen ikkunoissa, sillä huoneissa on kuuma. Pihalla leikkimässä, juosta kipittäen tien oheen tai portilla, jos sellainen oli ja aidalle heti kavuten innoissaan vilkuttaen. Nousipa useasti nuoren neitosen käsi vilkutukseen vastaten kainosti lähettini nuorekkaaseen vilkutukseen. Mikä suloinen hymy ja katseen kirkkaus, kun käsi kuin vahingossa vilkutukseen noussut vedetään äkisti alas haravan varteen heinätyö jatkuen. Kaunis on Karjala ja rakas sen kansa kaikessa yksinkertaisuudessaan. Pysähdyn Lehtovaaraan. Siinä on eräs talo kesken vielä. Ulkorakennus on asutuskunnossa ja sen eteen on varustettu pitkä kenttäpöytä ja sen päällä rivi kuppeja. Se on "Lottala", jota pitää yksi lottaperhe. Jäämme kahville. Siinä juodessamme siihen pysähtyy kuorma-auto, alas hyppää kuusi reipasta TK:n (tiedotuskomppanian) miestä, tulivat hekin kahville. Joukossa oli Olavi Paavolainen ja mm. ataschea Enckel. Olin jo esitelty Paavolaiselle ja nyt Enckel puristi kättäni. He olivat menossa eversti Karin luo ja tutustumaan meidän jättämäämme Mökkiaukioon.

Lähdimme matkaan, kun luokseni tuli poju, jolle olin antanut 5 mk. Hän oli syöttänyt hevosille kiskomiaan heiniä. Pastori ja Suomela komeasti kieseissä ja minä lähetin kanssa ratsain perässä. Niin hauskasti keskustellen meni matka ja saavuimme Putkelaan. Talo oli vauras ja talonväki kotona paitsi miehet. Pihalla oli Vierula (rahastonhoitajamme, sot. virkamies) ja huoltoportaamme molemmat lotat. Pöytä oli pihalla ja sillä ruokaa. Sauna lämmitetty. Menin saunaan, eteisessä tekivät lähtöä jo pois lääkärimme Montell ja huoltopäällikkömme kapteeni Itkonen, vuoden 1919 invalidi, jalka poikki reidestä, kävellen kumijalalla. Saunassa olin yksin, sauna oli suuri puhdas, hyvä sauna, jossa sai kovat löylyt. Tuntui erinomaiselta lepuuttaa ratsastuksen puuduttamia jäseniä. En ole palvellut ratsuväessä ja olen vähän ratsastellut, mutta hyvin meni 37 km.

25.7.1941 perjantai

Heräsin Putkelan kylässä erään talon aitan vinnillä. Se oli ollut joskus kesämakuupaikkana talonväellä, koska siellä oli puusänky sekä ikkuna ja sen edessä pöytä. Suojelukuntalaisen varusteita oli naulassa ja eräs talvipalttoo, otin ne sänkyyni alleni ja nukuin hyvin. Yöllä kuulin tulkkimme Saresteen tulevan. Niin, illalla meillä oli taas yksi vanki.

Vangin Jussila oli saanut seuraavasti: Hän oli Hullarin suunnassa Polvikoskella hakemassa varmistusta pois, koska se kuului URR:ään. Pojilla oli ollut kenttävartio kankaalla ja teltan ympärys hyvin tallattu. Rakuunat tekivät poislähtöä Jussilan tuoman käskyn mukaisesti. Siinä odotellessa Jussila löysi jo hieman ruostuneen suomalaisen pystykorvakiväärin. Se oli 1. Esk:n taistelun aikaisia pari viikkoa sitten. Jussila innostui kokeilemaan löytöään. Asetti pullon mäen rinteeseen ja ampui. "Prääks!" pani pullo, mutta silloin kuin taikavoimasta astui kummun takaa elävä ryssä kädet ylhäällä: laiha, likainen ja väsynyt.

"Stoi!" huusi Jussila ojentaen uutta löytämäänsä kivää-
riä ryssää kohti ja tuntien oudon tunteen ja toivoen, että
taempana olevat poikamme huomaisivat tapauksen ja oli-
sivat varuillaan, jos tulee enemmän vihollisia. Kyllä, valp-
paat poikamme huomasivat. He olivat olleet juuri heittele-
mässä tavaroitaan noutamaan tulleeseen kuorma-autoon,
mutta tilanteen huomatessaan tempaisivat aseensa ja ha-
jaantuivat männikköön. Mutta mies oli yksin. Hän tuli Jus-
silan luokse ja Jussila sai selville käsillä viittoen, ettei tule
enempää; mies oli yksin ja ilman aseita. Kun Jussila näki
miehen eksyneeksi tai yliloikkariksi, hän komensi pojat jäl-
leen työhön ja näytti vangille, että pitää nousta ylös auton
lavalle ja auttaen vielä häntä takapuolesta. Tarjottuaan tu-
pakkaa vangille, hän puisteli päätään ja näytti syömäliik-
keitä, jolloin pojat huomasivat hänen olevan nälissään.
Vangille annettiin sissimuonaa ja pian vanki oli kuin tai-
vaassa, niin iloinen hän oli ja söi kuin luonnon yksinkertai-
nen ihminen syö. Ja vasta sitten hänelle kelpasi tupakka.
Jussila toi varmistusryhmänsä ja vankinsa Putkelaan, jossa
me, esikunta jo sitä odotimme.

Oli jo myöhä, ehkä klo 23. Talonväkeä oli vielä pihalla,
kun vanki tuli Jussilan mukana. Ilmoitus everstille vangin
saapumisesta, jolloin hän sekä Å tulivat ulos. Niin veimme
hänet aitan porraskivelle ja asettuen piiriin alkoi kuulus-
telu. Meidän uusi tulkkimme, joka tuli eilen haavoittuneen
Tchernychin tilalle, on v. 1914 syntynyt ylioppilas, kansa-
koulun opettaja Karjalan kannakselta nimeltään Sere Sa-
reste. Hän kuulusteli everstin neuvomana. Vanki oli Mihail
Aleksadrovitz Kusnetsoff, NischnijNovgorodin liepeiltä.
kolhoosilainen, neljän lapsen isä. Oli Lupasalmen luona
hänen komppaniansa lyöty ja hän seitsemän muun kera
joutui metsään. Eräs partiomme oli nämä yllättänyt ja hän

oli sitten yksin harhaillut kolme vuorokautta ilman ruokaa suuntana länsi auringon mukaan ja toivo päästä Suomeen. Ja niin hän lopen väsyneenä löysi Jussilan joukon. Ensin mies oli säikähtänyt ja luullut, että häntä Jussila ampui, mutta silti hän oli tullut ja ajatellut, että ihmisiähän ne sentään ovat ja kuitenkin joudun menehtymään metsään. Niin tyytyväisenä hän selittelee. Everstin kysyessä suuresta ja hyvin varustetusta puna-armeijasta hän vastaa empien ja hieman halveksien puna-armeijaa: "Niin, niin, hyvähän sen sanotaan olevan, mutta tällaista siellä on ja teillä tuollaista." Näin sanoessaan hän surullisena osoittaa omia kurjia varusteitaan levittäen avuttomasti käsiään ja sitten näyttää meidän varusteitamme, jotka todella ovat kuin juuri puodista tuotuja hänen rinnallaan. Sitten vanki meni Saresteen mukaan henkilöautoon ja edelleen Ilomantsiin RPr:n esikuntaan. Näin vangin kirkkain ja suurin silmin istuutuvan hyvään henkilöautoon ihmetellen, että maailmassa on voitu hänellekin noin suurta suoda. Oli kuulemma kysynyt autossa, että minne hänet viedään ja saatuaan tietää, että vankileiriin, oli iloissaan kysynyt, että oliko siellä paljon heikäläisiä. "Satoja" oli vastaus ja vangin mieli oli yhä kirkastunut.

Illalla oli lähtö edelleen Tolvajärven suuntaan. Olin jälleen komentajan autossa komentajan ja Å:n kanssa, Rannan ajaessa autoa. Oli ilta. Matka meni Ilomantsiin, josta sain palata moottoripyörällä takaisin Putkelaan tuomaan huoltopäällikölle muutosta marssikäskyyn. Korpraali Koivistoinen ajoi, minä perässä istuen. Läpi Ilomantsin, ohi RPr:n esikunnan Korpiselän suuntaan. Ohi Patrikan kylän ja saavuimme Mutalahteen, jossa oli marssirivistöjen tauko. Täällä järjestelin joukkojen majoitusaluetta.

Jussila poloinen oli lopen poikki. Oli tiedustelupartion kanssa polkupyörällä ajanut jo edellä tiedustellen lepopaikat. Hän oli edellisen yön ollut klo 24–4 Ilomantsin Pikkupappilassa Vuokkonsa kutsusta. Hauskaa oli ollut Eskolla, mutta vaikka onkin nuori ja riski, käy liika valvominen ja pitkät marssit ruumiille. Mutta hyvin meni lepo.

Marssi jatkui. Nyt olin jälleen komentajan autossa. Ajoimme läpi taistelualueen, ylitimme Moskovan rauhan rajan. Siinä seisoi kaksi paalua, meidän sinivalkoinen oli ehyt, mutta ryssän punavihreän paalun oli joku miehistämme tai saksalaisista kirveellä veistänyt. Nyt alkoi poltettujen metsien näky. Taistelun jälkiä, reunakukkuloilla bunkkereita. "Tässä on suorasuuntaustykin bunkkeri", sanoi Å. "Täältä takaa tykki viedään tämän kummun alle ja täällä on ampumaaukko." Olemme nousseet autosta, kun eversti huomaa krh-ammuslaatikon tien puolessa. Siinä on ollut kiire lähtö, siinä on ammuksia, on rikkinäisiä varusteita, mantteleita, verisiä vaatekappaleita. Tunnen voimakkaan kalman hajun. Ajattelen, onkohan kaatuneita jäänyt hautaamatta. Jälleen ajo jatkuu. Nyt tutkimme Ristikankaan tiehaaran. Tästä alkaa saksalaisten joukot, kenraalimajuri Engelbrechtin miehet. Tie tästä tiehaarasta itään on vain määrätunnit auki meille. Nyt klo 23 on tie meille vapaa. Tiehaarassa on kaksi saksalaista vartiomiestä, ensimmäiset saksalaiset, joitten kanssa joudun tekemisiin. Pitkä komea ja lyhyehkö tanakka, pistoolit ovat heillä aseina, vihreät asetakit ja housut, venelakit sekä lyhyet ja kapeavartiset saappaat. Kauluslaatatkin ovat, mutta niissä ei ole arvomerkkejä, ne ovat hihoissa ja olkalapuissa. En puutu keskusteluun, näen everstimme H. von Essenin keskustelevan heidän kanssaan. Everstimme osaa saksaa, hän on ollut sotilasasiamiehenämme mm. Varsovassa, kun Saksa aloitti sodan Puolaa vastaan 1939. Mutta nyt tuli henkilöauto, se on saksalainen, siinä on heidän merkkinsä ja suuria numeroita. Autossa on pari saksalaista upseeria. Kohta Essen on heidän kanssaan keskustelussa. En ymmärrä niin paljon, että saisin selvää keskustelun aiheesta. Arvaan sen koskevan joukkojen marssia. Ja nyt tuli toinen samanlainen auto, se on avoimena, kuomu alhaalla. Yksi ajaja vain. Miten nopea ja hallittu auton käännös. Mikä terävä hyppy autosta ja asian esittäminen esimiehelleen. Ja nyt hän hieman hajareisin, jalkaterät melkein sisäänpäin kuuntelee ja sitten mikä tulinen asennonotto ja kunnianteko. Sitten hän menee autoon ja kuin nuoli auto on tien mutkan takana. On koulittu armeija, on tulta ja nopeutta, ajattelen ihmetellen. Ensin tullut auto kahden upseerin ja ajajan kanssa on paikallaan ja siellä keskustelu jatkuu. Tein havainnon, millä nopeudella saksalainen sotamies oli tulta tarjoamassa, kun hänen oma upseerinsa oli ottanut paperossilaatikon käteensä. Å yritti olla myös kohtelias, mutta ei kerennyt alkuunsakaan. Kyllä oli koulittua ja kohteliasta huomaan kaikesta. Niin marssi meidän rykmenttimme tästä ohi saksalaisten ja meidän katsellessa. Komea näky se olikin, kun mäen takaa tuli eskadroona toisensa jälkeen. Kauniissa ravissa, hyvässä järjestyksessä, jokaisen eskadroonan kärjessä viiri liehuen ne ohittivat meidät. Tapa oli vanha, mutta hyvä. Niin saavuimme uuteen majoituspaikkaamme Tjokin ja Kokkarin välille Tolvajärven maantielle. Tässä oli kahden lammen välinen kannas ja kaunis paikka. Ryömin telttaan, joka oli jo pystyssä ja nukuin hyvin.

26.7.1941 lauantai

Mikä ihana olo leirialueella. Sota kaukana, kesä lämmin ja olo on vapaa. Jokaisella saa olla millainen puku tahansa, minulla oli veryttelypukuni ja Outin laittamat tohvelit. Uin, loikoilin viltilläni, söin, luin ja kirjoitin. Oli kuin sotaa ei olisikaan, niin vapaata ja huoletonta oli. Eilen heitti Jaakko kylmän kiven järveen, kuten vanhat ihmiset sanovat, mutta on silti niin helteinen olo. Kaunis kesäloma-aikamme loppui päivää aikaisemmin. Tänä iltana oli jälleen lähtö, nyt jo ohi Tolvajärven kylän. Lähtö oli kiireinen ja nopea. Kenraali Engelbrecht kävi leirialuettamme katsomassa ja klo 20 oli lähtö. Meille on tullut uusi moottoripyörä ja sillä tulin minä everstin auton perässä kohti Tolvajärven kylää. Kokkari vielä palamatta. Nätit, maalatut talot autioina, ikkunat rikki. Kylä kolkko. Olen aivan ajajan selän takana. Ajamme huonoa ja kuoppaista tietä, saksalaisia on tiepuolessa tuon tuostakin. Paikoitellen tunkee sieraimiini kalman haju. Mutta vain paikoitellen ja silloin tarkkaan maisemaa ja näen taistelupaikkojen jälkiä. Tuossa on rikkiammutut vankkurit, tuossa kaksi traktoria, suurta romua ja karkeatekoista. Tuossa on auto, kyljessä slaavilaisia kirjaimia. Tässä parakkikylä monine rivissä olevine hirsirakennuksineen. Tässä tie oli erityisen kuoppainen, huomasin sen olevan oman tykistötulen aiheuttama, sillä tästä on vihollinen lyöty joku päivä sitten. Omat joukot ovat lyöneet ryssän Tolvajärven Ristisalmen taakse ja siellä nyt ovat asemissa viisi päivää sitten tulleet saksalaiset. Heidän johtajansa oli kysynyt: "Kauanko olette olleet tässä?"

"Viisi vuorokautta."

"Ihan liian kauan, ei ole aikaa olla niin kauan samassa paikassa, parin tunnin kuluttua olemme ajaneet vihollisen asemista."

Mutta nyt on kulunut toiset viisi päivää, ja saksalaiset ovat Ristisalmen tällä puolen. Ajoin ohi Tolvajärven kylän, siellä oli paljon taloja pystyssä. Tulen ihanalle harjulle, kaikki sillat vihollinen on räjäyttänyt, mutta ne on korjattu juuri ylimentävään kuntoon. Olen äkkiä kuulun Tolvajärven matkailumajan edustalla. Talo seisoo ehjänä korkealla harjullaan. Ajan ohi, ei ole aikaa pysähtyä. Harju jatkuu ja nähtävissä on ruma sodan jälki. Kaunis männikkö on runneltu, siellä on kuoppia, korsuja ja siivottomuutta. Katson surkutellen taulua, jossa lukee "Luonnonsuojelualue". Ei sota suojele luontoa, pikemmin päinvastoin. Ajatuksiini tulee metsät ja niiden hoito. Minunkin siviilialallani, metsänhoidon alalla, on työtä, kun sota loppuu. Olen nähnyt suunnattomia aloja palaneena ja yhä sodan sauhut tuovat kulon käryä nenääni.

27.7.1941 sunnuntai

Tänään on syntymäpäiväni, täytän 29 vuotta. Olen siis jo keski-iän mies. Muuten hyvin erilainen syntymäpäivä alkoi jo klo 24. Sain klo 24 maissa käskyn ajaa moottoripyörällä takaisin Tjokkiin, viedä käskyn kolonnalle, että se ajaa 2 km edemmäksi Tolvajärven harjua. Siis päiväni alkoi moottoripyörän takaistuimella ajamassa Tolvajärven kaunista harjua, ohi sotaisan tien, ohi vielä pystyssä olevan kauniin matkailumajan. En ollut vielä käynyt tässä kauniissa seudussa ja oli elämys heinäkuun yön hämyssä ajaa kaunista tietä. Tie oli raskaan sotilasliikenteen takia hyvin kuoppainen. Pitkä pouta oli tehnyt sen hyvin jauhomaiseksi. Pyörän ajajana oli Sten Sillanpää, pyörä Imperial. Autojen vastaan tullessa koetin painautua Sillanpään ison selän taakse ja painaa silmäni umpeen, silti suunnaton pöly täytti silmäni. Tiellä oli hirveän vilkasta ja kahden puolen pääasiassa saksalaisia sotilaita majoittuneena ja autoja ja hevosia ajettuna metsään sekä vastaan tulossa. Siinä marssi myös rykmenttimme eskadroonittain taistelukuorma-auto joka eskadroonan perässä. Uljas ratsurykmenttimme sai majoittuneet saksalaiset tienpuoliin ja sain

ajaa kuin kunniakujassa. Paikoin seisoi saksalaisia upsee-
reita miestensä kanssa ja kun tein kunniaa sille, vastasi aina
koko saksalaisjoukko Hitler-tervehdyksellä ja jos heitä oli
pitkälti sillä kohtaa tienvarressa, sain pitää kättäni lipassa
kuin paraatissa. Reipasta joukkoa saksalaiset ja puvut
heillä oli aivan yhteneväiset: vihreä asetakki, venelakki ja
jokaisella yksiköllä oma värinsä olkalapussa ja venelakissa.
Katselin, missä olivat saksalaisten teltat. En huomannut
kuin pieniä v-mäisiä harjoja ja huomasin niiden siellä ma-
kaavan. Paljon oli telttakulttuurinsa jäljessä meistä. Enpä
ihmettele enää, että kenraali Engelbrecht oli kiinnostunut
teltoistamme käydessään Tjokin maastossa tarkastamassa
leirialuettamme.

Vietyäni käskyn kolonnalle palasin Tolvajärven harjujen
itäpäähän, johon yöpymispaikkamme tuli. Komentajan
käskyn saatuani sain neljä rakuunaa avukseni pystyttä-
mään komentotelttaa, joka oli klo 2 pystyssä. Taivaljärven
kaakkoisrannalla männikössä, teltta lämpiämässä kami-
nan hehkuessa ja havut sisällä, puita katkottuna pieni pino
ja everstin saapuessa muistuttamatta työstäni kävimme
nukkumaan klo 3.30. Niin meni merkkipäivästäni kuusi
tuntia sikeään, väsyneen sotilaan uneen.

Heräsin klo 9.30 rauhalliseen kesäamuun. Aurinko oli
jo ylhäällä ja paistoi kuumana kulosavun autereen läpi. So-
dan savut himmentävät merkkipäiväni auringon. Nousen
päivään. Alkaa yksi sotapäivistäni. Muistan sen aina puu-
hani ohessa. Alkoi asioitten järjestely. Tutustuin postiin.
Tilannetiedotus kiertämään, käynti yksiköissä. Alkoi odo-
tus. Kuulimme, että tänään alkaa hyökkäys yli Ristisalmen.
On sivuutettu keskipäivä. Olen uinut ja nyt otan aurinkoa
kauniilla männikkörinteellä, lojun viltilläni ja kirjoitan.

Mainitsen Jussilalle ja Serelle merkkipäivästäni ja sain on-nittelut heiltä.

Paikalle tuli tykistöpäällikkö ja kysyi eversti Ehrnroot-hia. Vanha, hieno vääpeli, kun kumartuu karttaa katso-maan everstimme neuvoessa Ehrnroothin komentopaikan, näen pään hienoisesti tutisevan. Saan kuulla, että pian se alkaa, ensin kova tykistövalmistelu, ainakin tuhat am-musta menee ja sitten saksalaiset kumiveneillä yli salmen, meidän majurimme Nevasaaren pataljoona ja sitten URR hevosiaan uittaen. Alkaa touhu. Everstimme antaa käskyn yksiköilleen. Klo 20 olen jälleen tavarani niputtanut ja marssin päätien varteen. Lähden eteen everstin mukana autolla. Ei, vaan pyörällä. Alkupään joukot ovat jo maan-tien varrella. Tiellä on kova liike. Edessä ovat saksalaiset ja majuri Nevasaaren pataljoona. Autoja ja moottoripyöriä menee ja tulee. Näyttää, ettei rykmenttimme sovi ainakaan tuolle tielle, mutta sodassa sopii ja tapahtuu paljon sel-laista, mikä siviilioloissa näyttää mahdottomalta. Nyt kut-suu everstimme yksikkömme päälliköt maantien varteen käskynotolle. Minä, Jussila ja muutkin juoksevat viemään tietoa. Hyökkäyskäskyyn on tullut hieman muutosta viime hetkellä ja sen tiedon eversti antaa yksiköille. Nyt kaikki ovat koossa. Everstillämme on oikeat ratsastuskengät ja hän on sotavarusteissaan, kiikareineen, pistooleineen, va-lokuvauskoneineen ja ratsupiiskoineen. Hänen ympäril-lään yksikköjen päälliköt ovat yhtä sotaisen näköisinä. Siinä olivat ratsumestarit Åkerman, Parviainen, Lindeman, luutnantit Palmen, Standertskgöld ja Parikka sekä kornet-teja ja minä. Tiellä liikenne jatkuu. Siellä menee upseereita, saksalaisia ja suomalaisia. Ei meidän rykmenttimme käs-kynantotilaisuus herätä ollenkaan huomiota. Käsky on selvä. Komentajan auto lähti eteen. Aivan etulinjaan on 5 km, mutta silti auto menee. Olen saanut everstiltä käskyn,

että kun hän lähtee, saan minä pitää autosta huolta ja oh-
jata sen eteen ja yli Ristisalmen heti kun tie on vapaa. On
aikomus olla tänä yönä lähellä Ägläjärveä. Pieni epäilyn
häive täyttää mieleni. Ajan moottoripyörällä Sillanpään
kanssa. Rykmenttimme aloitti marssin. No, nyt alkoi tyk-
kitulemme. Ohoh! Onpa ääntä. Ajamme pölyistä tietä, lii-
kenne on suunnaton. Tykkituli yltyy. Nyt olen kahden tu-
lipatterimme välissä, tie menee niin. On jo iltayö merkki-
päivästäni ja nyt merkkipäiväni vietto korkeimmillaan.
Tykkien suuliekit leimahtelevat, ne ovat vain 20–50 metriä
tiestä, ampuvat tiensuuntaa, hirveät jyrähdykset, sarjat ja
yhteislaukaukset paukahtavat. Ajamme seisovan autojo-
non ohi, ohi omien miesteni, jotka sotaisina ja vakavina
marssivat. On yön hämärä, tykkien jyske valtava, askel
kiihtyy miehillä, on kiire. Edessä alkaa hyökkäys. Sinne!
Sinne rientää miehemme. Tässä on everstin auto, siihen on
jäätävä. Ranta on auton luona. Eversti on 1 km edessä. Jään
hetkiseksi siihen. Tässä on sairasajoneuvoasema, on muu-
tamia korsuja ja paljon juoksuhautoja, niissä on nuoria sak-
salaisia. On palanut männikkö, tukkipuumännikkö, autoja
ajettu sinne kauas tiestä, muutamia suomalaisia miehiäkin
näen, ne ovat lääkintämiehiä, ehkä neljä niitä on.

Kun tulin paikalle, olivat miehet poissa näkyvistä. Kuu-
lin äsken vihollisen kranaattien räsähtävän edessä, kun
ajoin moottoripyörällä ja räjähdykset ovat ajaneet miehet
piiloon. Kun saavun ja tiedustelen Rantaa, nousee miehiä
kuopista ja näen saksalaisia. Kun seison ja olen kuin ei mi-
tään olisi, nousee yhä miehiä. Tykkitulemme on suunna-
ton. En tiedä, montako patteria meillä ampuu, mutta
kaikki omamme ja saksalaisten patterit. Nyt ne ovat jääneet
hieman taakse ja kranaatit lentää suhisevat ylitsemme. Ei
ole yhtään hetkeä, etteikö kuuluisi yllämme su-su-su-
ääntä. Takanamme paukkuvat patterimme lakkaamatta,

näen tykkien suuliekit yön hämärässä melkein yhtämittaisina, kuulen kranaattiemme räjähdykset noin 2–3 kilometrin päässä vihollisen asemissa Ristisalmen toisella puolella. Siellä on ryssä lujissa asemissa, noin 30 hyvää bunkkeria on siinä salmen rannalla pienellä alalla. Kauan on pysynyt vihollinen niissä. Lähteekö se nyt, nyt on meillä kova yritys. Vihollisten kranaatit räiskähtelevät meidän tulipattereitamme hakien. En pysy auton luona, lähden eteen, missä everstikin on, siellä on Jussila ja muut. Kuljen yksin, tykkituli on hirveä, ei tahdo kuulua kivääritulen ääntä. Olen vajaat 2 km salmesta tankkiesteen luona. Täällä on upseerit, siellä eversti. Täällä on autojen etummaisin osa, siinä on paljon metsässä ja tienvarressa upseereiden henkilöautoja, saksalaisten ja meidän. Huomatessaan minut eversti käskee ajaa autonsa eteen. Toimitan sen, nyt on meidänkin automme tuossa muiden luona, hieman taaempana. Nyt lähdemme eteen koko komentoporukka, minäkin sain luvan yhtyä heihin. Jalan tietä, yli tankkiesteen, sillan yli, ohi palaneen ja rikkiammutun metsän. Saksalainen parivaljakko parikärryineen ajaa ohi, menee toinen ja neljäskin, vievät ammuksia eteen. Ovat komea näky. Moottoripyörälähetit pöllähtävät ohitsemme ja ajavat aivan viimeisen mäen taakse. Emme mene yli, siellä on jo salmi. Tykkitulemme harveni. Nyt ryntää mielemme yli viimeisen harjun, alkaa kiivas kk-tuli. Hirveä rätinä, kuulat vinkuvat ylitsemme viuh, viuh. Olen aivan rannassa, tie menee rantaa pitkin, vain tie on välissä. Tästä lähti saksalaiset kumiveneillä ympäri tuon niemen, jokaisella mela ja yksi piti tahtia huutaen "Ain! Ain! Ain!" ja silloin melat loiskahtivat. Rohkeita poikia nuo saksalaiset, nyt hävisivät niemen taakse joutuen heti luotituiskuun. En näe yli harjun, mutta kuulen kiväärien laulun. Tykkitulemme on siirtynyt kauemmaksi. Nyt tulee joukko saksalaisia pioneereja, osa alasti, osalla vain alushousut. He ovat sillanrakentajia.

Jaha, tässä olikin lähellämme hirsikasa. Ripeästi on joukko hirren vieressä ja hups! on hirsi olkapäillä ja kuin satajalkainen nousee tietä harjulle ja häviten sen taakse, toinen, kolmas jne. Katson sodan melskettä Tolvajärven kauniin harjun suojassa. Nyt tulee haavoittuneita, joku kävelee, tuossa lääkintämies taluttaa, tuossa tulee itse, käsi, jalka, rinta, pää on sitaistu jo sattumapaikalla. Nyt tulee kumivene niemen takaa, tahtiääni kuuluu tasaisena. Tuli kohdalleni rantaan. Vaikeasti haavoittuneita, kysyvät paareja. Viisi-kuusi paaria lähti. Joku valittaa paareissa, eräs kiemuroi, toinen ei tahdo pysyä paareissa, kun on kovat kivut ja hänet sidotaan paareihin. Eräät kävelevät taluttamalla. Tuo pitäisi kantaa, sillä on jalka aivan hervoton, mutta ei ole paareja ja siksi pannaan kahden miehen väliin ja talutetaan. Nyt tuli saksalaisia autoja, niissä on siltatarpeita. Kas, yli harjun uskaltavat mennä. Jaha, pataljoona Nevasaari on ylimennyt, tykkituli on vaimentanut vasemmalla olevat korsut, mutta oikealta olevista yhä ammutaan. Sitkeitä ovat ryssät. Nyt siltaa yritetään rakentaa. Vihollinen ampuu tykeillä ja kk:lla sillanrakentajia. Yli harjunkin tulee kranaatteja, aivan eteemme on veteen tullut jo useita samaan paikkaan. Kyllä tulee kaloja olemaan huomenna, siksi järeitä paukkuja nuo ovat. Mutta emme me jouda niitä kaloja keräilemään.

Nyt tulee poikia rinnettä alas, saksalaisia pioneereja juosten. Kuuluu kova kiväärituli. Arvaan, siellä tekee vihollinen vastaiskua. Niin, nyt tulee saksalainen upseeri, pitkä, hoikka, keski-ikäinen, takin liepeet auki, hatutta, taistelun leima koko miehessä. Hän huutaa käsillään huitoen: "Warum Finnische nicht stiirmen? Alla est verlosen!" Näen, että vihollisen vastaisku on onnistunut. Upseeri on kiihtynyt ja syyttää suomalaisia. Eversti Ehrnrooth selittää kiihtyneelle, että siellä oli suomalainen pataljoona ja että heti kun se ilmoittaa pääsevänsä eteenpäin, tulee URR:n miehet. Upseeria ilmoitus rauhoittaa, hän menee ohi, hän on pioneerien päämies. Siltaa ei voi rakentaa, mutta nyt menee taas saksalaisia köysineen. Taistelun tuoksina on valtava. Vihollisen pesäkkeet ovat elpyneet ampumaan joka suunnasta. Meidän pientykkimme eivät tehoa bunkkereihin. Nevasaaren pataljoona on hirveässä ristitulessa. Saksalaisten iskujoukko, joka pääsi veneillään rantaan, ei onnistu tuhoamaan bunkkereita panoksillaan, heitä on liian vähän ja bunkkerit ovat vahvoja. Hyökkäyksemme alkaa olla epäonnistunut. Onneksi saksalaiset pioneerit rakensivat riippusillan ja sitä pitkin juosten tulee majuri Nevasaaren pataljoona takaisin pahan tappion kärsittyään. Saksalaisten iskujoukko on pulassa, vain jokunen pääsi takaisin uiden. Alles ist verlosen! Saksalaisten huuto: "Alles ist vergebeus!" toteutui. Jälleen yrityksemme päästä Tolvajärvellä eteenpäin epäonnistui. Ristisalmi piti ja vihollinen on luja. Tähän päättyi minun seuraamiseni, sillä moottoripyöräajajamme tuli ilmoittaen "Herra eversti, automme takana tankkiesteen luona on palanut!" Hyppäsin pystyyn, siellä oli minun salkkuni ja leipälaukkuni ja kaikki. Siellä rahakukkaroni ja tämä kallis kirjani. Eversti vain hymähti ja sanoi: "Vai niin! Kenjakka, menkää ottamaan selvää!"

Lähdin, hyppäsin Koivistoisen taakse moottoripyörään ja olin kohta palopaikalla. Siellä oli ainakin viisi autoa palanut, pari kuorma-autoa ja kolme henkilöautoa. Taaempana vielä paukkui, kun siellä paloi vielä tuli ja patruunat räjähtelivät. Siinä oli myös meidän automme, Ford, rungosta päätellen meidän malli. Katsoin etuistuimesta, onko ajaja Ranta palanut mukana. Nuuskin, onko palaneen ihmisen käryä. Ei, ei ole, eikä näy jätteitä. Ranta ei ole palanut. Katson autoa, ei näy mitään tunnusta, vain yksi pakki takana. Ehkä Rannan, ajattelen. Mutta miksi auto on tässä kohdin? Ehkä Ranta oli sen siihen ajanut. Palaan everstin luo. "Herra eversti! Kyllä auto on palanut, mutta Ranta ei ole paikalla." selitän. Sain käskyn lähteä etsimään Rantaa. Ajan jälleen taakse. Kysyn sairasajoneuvoasemalta. Ei ole nähty. Jatkan taakse, ehkä hän on mennyt entiseen leiripaikkaan, kun auto paloi. Mutta! Anna kun nousen yhden mäen päälle, seisoo everstin auto siinä. Ja Ranta sisällä. Kyselen ja saan tietää, että Ranta otti heti takapakkia, kun osuma tuli yhteen ammusautoon, joka hirveästi räjähtäen ja liekkiin leimahtaen syttyi. Räjähdys särki vain auton yhden ikkunan. Selvä! Vien sanan everstille ja hän onkin palaamassa jo jalan ja huomaan hänen sittenkin tulevan hieman iloisemmaksi eikä toru minun väärää ilmoitustani. Kello on puoli yö. Merkkipäiväni on päättynyt. Ankara hyökkäys epäonnistunut suurin tappioin. Tolvajärvi pitää.

28.7.1941 maanantai

Klo 4 olimme vihdoin entisessä leiripaikassa kauniilla harjulla. Onni, ettei telttaa oltu purettu. Nyt ryömimme sinne ja uni maistui. Heräsin jälleen hyvään kesäaamuun. Ei tuntunut sodalta. Olisi kuin unta ollut yöllinen sota. Jälleen rauha. Niin, ei meille URR:lle paljon tappioita tullut, mutta Nevasaaren pataljoonalle ja saksalaisille varmaan. En tiedä tappioita, mutta paljon se oli. Nyt kuulin, että rykmenttimme on jäänyt reserviin toistaiseksi tähän. HRR lähtee kiertämään pohjoispuolitse Tolvajärven ympäri Äglä-järvelle. Niin alkoi levon päivä. Puin ylleni uimahousuni ja paneuduin aurinkokylpyjä ottamaan. Olin juuri suloisessa unessa, kun Jussila kosketti olkapäähäni herättäen. Jaha, jälleen lähtö. Selvä! Sain tavarani kokoon ja taas moottoripyörän selkään.

Käsky huoltopäällikölle kapteeni Itkoselle, että huolto Ylöjärven tielle. Jälleen ajamme Tolvajärven harjua. Vien käskyn ja palaan, kun everstin auto tuleekin vastaan ja on lähdettävä sitä seuraamaan HRR:n jälkeen, sillä URR on saanut saman tehtävän kuin HRR, saarrostaa ryssä Ylöjärven kautta Ägläjärvelle ja sieltä Tolvajärven niskaan. Ajamme pölyistä juuri tehtyä huonoa tietä everstin auton perässä. On kuuma kesäpäivä. Vihdoin pysähdyimme Honkavaaran talon mäelle. Tässä tauko. On väkeä, on saksalaista, on HRR:ää. Syön ratsumestari von Essenin kenttäkeittiöstä. Seuraan rykmenttimme tuloa peltoaukealle, johon ryhmittyvät suljettuun ja juottavat hevosensa vuorotellen, se vie aikansa. Seurustelen saksalaisten kanssa ja saan saksalaisen tykistöväen venelakin muistoksi. Vihdoin jatkan matkaa. Autotie loppui Haukivaaran taloon. Tässä eversti nousi ratsaille. Minä ajoin Koivistoisen kanssa eteen, mutta 4 km kuljettuaan rykmentti kääntyi ja palasi Haukivaaran maastoon majoittuen siihen. Puoleen yöhön mennessä olimme teltoissamme.

29.7.1941 tiistai

Herätys rauhalliseen kesäaamuun. Toiminta rauhallinen. Lämmitimme palamatta jääneen saunan ja eversti ja Å kylpivät, sitten minä, Sere ja Jussila. Oli mukava taas kylpeä. Ukkonen nousi juuri, kun juoksin saunaan. Kylvin ja ennätin takaisin telttaan, kun oikea ukkossade alkoi. Puettuna veryttelypukuuni ja vedettyäni huovan peitokseni nukahdin telttaan. Herättyäni Sere selitti, että eversti Å, Jussila ja minä nukuimme, kun hän valvoi ja tupakoi. Herättyäni sade oli ohi ja ilma oli raikas ja viileä. Kahvin juotuamme lähdimme Sere, Jussila ja minä ratsastamaan. Sere ei ole ratsastanut aiemmin, ja nyt hän opetteli. Eipä näy olevan helppoa ratsastaa, mutta kyllä Sere oppii pian. Ratsastuksen jälkeen ryömimme telttaan lepäämään.

30.7.1941 keskiviikko

Alkoi jälleen rauhallinen päivä. Olimme nyt kai reservissä tässä Haukivaaran maastossa. Melko samanlainen päivä kuin eilen. Luontokin samanlainen. Ukkossade iltapäivällä, mutta nyt en nukkunut sen aikana vaan everstille oli eräs saksalainen upseeri tuomassa käskyä ja hänen istuessaan sateen ajan teltassamme ja nauttiessaan tarjoamaamme kahvia everstin pyynnöstä Sere, Tenkku ja minä lauloimme.

31.7.1941 torstai

Yhä samassa kylässä. Vietämme rauhallisia päiviä. Ohitsemme kulkee huoltotie Yläjärvelle ja Ägläjärvelle. Siinä kulkee paljon saksalaisia. Erikoista on, että heillä on pienet kuormat ja paljon hevosia. Mukavia olivat norjalaiset, pienet, vaaleat hevoset, joita oli paljon saksalaisilla. Samoin belgialaiset karvajalat, tukevat hevoset olivat erikoisia.

Elokuu 1941

Hirvivaara
Petrovaara
Tolvajärvi
Ägläjärvi
Munakukkula
Ristisalmi
Hietajärvi
Aittojoki
Vegarusjärvi
Luglajärvi
Luglaniemi
Viirunvaara
Moisionvaara
Riuhtavaara
Torasjoki
Kangasvaara
Kuurnalampi
Näätälahti
Tsalkki
Oukannus
Ruvanmäki
Lahtıkyla

1.8.1941 perjantai

Jälleen uusi paikka. Ajoin komentajan autolla Hirvivaaraan, josta jalan Petrokankaalle. Löysin kankaalta hyvän telttapaikan. Vihollinen oli noin kilometrin päässä ja etuvartiomme oli usein tulenvaihdossa. Ilta hämärissä yritti noin 20 ryssää tulla läpi vartiomme, jolloin syntyi tulitaistelu. Kaksi miestä haavoittui, mm. joukkueenjohtaja kornetti Frankenhauser. Kävin JSP:ssä katsomassa, kun häntä lääkäri Montell sitoi. Olkapäästä oli mennyt luoti läpi ja ammottava tuloreikä oli etupuolella. Kun tukko otettiin pois, valahti esiin verta ja lihaa. Kovin potilaan teki mieli katsoa haavaansa, mutta lääkäri käänsi väkisin hänen päänsä pois. Montell otti pois luunsiruja, puhdisti haavan ja sitoi uudelleen. Liikuntakyvyttömäksi jää käsi olkapäästä, Montell selitti minulle jälkeenpäin. Sieltä palatessa tunsin pientä pelkoa pimeällä polulla. Jälleen hyvä uni hyvässä teltassa.

2.8.1941 lauantai

Jälleen lähtö. Aamupäivä puhattu lähtöä ja klo 14 oli käskynanto, jonka mukaan klo 18 alkaa hyökkäys. Hyvä, jälleen toimintaa.

Jätimme huoltoteltan Petrovaaran kankaalle, sinne jäi pari lähettiä vartioon. URR + 2 esk. HRR:stä ja tykistöjoukkue ja pioneerijoukkue lähtee. Kuljemme polkua, joka on myös kärrytie. On tunti hyökkäykseen. Rykmentin esikunta lähti ja olen yksi esikunnan upseereista. Seuraan komentajaa ja upseereita ja viereeni on lähettiupseeri ja tulkki ja takana on viestiupseeri. Polun kahta puolta on miestä, ajoneuvoa ja kalustoa. Uusia 8-kulmaisia hyviä telttoja. Petrokankaan kaunis männikkö tarjoaa hyvää suojaa ja ihanteellisen leiripaikan. Kuljen ohi JSP:n ja siinä häärii punaisella ristillä varustettuja miehiä. Siinä on iso teltta, purilaita, näen ison kasan paareja, verisiä ovat aikaisemmilta taisteluilta. Ehkä tuossakin on niitä paareja, joilla on kannettu parhaimpia aseveikkoja. Seuraan everstiluutnantti H. von Esseniä, joka on täydessä sotavarustuksessa: päässä kypärä, rinnan poikki monta hihnaa, kapeaa ja leveää. Sivulla leipälaukku, karttalaukku, kaasunaamari, pistooli, rinnalla kiikari ja valokuvauskone. Katson komentajaa. Nuori mies, johtaja. Tiedän, että hänen käskyistään riippuu monen sotilaamme henki. Jos on viisaat ja harkitut käskyt, säästyy miehiä. Jos on huonot, menee miehiä. Tiedän tuon. Aavistan komentajan mielentilan nyt. Hän on rauhallinen, mutta varmaan hieman levoton. Miten käy hyökkäyksen? Joukko on suuri, jota hän komentaa. Vahvistettu rykmentti. Tulimme Petrokankaan laitaan, nyt on purosilta, vanha silta ja sen takana uusi kangas. Metsä on nuorempaa, mutta tiheämpää. Siihen jäämme. Takana seuraa viestimiesten rakennusryhmä ja heti on puhelin kankaalla kuusen kyljessä. Nuotta 1 vastaa puhelimen soittoon: "Selvä on, herra eversti. Yhteys kunnossa."

Vielä on puoli tuntia hyökkäyksen alkuun. Esikunta jää metsikköön, lähettiryhmä vähän sivuun. Istun lahon, pehmeän puunrungon päällä, seurailen mielialaa. Luonto on hiljaisen levollinen. Ei kuulu yhtään laukausta edestä, tyyntä myrskyn edellä. Mieliala odottava. Huumori ei ole siellä jättänyt miehiä. On oltava hiljaa, mutta puheensorinaa kuuluu siellä sivulla olevasta lähettienryhmästä niin kuin upseerienryhmästäkin. Pieni naurahdus kuuluu silloin tällöin. Tulkilla on meidän levittämiä lentolehtisiä, venäjänkielisiä, hän selvittää, että siinä varoitetaan venäläisiä hävittämästä Suomen aluetta. Edessä on menossa kolme eskadroonaa, se on varsinainen hyökkäävä osa. Täällä taempana on toisen linjan miehet ja krh sekä tykistö. Miehet istuvat tien ohessa puitten suojassa, kaikki varusteissa, kypärissä ja aseissa. On kaunis kesäinen ilta. Iltapäivän punertava aurinko paistaa lämpimänä punaten puitten kyljet keltaisiksi. Lähetit liikkuvat tiellä jalan. Olemme lähellä etulinjaa, ratsut ja polkupyörät jäivät taakse. Tuossa menee lähettiupseerimme. Edestä tulee hyökkäävän osan luota. Nuori kornetti, Esko Jussila, on sotaisesti varustettu. Kypärä käy hyvin nuorukaiselle. Kauniit piirteet ovat terävät. Tukka on tumma, sota on luonut poskiparran. Suuret, tummat silmät ovat rehelliset. 19-vuotiaan puna on puhtaalla poskella, ehkä taistelun läheisyys ja viestien vienti lämpimänä kesäiltana on posken punannut kauniisti. Kiire on nuorukaisella, kannukset kilajavat hiljaa, rinnan poikki ristiin kulkevat monet remmit, niissä on suomalaisen sotaupseerin varusteet. Oikealla kädellään pitää belgialaista pistooliaan kuin varmistautuen, että se on vyöllä. Hän tähyilee tien kahta puolta hakien komentajaa, miehiä on melkein joka puun alla. Nyt huomasi komentajan, askel tuli terävämmäksi ja ryhti paremmaksi. Asiaa olikin komentajalle. Pian nuorukainen on asennossa komentajansa edessä punaisin poskin ja intoa säteilevin silmin antamassa selvitystä.

No nyt ampuu jo oma tykistö Tolvajärven kannakselta. Samalla tuli lähtö eteenpäin. Nyt menemme varoen. Vaikka onkin etenevä kärki edessämme, on oltava varuillaan. Edessä menee neljä lähettiä 50–100 metriä edellä, kaksi kummallakin puolen tietä. Toisella on konepistooli kainalossa, toisella pystykorva. Etenemme. Vihollinen on polttanut metsän, mutta tuli on ollut vaan maatuli. Jätän esikuntasakin, menen eteen. Saavun etulinjaan. Joukkueemme on pysähtynyt, miehet painautuvat matalaksi palaneeseen metsään. Edessä on tiedustelu, on hiljaista, ei kuulu sanaakaan. Vihollinen on lähellä. Pastorimme kävelee kädessään belgialainen paljastettuna. Vaikka papin risti on kauluksessa, vetää veri taisteluun. Istun hänen kanssaan kivelle pannen alle vihollisen heittämiä lehtisiä, jotta housumme eivät nokeutuisi. Vaihdamme muutamia sanoja.

"Veli, olemme aks:läisinä veljinä vihdoin paljon odotetussa taistelussa Karjalan vapauttamiseksi, mikä onni." sanoin hänelle. Niin kaksi valan vannonutta veljeä istuivat kivellä vain 100 m päässä vihollisen etummaisiin vartioihin.

Nyt oikealla suon takaa räsähtää automaattikiväärin vihainen sarja. Oikealla etenevä eskadroonamme sai kosketuksen. Painaudumme matalaksi, kun kuulat vingahtavat jo meidän suuntaamme. Jatkan kirjoitustani polulla mahallani maaten kuin oikea rintamakirjeenvaihtaja. Ohi menee lääkintämiehiä paareineen, he ovat valmiina auttamaan. On jälleen hiljaista. Jätän polun, jossa makasin.

Menen vasemmalle, siellä kaksi upseeriamme ovat ottaneet yhteyden ja nyt suunnittelevat hyökkäystä. Ratsumestarit von Essen ja Lindeman.

"Minä hyökkään yhdellä joukkueella tästä syöksyen, yksi joukkue saarrostaa oikealta ja yksi menee rintasuunnassa, mutta ensin krh pehmittää tämän kohdan."

"Minä syöksyryhmällä menen suoraan tuohon varmistamaan."

Näin keskustelee kaksi nuorta upseeria. Pian ampuu krh.

Olen tykistötulen johtajan luona. Puhelin soi.

"Sanokaa tulee, tulikomentoja!"

"Hyvä on! Yhteys ei oikein käy."

"Huomio! Seuraan krh-maaleja 2360, 8240...Maali. Lisää 200 matkaan. Mikä on sivusuunta?"

"Hyvä on. Nopeasti. Onko valmista pian?"

Prrr. "Huomio! Täällä Kuusi."

Kiirettä on tulenjohtopaikassa. Vänrikki johtaa.

"Tulee ensimmäinen laukaus."

"Ensimmäinen heitinlaukaus."

Tähystäjä on kaivamassaan kuopassa kiikarit silmillään, hän on viime sodan invalidi, hänellä on puukäsi.

Nyt lensi ylitsemme tsu-tsu, räiskis!

"Liian pitkä", hihkaisee invalidi. Taas numeroita.

"Huomio, huomio, älkää häiritkö, annetaan tulikomentoja!"

Nyt tuli ratsumestari von Essen nokisena.

"Kiirettä helkkarissa, ei tuo vetele."

Takaa kuului lähtölaukauksia- taas tsu-tsu ja räiskis. Krh-valmistelun jälkeen alkoi hyökkäys, ratsumestari von Essen oikealta ja ratsumestari Lindeman vasemmalta. Oli jo yö, alkoi sataa. Hyökkäys pysähtyi. Miehiä oli säästettävä. Odotettava, milloin JP on saarrostanut vihollisen selustaan. Yö kuluu. Edessä on luja vihollisen tukikohta. Sieltä saamme kk- ja krh-tulta.

3.8.1941 sunnuntai

Hyökkäys jatkuu. JP saartaa, me pidätämme. Tolvajärveltä kuuluu ankaraa tykkitulta, siellä saksalaiset valmistelevat. On aamu. Sataa. Olin kyyristynyt ison sammaloituneen puunrungon viereen noin 1 km etulinjasta ja nukahtanut. Nukuin koiranunta. Lähellä oli komentaja ja puhelin ja ympärillä esikunnan upseereita. Sade yltyi. Sadetakkini valahti pois polviltani, jotka kastuivat. Maa oli kostea, mutta sotamies nukkuu, kun on hiljaisuus, vaikka näin taivasalla sateessa. Kuulin kun kaksi tykkiautoamme ajoi ohi polkua eteen suorasuuntausasemiin. Vilu ajoi minut ylös. Olin märkä ja kylmettynyt. Koetin saada lämpöä hyppimisellä ja liikkeellä, mutta vasta teltassa sain lämpimän, kun se tuotiin tänne eteen. Aamu kuluu. Juomme kahvin ja saamme puuron. Telttaan saamme kaminan ja se lämmittää niin suloisesti. Sade lakkaa. Edessä ovat miehet asemissa.

JP on onnistunut. Tulee ilmoitus puhelimeen: "Edessä on vahvistettu viholliskomppania varustetuissa asemissa. JP on saartanut selustaan ja vallannut mm. viholliskenttäkeittiön. Vihollinen on motissa."

Selvä! Vien tiedon taakse 1. esk. päällikölle. Tunnelma nousee. Menen eteen. Poikamme ovat asemissa, ihmeen paljon ovat he yön aikana kaivautuneet, jokaisella on keltahiekan ympäröimä kuoppansa mustalla palaneella kankaalla. Siellä on lääkintämiesten ryhmä, he melkein kaikki nukkuvat mitä kummallisimmissa asennoissa nokisten hirsikasojen takana kuopissaan. Näen suorasuuntaustykit. Kovin lähelle ne on tuotu. Menen tykin luo, se valmistautuu ampumaan. Metsässä on aukko, se päättyy mäen rinteeseen, jossa näkyy ampuma-aukon suu. Se on tukittava.

78

Kersantti johtaa touhua tykin ympärillä. Ensin kaksi pauk-kua, toinen oikealle, toinen alas. Jo kolmas osui ja neljäs paljasti jo korsun hirret. Selvän teki. Kahden laukauksen jälkeen luikki yksi ryssä pakoon. Jälleen on hiljaista. Kuljen etulinjaa. Lähden takaisin. Lääkintämiesten pesän luona on verta. Veriset paarit kiinnittävät huomioni. Otan kä-teeni puoleksi rikki menneen kypärän. Ohoh, aivan pään viereen on osunut, sisällä on uusi, nahkainen vuori on ve-ressä ja hiuksia, ja mitä en ole vielä eläessäni nähnyt, ihmi-sen aivoja, melko paljon, valkoisen harmaata, hieno-osaista massaa. Toisenlaiseksi olin ihmisen aivoja kuvitellut. Hei-tän rikkonaisen kypärän kauemmaksi, ajattelen sodan raa-kuutta; ei nuo aivot enää ajattele. Pian taistelukentällämme on kalman haju. Palaan taakse komentotelttaan miettien paljon. Oikaisen itseni pitkälleni ja ajattelen poikia, 20 tun-tia he ovat olleet kuopissa, kastuneet, taistelleet ja vielä he jäivät sinne. Sellaista on sota.

Päivä kuluu ja piiritys jatkuu. Mottia pienennetään. Vi-hollisella on vähän miehiä, korkeintaan kaksi krk:ta ja niillä vähän ammuksia, vain silloin tällöin ampuvat niillä. Pilvinen päivä vaihtuu illaksi. Teemme komentotelttalle paikan metsään. Siinä on touhua, on lähettejä ja pastorikin innostuu puun pienimiseen, mutta ei se häneltä käy kuten ylikersantti Nisosella. Vitsailemme pastorille, että et ole vielä naimisissa, mutta jahka Liisa opettaa, niin osaat pui-takin pieniä.

Ilta kuluu. Vain harvoin kuuluu pk:n sarjoja. Mottivar-tiomme valvovat. Ryömimme telttaan, kun yö on pimeä. Elokuu on alussaan näin pimeä. Ajattelen taas miehiäni etulinjassa nokisella kankaalla pimeässä yössä. Järjestän puhelinpäivystysasiat sillä aamuyöstä varhain alkaa motin valtaus. Koko teltta nukkuu, vain Kipinä-Kalle ja puhelinpäivystäjä valvovat. Lyhdyn valo tuikkii pienenä radiolaatikolla ja pieni savu teltan hupussa kierii aukosta ulos. Sade on kastellut polttopuut.

4.8.1941 maanantai

Illalla sai ratsumestari Parviaisen Kalle komentajalta käskyn, että hänen eskadroonansa kiertää motin oikeaan sivustaan lammen ympäri ja hyökkää yhdessä JP:n kanssa motin selkään ja URR:n muut eskadroonat ja 2/HRR edestä. Klo 3 lähti Parviaisen joukko liikkeelle. Heräsin klo 5 kovaan paukkeeseen. Kk:t lauloivat vyön mittaisia tasaisia sarjoja. Raskas krh:mme möykytti mottia ja saksalaisten tykit Tolvajärven harjulta. Motin krh:t olivat vaiti. Teltassa on kiirettä. Motin valtaus on alkanut. Eversti valppaana puhuu alaisilleen tähyillen puhelinta ja odottaa, mitä muilta sivustoilta kuuluu. Pian on Parviainen lammen kiertänyt ja yhtynyt JP:n Mikkolan komppaniaan. Mutta nyt everstin otsa rypistyi.

Ratsumestari Lindeman ilmoittaa puhelimessa ruotsin kielellä: "Vasemman varmistuksen läpi päässyt noin 20 ryssää. Miehiämme oli noin 10 metrin etäisyydellä, yksi haavoittui ja niin syntyi aukko, josta ryssät livistivat. Nyt ne uhkaavat HRR:n huoltotietä."

Ei hätää, ratsumestari Leppänen saa heti tiedon ja pian nuo 20 ovat vaarattomia. Taistelu kiihtyy. Nyt loppui tykkituli kokonaan. Jaha, omat ovat motin kimpussa, se oli merkki. Miten käy, olemme komentoteltassa jännittyneitä, klo lähenee 7:ää. Jo tulee tietoja, että ryssä pyrkii joka suuntaan pakoon. Rengas on kiristynyt, ei pääse yksikään elävänä. Kiväärituli on tasaisen kiivas. Odotamme sen heltiävän. No, nyt jo hiljenee.

Nyt soi Parviaisen tieto: "Olen Mikkolan kanssa motin sisällä. Juuri yhdyin Lindemaniin, oikealla muut JP:n miehet. Motti on selvä, ryssiä pääsi jokunen suolle pakoon. Puhdistan motin."

Selvä! Nyt eversti lähti. Pian tulee kaksi vankia. Kuulustelemme Serasteen kanssa. Toinen tsuvani, toinen valkovenäläinen. Molemmat pelkäävät meidän kiduttavan heitä ja sitten ampuvan. Vakuutamme, ettemme tee mitään. Annamme niille hyvää hernekeittoamme, jota on kamiinan päällä lämpiämässä sekä kuumaa kahvia. Vangit rauhoittuvat, kertovat vapaasti. Toisella on peukalo poikki. Kutsun lääkintämiehen. Vain ohut nahka pitää peukaloa kiinni. Käsi sidotaan ja märkä, viluinen mies istuu ja rauhoittuu. Vielä tulee yksi vanki, joka on haavoittunut jalkaan. Hänkin pelkää, mutta vakuutustemme ja hyvän hernerokan ja Klubi N1:n jälkeen rauhoittuu. Hänetkin viedään taakse. Alkaa sataa. Odotan komentajaa. Tulee tieto, että edessä on murros, jota aukaisee 15 motista saatua vankia ja että tänä iltana on aikomus edetä eteenpäin. Pian tulee komentaja. Hän on iloinen. Motti on selvä ja tappiomme on pienet. Kaiken kaikkiaan suomalaisten tappiot ovat 6 kaatunutta ja 14 haavoittunutta. Vihollisille on tappiot noin 30 vankia ja noin 50 kaatunutta ja ehkä 20 harhailee, mutta tuhoutuvat ennemmin tai myöhemmin. Sade pakottaa kaikki telttaan, jossa on jo tungosta. Sade kiihtyy ja välillä hiljenee. Saan käskyn komentajalta klo 11: "Kenjakka ja Seraste otatte ratsulähetit ja pp-lähettiryhmät sekä ylikersantti Nisosen ja menette heti luetteloimaan ja kokoamaan kaiken sotasaaliin motista tienvarteen ja luette vihollisen kaatuneet. Aikaa siihen on kolme tuntia."

Selvä. Puin ylleni sadetakin, Sere samoin, kokosin ryhmät ja niin lähti puhdistusjoukko liikkeelle. Olin vanhimpana ja motin reunaan tultua komensin miehet ketjuun ja aloitimme tien vasemman reunan haravoinnin. Palanut metsä, jonka halki kulki polku, jota pitkin pääsi rattailla. Tätä sanoimme tieksi, sillä parempia ei ollut koko tällä saarrosliikkeemme reitillä. Ensin puhdistimme itäpuolen. Ketju etenee, edessä on kamaa, on 2–5 miehen pikku korsuja, jotka on katettu parilla hirsikerroksella ja maalla, ne ovat hyvin naamioituja. Tällaisen korsun luona oli kiväärin patruunoita laatikoittain, kymmeniä käsikranaatteja, kaikki samaa varsikäsikranaattimallia. Siinä oli sideharsoa, oli revittyjä vaatteita, ruoka-astioita, särkyneitä kiväärejä verisinä, kypäröitä, kaasunaamareita, joista naamariosat useista esillä suurine lasisilmineen ja ohuine kauloineen kuin kummitukset."

Tehtäväni oli koota kaikki kelpaava tien viereen, josta ne korjataan ajoneuvoon sekä lukea ja merkitä kaatuneet karttaan tai mieleen sekä ottaa paperit kaatuneilta. Kuljen miesten kanssa odottaen, milloin löytyy ensimmäinen kaatunut. Ja tuossa se on. Korsustaan esiin ryöminyt ruumis. Päässä ei mitään, musta lyhyt tukka tahmeassa veressä ja silmät auki, makaa seljällään ja on vaalea pinnaltaan. Ruskea, huono sarkamantteli kangasvyöllä vyötetty, ei ole nahkaa ollut. Avaan manttelia, on tutkittava taskuja. Alla on ruskea pusero, otan taskuista esiin joitakin papereita heittäen ne kädessäni olevaan kypärään. Veri on valunut kaulalle, käännän jo jäykän ruumiin vatsalleen, ilkeä haju tunkee sieraimiini, takataskut on vielä katsottava. Leikkaan puukolla taskut auki, otan sieltä sätkäpaperia, linkkuveitsen ja kankaisen rahapussin. Nekin heitän kypärään. Jätän ruumiin vatsalleen ja jatkan matkaa kypärä kädessäni ja pistoolini toisessa viritettynä, sillä vihollinen on

ollut kavala ja ampunut jo monta siten, että on virunut tais-
telukentällä valekuolleena ja meidän miesten tullessa on
äkkiä ampunut tai heittänyt käsikranaatin. Olen varovai-
nen. Teen ensi kertaa tällaista työtä komentajani käskystä.
Kuljen korsulta korsulle ja aina siellä täällä on kaatunut.
Tuossa on jälleen selällään yksi. Ikävä työni on tehtävä hä-
nenkin kohdallaan. Hän on nähtävästi mongoli, sillä avo-
naiset silmät ovat vinot ja poskipäät ulkonevat ja nyt kovin
kiiltävät, tukka on tumma ja lyhyt. Rinta on veressä. Suo-
malaisen luoti on osunut ehkä sydämeen. En voi tarkastaa
toista puseron rintataskua, sillä se on aivan hyytyneessä
veressä, leikkaan kuitenkin puukolla auki, näen siellä veri-
siä papereita. Annan niiden jäädä. Käteni tahrautuvat tah-
meaan ihmisvereen, on ilkeä tunne. Työ on suoritettava
loppuun. Tulen motin rinteeseen. Muistan, että tähän am-
pui suorasuuntaustykkimme, sen ampumista olin kiika-
rilla seurannut. Löydän juuri sen korsun. Se on kk-pesäke,
katettu parilla tukkikerroksella ja kivillä, mutta nyt se on
hajallaan. Niin sama on korsu. Entä tulos? Nyt sen näen,
edessä on hirret pystyssä ja konekiväärin jalustan jätteitä,
kuopan pohjalla on roskia. Osuma on ollut täydellinen
suoraan konekivääriin, se on hajonnut näkymättömiin. Oi-
kein ammuttu. Entä ampujat korsussa? Niin, niitä on kaksi
ja he ovat korsun sisääntuloaukon kahta puolta. Molem-
mat ovat ryömineet kuopistaan viimeisillä voimillaan ylös,
mutta jääneet suulleen makaamaan, elämä on heistä paen-
nut. Heidätkin on tarkastettava, vaikka he ovat verisiä ja
ruhjottuja. Toisella on jalka säärestä poikki, se tekee kul-
man, musta säärystin on auennut. Likaiset, tahmeat hou-
sut, taskuissa roskaa, kun vedän vuorit ulos. Kuinka voi
ihminen tuollaista roskaa kantaa taskuissaan. Haju on äl-
löttävän tympeä. Veren ei pitäisi vielä haista, mutta tuo
lika miehissä haisee, kun sade on ne kostuttanut. Kk-pe-
säkkeen ympärillä on paljon tavaraa. Kantelemme ne tien

varteen. Apulaiseni ovat ahkeria ja hiljaisia. Kuoleman läheisyys on tehnyt pojat vakaviksi. He ahertavat. Kantavat kamaa sellaisille pressukappaleille, joita on näkynyt olleen punasotilaalle henkilökohtaisena varusteena, ja käärivät pressun umpeen ja kahden tai yksin vievät tien varteen. Tielle on jätetty vartio, ettei tavarat häviä, kun tiellä kulkee tienkorjaajia, pst-miehiä, lähettejä ym.¨

Nyt nousen motin sydämeen, eturinteen takana olevaan painanteeseen, siellä on pari suurempaa korsua, katettu paremmin ja kaivettu syvemmälle maahan. Toiseen menee puhelinkenttäkaapeli, se on motin päällikön tai politrukin korsu. Menen sisään, siinä on makuulaveri ja seljällään makaa mies kuin unessa. Se on ruumis. Välähtää, että se on tehnyt itsemurhan. Tutkin haavaa, se on rinnassa, koska takki on veressä. Katson laveria, onko sillä asetta. Ei ole! Ehkä sen on joku vienyt. En ole varma, mutta ehkä vainaja on kuollut saamiinsa haavoihin. Mutta komentajalta saamani käsky on täytettävä, ruumis on tutkittava. Paperit ja kaikki taskuissa olevat laitan kypärään. Nyt alkaa kypärä olla täysi. Komentajan korsussa on laatikoita, on krh-ammuksia laatikko, on käsikranaatteja, kaasunaamareita, lääkintälaatikoita, morfiini pienoisruiskuineen ja iso laatikko lentolehtisiä, meille suomalaisille alottuja. Niissä on tekstiä ja eräässä on julma Hitlerin kuva, jossa hän seisoo Suomen siniristilipun päällä. Totean korsun olleen politrukin, joka vangin kertoman mukaan oli meidän hyökätessä paennut ja kaatunut suolle. Tämän korsun takana on ollut sidontapaikka. Todella, siellä makaa sidottu mies kuolleena. Suuri, roteva mies, yläruumis paljas ja rinta sidottuna. Puolet siteestä on veressä. Luoti on lävistänyt miehen rinnan. Sanitääri on yrittänyt sitoa, mutta kiireinen on ollut lähtö ja sidottu on kuollut. En kajoa häneen. Kuljen koko mottikukkulan. Se on ympäriinsä varustettu venäläisten tapaan, siis itse tekevät itsestään motin. Paljon on ollut korsuja tekeillä, paljon on jäänyt kesken. Saavumme huoltopaikkaan. Siinä on laatikoita ja pönttöjä ja tuoksu sen mukainen. Tämän takaa löydän jälleen kaatuneen, hän makaa suullaan kädessään vielä käsikranaatti. Hän oli nuori ja huomattavasti siistimpi muita. Katson kauluslaattoja ja huomaanikin niissä kahden neliön jäljet. Emalineliöt ovat poissa, jälki näkyy. Tässä on siis motin päällikkö luutnantti. Kuulin, että hän oli ollut suomenkielinen ja kun miehemme hyökkäsivät, hän oli huutanut: "Ampukaa minut, niin pääsen tästä!" Oli aikonut heittää käsikranaatin, mutta suomalaisen luoti ennätti. Mies on nuori. Tutkin häntä toivossa, että löytyisi hyviä papereita, mutta huomaan surukseni kaatuneen jo ryöstetyksi. Saman huomasin jo aikaisemmin. Suomalainen kuten joku muukin on kova "evakuoimaan", mutta tuollainen on jo lähellä ruumiinryöstöä. Sitä surin, että suomalainen ei tiedä, kuinka alhaista tuollainen ruumiinryöstö on, sitä ei lievennä edes se, että ottaa "sotamuistoksi". Niin kentän puhdistus jatkui. Tulin motin taakse. Näin kenttäkeittiön, joka oli huono, epäsiisti ja vanhanaikainen. Tieltä poisajettu. Sen takana oli kahdet rattaat, toisen eteen oli ammuttu hevonen valjaisiin, kaatunut kyljelleen. Hevosen vetämissä kärryissä oli krh- ja useita kranaattilaatikoita ja muuta tavaraa kuorma täynnä. Tähän kärryyn oli sidottuna ratsuhevonen, hyvä, lihavan näköinen, satula selässä. Kuormahevonen oli kai pillastunut ja juossut metsään, jolloin perään sidottu ratsu oli kompastunut suureen puun runkoon kaatuen ja laahautuen perässä, jolloin se oli kuristunut. Näin sen eläimen silmistä ja remmi oli vieläkin tiukoilla. Mitään haavaa ratsussa ei ollut, mutta sen sijaan vetohevosen kyljestä pursusi vieläkin verta pieninä kuplina. Katsoin näkyä. Mitä olivat nuokin eläimet tehneet? Eivät mitään. Nyt ne olivat antaneet henkensä. Ei eläimen henki sodassa

paljon maksa. Riisutin satulan ratsulta ja valjaat vetohevo-
selta ja jatkoimme matkaa. Tulin suon reunaan. Täällä oli
lähekkäin kolme kaatunutta. Yksi oli ruma, kasvot olivat
poissa, vain aukko ammotti nokisena. Ikävä oli kajota tuo-
hon, mutta ei auttanut. Alkoi kaatosade, kun ruumiita
kääntelin. Yksi oli alikersantti, hänellä oli haava rinnassa.
En saanut siltä papereita, oli liian verinen. Kova rankka-
sade valui virtanaan. Minä kuljen miesteni kanssa pala-
neessa ja nokisessa metsässä pistooli toisessa ja kypärä toi-
sessa kädessäni kuin pääkallo. Itse märkänä kuljin kuin
kuolema kuoleman kentällä, hain saalista, kuollutta ih-
mistä.

Kello läheni määräaikaa, palasin komentotelttaan. Mär-
känä kuin uitettu ilmoitin everstille tuloksen. Esikunta oli
muuttopuuhassa. Ilmoitukseni ei tehnyt suurta vaikutusta.
Sade ropisi teltan kattoon niin, ettei ratsumestari Åkerman
saanut puhuttua puhelimeen. Hän peitti toisen korvansa ja
puhui kouransa läpi ja sai vaivoin asian perille.

Odotimme sateen hiljentymistä. Toivoni saada edes hie-
man kuivatettua vaatteitani kaminan ääressä jää toteutu-
matta, vain polviani sain lämmitettyä ja pian niissä tuntui
niin suloiselta ja höyry niistä nousi. Ei riittänyt kauan läm-
mittelyä. Å:n kanssa eteenpäin, läpi mottialueen kohti Tol-
vajärvi-Ägläjärvi maantietä. Jussilan ratsu, pieni ja siro
Nasse, kantoi hyvin, vaikka oli kovin kivinen tie. Sade lak-
kasi, mutta sen ankaruus oli tehnyt tien kuraiseksi ja syk-
syiseksi. Ajattelin, miten ikävä olikaan syksyinen sota ja se
on pian käsissämme. Saavuin Munakukkulalle. Sekin pa-
lanut ja nyt ensi kerran sain katsoa telttapaikkaa palanee-
seen metsään. Ja löytyihän se sieltä. Tosin paikka ei näyttä-
nyt miellyttävän esikunnan upseereita heidän saapuessaan
yksi kerrallaan. Mutta paikka oli hyvin tasoitettu, paksulti

havuja, suloinen lämpö ja tuoksuva kahvi teki heidän väsyneet mielensä vireiksi ja kastuneen olemuksen täytti pian suloinen raukeus teltan lämmössä. Pian roikkui teltan narut täynnä kuivuvia vaatteita ja tuikuttavassa lyhdyn valossa Kipinä-Kalle yritti valvoa. Moninaisen kuorsauskuoron sekava, mutta nukuttava ääni nukutti hänetkin.

5.8.1941 tiistai

Rauhallinen herätys poutaiseen aamupäivään. Kahvia juotaessa tuli meluten eräs kookas soturimme tuoden kahta vankia. Telttamme edessä oli pienet kahvikekkerit, eversti Ehrnrooth oli vieraanamme luutnantti Paavilaisen kera sekä naapuritelttamme luutnantti Vammaskoski ynnä omia upseereitamme. Vankeja tuovan miehemme kerskuva meluaminen oli hilpeyttä herättävä. Hän kertoi: "Olin suolla lakkoja syömässä luutnanttimme luvalla, meitä oli kaksi, kummallakaan ei ollut asetta, kun yhtä äkkiä mättään takaa pilkistelee kaksi ryssää. Karjaisin tällä kovalla äänelläni 'Stoi! Ruki verk! Iti-suta.' Ensin eivät meinanneet tulla, mutta karjaisin uudelleen 'ruuki verk', niin jo kömpivät iivanat ja minä ilman asetta osoitin, että 'mars' ja toin luutnantin luokse."

Mies herätti hilpeyttä ja eversti Ehrnrooth otti kuvan koko kolmikosta ja siinä vasta mies osasi olla ylpeä, pöyhisti rintaansa ja nosti nenäänsä vetäen suuren suunsa leveään, ylpeään hymyyn. Näytelmä loppui vankien kuulusteluun. Toinen heistä oli pienempi, vilkas ja pelokas ja kun käskettiin istua, niin meni polvilleen ja käsillään viittoen selitti syyttömyyttään. Miehillä oli samat jutut, sääliä herättävät ja miesten poistuessa eversti Ehrnrooth sanoi rauhallisesti: "Voi, voi ihmispoloisia ja noitten sitten pitäisi valloittaa maailma ja hallita sitä."

Pian sain käskyn lähteä ottamaan selvää Ristisalmen sillan teosta, milloin se valmistuu. Samalla oli otettava selville, onko maasto puhdistettu salmen itäpuolella. Lähdin polkupyörällä, mukanani lähetti. Ensin sain taluttaa pyörää ja kun pääsin maantielle, oli suorastaan nautinto ajaa niin tasaista tietä. Päivä oli aurinkoinen ja lämmin. Käärin hihani ylös, avasin puseroni kauluksen ja nautin ajosta. Rupattelin pohjalaisen lähetin kanssa, katsoin maastoa, missä oli tuon tuosta kranaatin repimiä puita. Saavuin Ristisalmelle. Maasto laski tasaisesti soluen rantaan ja muodosti kaksi niin edullista porrasta salmen rannan suunnassa ja sopivan matkan päässä. Sen oli vihollinenkin huomannut ja käyttänyt hyväkseen, tehnyt kaksi puolustuslinjaa, tehnyt hyvät juoksuhaudat ja useita kk-pesäkkeitä, jotka oli katettu vain parilla hirsikerroksella ja vähän maalla ja sammaleella naamioineet. Samoin oli kahden tai useamman miehen kuoppia, jotka oli aivan katettu, mutta mitään bunkkeria en löytänyt. Ihmettelin, että nuo olivat pitäneet ja että saksalaiset olivat nähneet 30 bunkkeria. Tuo luuloko oli pidättänyt saksalaisia kaksi viikkoa? En tiedä!

Tulin sillalle. Ensi havaintoni oli hirveä kalman haju. Katsoin syytä ja huomasin kranaattikuopassa sotilasvaatteiden riekaleita ja ihmislihaa niissä ja tien toisella puolella jalan kumisaappaineen. Totesin sen suomalaiseksi. Koetin hengittää varoen tuota kamalaa hajua. Huomasin maantien ojassa kaksi saksalaista ruumista, molemmat suullaan, jo turvonneita ja suuret ruumiskärpäset toisen verisessä niskassa häärivät kilpaa kai nauttien.

Mutta sillalla oli työ ja touhu. Saksalaiset pioneerit touhusivat kuin muurahaiset sillanteon kimpussa. Pystypaalut oli jo lyöty, salmi oli melko kapea, vain 30–50 metriä.

Paalujen poikki puut oli lyöty pystypaaluihin ja nyt saatiin pituuspuita. Pari työnjohtajana olevaa aliupseeria huutelivat komentoja ja isot tukit nousivat keveästi ja menivät paikoilleen. Kuri on saksalaisillakin, näin kun iso tukki oli pudonnut ja alikersantti huusi parille miehelle ankarasti ja komensi uudelleen. Mutta sitten näin komean seurueen tulevan sillan käsipuolelle. Näin saksalaisten ylipäällikön, jolle meidänkin rykmenttimme oli alistettu. Näin komean ja kookkaan kenraalin, Engelbrechtin. Päässään saksalaisten korkea päähine, kasvot punakat, sileät ja täyteläiset, katse avoin ja rehellinen, eleet rauhalliset. Yllään hänellä oli kokonahkainen manttelin pituinen nahkamantteli, jalassa sirot, ruskeat saappaat. Hänen seurassaan on asetakeissa olevia upseereita, hekin korkeaa astetta, yksi majuri, ehkä yksi on eversti. Yksi on pitkä ja hoikka, erityisesti pisti silmään hänen ohuet säärensä, aivan säären mukaisine housuineen ja jalassa olevine pikkunauhakenkineen ja säärystimineen. Hän oli vilkas ja liukasliikkeinen. Seurueen auto jäi länsirannalle, se oli avonainen Buick. Sillan sivussa oli saksalaisten kahdesta ponttooniveneestä rakennettu lautta ja sen kimpussa hääri nyt kuusi vihreätakkista. Kenraalin auto oli saatava yli salmen. Työ oli ripeää ja sitäkin johti johtaja äänekkäästi huutaen käskyjä ja komentoja. Pienimmässäkin työssä on johtajaperiaatetta käytettävä, se näkyy olevan saksalaisten tapa. Käskettävät näkyvät alistuvan hyvin ja tekevät työnsä vakaasti ja varmasti, eivät liikaa hätkähdä, vaikka johtaja voi karjaista juuri hänelle. Suhde on toinen kuin venäläisillä. Kenraali katselee sillantekoa. Huomasin, että kenraalin tulo ei voinut yhtään parantaa tekijöiden työvauhtia, sillä se oli jo oman johtajansa täyteen saamassa vauhdissa.

Kenraalin seurue aikoo yli keskeneräisen sillan. Katson miten käy. Seison sillan itäpuolella sillankorvassa. Oli kuuma päivä klo 13.30. Sillan alla, vanhan sillan jätteiden seassa, kelluu neljä saksalaisen sotilaan ruumista, turvonneita, vihreä asetakki oikein kiristynyt. Ruumis näkyy vedessä turpoavan. Kaikki ovat suullaan vain selkä ja takapuoli veden pinnan alla. Kalman haju on tukahduttava, ovatkohan nuo ruumiit olleet kaksi viikkoa kesäkuumassa auringossa. Ei nytkään aseveljillä ole aikaa korjata kaatuneitaan, vaan ensin on saatava silta valmiiksi, sillä takana odottelee saksalaisen divisioonan (163) autot ja sille alistettujen suomalaisten rykmenttien ja pataljoonien autot. Tuo lautta vie vain yhden auton kerrallaan ja kuorma-autoja ei ollenkaan. Nytkin sieltä kuuluu melua kenraalin auton ollessa jo pian itärannalla. Näin kenraalin rohkeasti astuvan yhtä tukkia pitkin yli sillan, häntä seuraa pari muuta upseeria, mutta hoikkasäärinen ei näy uskaltavan. Minusta metsämieheltä tuo ylitys on maailman helpoimpia, sillä noin puolen metrin etäisyydellä ylityssuuntaan kulkevat tukit ovat kiinnitettyjä eivätkä pyöri. Vihdoin hoikkasäärinen saa avukseen yhden pioneerin ja sen kanssa käsistä kiinni pitäen tulevat yli. Teen kunniaa niin kauniisti ja reippaasti kuin vain voin kenraalille, joka menee ohutsäärikenraalia vastaan. Olen nähnyt siis saksalaisten päämiehen. Näin, miten pari meidän TK:n miestä yrittää ottaa valokuvan ylhäisestä seurueesta. Seurue menee jo ylipäässeeseen Buickiinsa, joka lujaa vauhtia vie heidät itään, suuntaan, josta minä äsken tulin.

Menin yli sillan, tulen vastakkaiselle puolelle, siellä on jo paljon saksalaisia autoja jonossa, useita kymmeniä. Taempana on suomalaisia ammuskuorma-autoja. Ajattelen, että mikä edullinen maali pommituskoneille olisikaan tämä ruuhka sillan edessä, mutta ei ole vielä kertaakaan vihollinen pommittanut meidän sota-aluettamme. On autoja tiellä, tien puolessa ja metsässäkin. Moottoripyöriä, kaikki ne saksalaisten, sillä saksalaisten autojonoa, jopa yhtäkin autoa, seuraa aina yksi moottoripyörä. Näen tienpuolessa suuren määrän valkoisia ruumisarkkuja, ne on tuotu siihen autolla ja aivan arkkujen vieressä maantienojassa on jälleen yksi kaatunut saksalainen, hänkin makaa suullaan, hihat ovat kääritty kyynärpäitten yläpuolelle, hän on ollut reipas sotilas, kohdannut kuoleman Tolvajärven maantienojassa. Katson häntä. Paljas käsivarsi on kiiltävä ja nahka kuivunut. Kärpäsparvi on jälleen ruumiin kimpussa. Tekee mieli panna nenäni tukkoon, siksi paha on haju. Siinä on sinulle soturi majasi lähellä, yhteen noista valkoisista majoista sinut pannaan ja se on viimeinen kotisi. Missä kaukana Saksassa lienee sinun omaisesi. Eivät he tiedä kohtaloasi. Jätän tuon paikan.

Menen suurimpaan autoryhmään. Tapaan nuoren saksalaisen korpraalin, hän osaa puhua suomea. On Virossa asunut ja Suomessakin ollut mm. Turussa. Keskustelen hänen kanssaan. Hän kyselee meidän arvomerkkejämme ja minä heidän. Saan kuulla, että saksalaisista on Ristisalmi vaatinut 8 kaatunutta, 6 hukkunutta, kaksi kadonnutta upseeria ja noin 50 haavoittunutta. Sittenkään ei päässyt yli saksalaiset, vaan RPr + JP saarrostaen Tolvajärven pohjoispuolitse, selvittäen Syvälammen motin, avasivat tien yli Ristisalmeen. Jätän Ristisalmen klo 14, jolloin ensimmäinen raskaassa ammuslastissa oleva kuorma-auto ylittää uuden sillan, kuljen sen perässä. Käskyn olen täyttänyt. Palaan lähettini kera tiehaaraan, josta tulee eversti vastaan. Ilmoitan asian ja kuulen, että vajaa 8 tuntia on kestänyt Ristisalmen sillan teko. Jään oppaaksi tiehaaraan HRR:n jälkiosastoille. Sitten ajan pyörälläni ohi suunnattomien autojonojen ja rattaitten kohti Äglejärveä tavoitteena Hietajärven maasto, jossa pitäisi olla yöpymispaikka.

Palattuani saan kuulla, että URR ei pääse lepoon vaan ottaa osaa hyökkäykseen Ägläjärven haltuun saamiseksi. Selvä! Eversti on edessä, josta tulee tieto, että hallussani olevat ilmavalokuvakartat on vietävä everstille, joka on neuvottelemassa kenraali Engelbrechtin kanssa. Annan lähetille käskyn hakea salkkuni takana tulevasta kuormasta ja menen itse eteen everstin luo ratsastaen Mervilläni noin 4 kilometriä. Ohitin paljon joukkoja, saksalaisia ja omia. Ohitin saksalaisten tykkipattereita ja saavuin lopulta everstin luo. Hyökkäysvalmistelut olivat kiireiset. Metsässä havumaja oli kenraalin komentopaikka, jossa lepatti pieni nuotio. Ilta jo hämärtyi. Vinosti tien poikki meni metsälinja, tätä oli URR saanut käskyn kulkea iskualueen vihollista oikealta saartaen. Samaan suuntaan oli osa JP:tä mennyt. Saan käskyn ottaa kiinni jo kaukana linjaa kulkevan saksalaisen aliupseerin, joka oli saanut neljä lähettiämme mukaan kantamaan radiota, ja sanomaan sille, että ne menisivät tulenjohtajan luokse, eikä sinne, minne ovat nyt menossa. Juoksin linjaa, kivistä ja vaikeasti kuljettavaa, yli pehmeän rahkasuon ja tapasin saksalaisen, ilmoitin hänelle ja heti suunta kääntyi vasemmalle. Seurasin heitä, tulimme suolle, joka oli suuri ja keskeltä aukea. Sen reunaa kulkien söin paljon kypsiä lakkoja. Äkkiä kuulimme kimeää tykinammuntaa, se oli saksalaisten tykkipatteri. Suuntasimme sinne. Tulimme tielle, maantielle, josta olimme lähteneet, mutta noin 2 km edemmäksi. Tielle päästyä alkoi sieltä suolta, jota pitkin äsken kuljimme, kuulua hyvin kiivasta kk-ammuntaa. Ja kuulia tuli tiellemmekin, joten painauduimme suojaan. Ottaen yhden auton me ajoimme tietä pitkin yhä eteen tulenjohtajan luo. Täällä selkesi asia ja lähetit vapautuivat ja palasimme jälleen linjan päähän. Täältä ratsastin Mervillä telttapaikalle, jonne oli jo salkkuni tullut. Otin ilmavalokuvakartat ja yhdessä Serasteen kanssa lähdimme polkupyörillä jälleen eteen. Linjaa kulkien keskiyön pimeässä saavuimme vihdoin sinne, jossa everstimme oli 10 minuuttia sitten ollut. Kun Seraste oli pudonnut suohon vatsaansa myöten ja josta me pastori Tenkun kanssa vedimme hänet ylös, emme jatkaneet matkaa. Pastori vei kartat everstille ja me palasimme teltta-alueelle klo 1.

6.8.1941 keskiviikko

Olin väsynyt, kun klo 2 panin maaten teltan havuille, ensin syötyäni velliä ja saatuani Pajuselta kahvia. Nukuin kohta. Klo 4 tuli Jussila telttaan, hän herätti meidät. Kuulin hyökkäyksen edistyvän hitaasti ja Esko-poika painui jälleen sinne. Kun olin tehtäväni selvittänyt, nukuin edelleen. Klo 8 painuin pyörällä eteen, tapasin moottoripyöräilijän linjan päässä ja jatkoin sen kyydissä edelleen tietä myöten. Hyökkäys oli onnistunut suuremmitta tappioitta. URR oli saarrostanut kaukaa ja saanut tehtäväkseen ottaa yhteyttä vastaamme tuleviin saksalaisiin. Ratsumestari Åkerman ryhmänsä kera kulki jalan tietä pitkin mukanaan Suomen lippu sekä huutaen "Berlin, Berlin", joka oli sovittu huutomme. Kuitenkin saksalaisten etenevä auto-osasto, jota johti pikatykki-auto, avasi erään mäen takaa tulen, pikatykkitulen Å:ta kohti. Onneksi osastomme kerkesi nopeasti maantien ojiin saamatta mitään vahinkoa. Å vetäytyi taakse, neuvotteli hieman. Epäili ampujia saksalaisiksi ja koetti saada yhteyttä uudelleen. Eräs alikersanttimme nousi mäelle, nosti kätensä Hitler-tervehdykseen, jolloin saksalaiset ymmärsivät ja yhteys oli selvä. Ilo oli molemminpuolinen, kun ei sattunut haavereita. Ägläjärvi on meidän. Saksalaiset motorisoidut osastot ovat jo Aittojoella. Rintama on siellä. Mutta se ei saa kauan olla paikallaan. Eteenpäin on pyrkimyksemme. Marssimme Ägläjärven kylään, jonne majoitumme. Eversti kiittää yksikköjä kerrallaan niittykankaalla niitten saapuessa perille.

Pian metsikkö kylän reunassa kuhisee, telttoja nousee ja alkaa lepo monen valvotun ja soditun vuorokauden jälkeen. Ägläjärvi saa vieraitaan rantaan, siellä peseydytään. Sinne kulkee minunkin tieni. Tuntuu suloiselta uida. Pian alkaa leirielämä rauhoittua. Kuormastommekin ovat jo saapuneet ja ohjattu oikeisiin paikkoihin. Ruokailu on käynnissä, varmistukset asetettu, ilmavartio paikallaan. Poikia nukkuu pitkin kangasta, kengät riisuttuna, jalkarätit levitettyinä kuivumaan ja leipälaukkunsa päänalusinaan.

Edestä tulee useita saksalaisia ambulanssiautoja, siellä on saksalaiset yrittäneet yllätyshyökkäystä yli Aittojoen ja epäonnistuneet. Tiellä on kova liikenne. Vankejakin menee taakse. Nyt tuodaan meidän JSP:hen yksi haavoittunut vanki. JSP oli erään talon pihalla. Talo oli ollut ennen vauras, suuri ja punainen. Nyt seinät tykinammuksien läpäisemiä ja lattiat polttopuiksi revittyjä, ikkunoissa ei ollut laseja. Haavoittunut oli kookas, laiha ja tumma. Oli virunut metsässä haavoittuneena pari vuorokautta. Kertoo tulkille, että kun hän oli haavoittunut, hän oli pyytänyt päällikköään sitomaan, mutta tämä oli uhannut ampua ja työntänyt kouraan pari käsikranaattia tiuskaisten, että nämä oli heitettävä, kun suomalaiset tulevat lähelle. Meidän partiomme löysi tuon poloisen ja nyt häntä sidotaan. Lääkärimme Montellin antaessa tablettia ja vettä, haavoittunut katsoi suurin silmin ja kysyi "Eihän tämä ole myrkkyä?"

Lääkärimme vakuutti sen olevan rauhoittavaa lääkettä ja potilas otti sen. Siihen oli kerääntynyt useita katsojia, saksalaisiakin.

Eräs saksalainen kysyi: "Mitä, otatteko te tuollaisia vankeja? Ja sidotte?"

"Tietysti me otamme." vastasimme ihmetellen, että mitäs näille poloisille sitten teet. Vielä eräs saksalainen otti taskustaan pistoolin ja heristi sitä vihaisena haavoittuneen kasvojen edessä tämän ollessa aivan vaiti ja alistunut kohtaloonsa.

Äkkiä kesken sitomisen ulvahti ilmasireenimme. Ilmavartiomme on pellolla mäen töyräällä ison kiviröykkiön kupeessa Katson sinne, tähystäjä tähyää itäiselle taivaalle. Jo kuuluu kumea jyrinä ja näen neljä tasaisesti lähestyvää suurta pommikonetta ja takana ylempänä saatteli niitä kaarrellen ja koukkien kolme ketterää hävittäjää. Jyrinä kovenee, kuuluu huutoja "Viholliskoneita!" Ne ovat niitä, totean. Uhkaavasti kaartuen ne munivat, näen savupatsaiden nousevan ja kuulen jyrähdyksen toisensa jälkeen Aittojoen suunnassa. Nyt tulevat yhä lähemmäksi. Joukko haavoittuneen ympäriltä poistuu talon ulkorakennusten suojaan juosten henkensä edestä. Yksi lääkintämies viipyy vielä hetken sitoen, kunnes hävittäjät koukkaavat alas ja antavat kk-tulta niin, että talon seinämät ropisevat. Silloin minäkin painun suojaan. Painaudun kivijalan kupeeseen tiiviisti. Ajattelen, että yksi onneton jäi aukealle pihamaalle, minne kk-kiväärin luodit tupsahtelevat. Sattuuko luodit omaan, en tiedä. Mitähän ajattele vanki? Pommikoneet kaartavat kaukaa ja palaavat uudelleen, tällöin käyden sillan kimppuun, meistä 100–150 metriä itään. Maata tärähdyttäviä räjähdyksiä ja lähellä suuret maapatsaat töyssähtävät ilmaan. Hävittäjien uudet runttaukset taloryhmäämme ja sen jälkeen hyökkäys oli ohi. Koneet painuivat itään, mutta näen vain kolme pommikonetta, minne yksi joutui. Se löysi tiensä Ägläjärven suolle, jonne sen pudotti saksalaisten it-tykit. Kranaatit poistuvien koneitten lähellä räjähtelivät jättäen tummia savutäpliä, jotka kohta hävisivät. Jännittyneenä katson, eikö osu nuo it-tykkien kranaatit. Sinne menivät. Jännittävä hyökkäys on ohi. Ensimmäinen ilmahyökkäys tällä sotaretkellämme. Sitojat palaavat potilaan luo, hän on avuton ja pelko kuvastuu silmistä. Ei ole lisää sattunut. Sidomme loppuun. Minä puhun rauhoittaen häntä vähäisellä venäjän kielen taidollani. Vanki näyttää ymmärtävänsä ja nyökäyttää päätänsä silloin tällöin. Punaisenristin pikkuautomme on valmis. Paarit työnnämme autoon vangin niissä lojuessa sidottuna ja lämpimästi peitettynä. Kiitos kuultaa hänen silmistään. Auto lähtee taakse ja vie ihmisen sairaalaan , jossa hän saa varmaan ihmisen kohtelun.

Ilta kuluu Ägläjärven aukeilla. Ennen yli 100 taloa käsittävä kylä on vain aukeita peltoja, jotka nekin ovat villin heinän peitossa. Jokunen harva talo on pystyssä, mutta nekin niin tykillä läpi ammuttuja, että ihmettelen, että on täytynyt leikkiä ja tahallaan ampua nuo talot rikki. Mutta muistan, että toinenkin ankara sota niitä on runnellut, välillä niitä korjaamatta, edes yhtään ikkunaa tai porrasta. Niin loppui päivä, joka oli myös Outini syntymäpäivä.

7.8.1941 torstai

Rykmenttimme lepopäivä Ägläjärven rannalla, kylän itälaidassa. Telttamme on tieltä niityn yli metsän reunaan ja metsässä on pienellä alalla koko URR:n teltat. Maantie niityn takana on kovasti liikennöity. Sillä kulkee pääasiassa saksalaisia autoja, jotka menevät eteen Aittojoelle. Olin järven rannassa pesulla ja parranajossa pastorin, Jussilan ja everstin kanssa, kun jälleen sireeni ulvoi. Pian kuitenkin saimme selville, että ne kaksi konetta ovat omia. Tulimme esiin rantapajukosta, alastomina kuin villit ja jatkoimme pesua. Kuitenkin koneita kiinnosti meidän niittyaukeamme ja järven rantamme, hyvin alas koukkien ne tulivat aivan päälle ja äkkiä näimme koneesta putoavan viestin. Jussila haki viestin. Se oli peltinen tötterö, jossa oli pitkä punainen nauha. Niitylle se putosi ja hyvin löytyi. Koneet eivät kuitenkaan vielä poistuneet vaan matalalla päristäen ne kävivät uimarantamme päällä ja kun heilutin kättäni, lentäjä vastasi takaisin vilkuttaen yli laidan. Vielä kerran ne koukkasivat niittymme päälle ja pudottivat nyt isomman viestin. Se olikin paketti, punaisella nauhalla varustettu. Kerran kaartaen koneet vielä totesivat, että paketti tuli perille ja hävisivät Wärtsilän suuntaan. Jussila toi paketin ja viestin komentajalle, ja kun ne oli osoitettu lentokapteeni Urho Toivoselle, sain komentajan käskyn hakea kapteenin esiin tässä maastossa. Lähdimme matkaan moottoripyörällä Sillanpään ajaessa. Läpi Ägläjärven, yli kahden sillan Suojärven suuntaan. Surkea näky. Kylässä pitkin tienvartta törröttäviä savupiippuja ja särjettyjä ulkorakennuksia. On kesä parhaimmillaan. Pihamaan erottaa marjapensaista, joissa on kypsymäisillään punaisia viinimarjoja. Erään talon kaivosta saksalaiset ottavat juuri vettä. Monessa paikassa on kaatuneita haudattuina. Haudan kohdalle on hautaaja lyönyt aina paalun, jonka päähän on pantu venäläinen tai saksalainen kypärä. Venäläiset on aina yksitellen haudattu siihen, missä kaatunut on löytynyt. On aivan pihamaillekin ilmestynyt kypäräkumpuja. Saksalaiset on haudattu paremmin, on kerätty useampia yhteen ja he ovat laittaneet vainajansa riviin rinnakkain, tehneet selvän kummun, reunustaneet kivillä ja panneet selvän ristin, jonka päässä on kypärä. Ristiin on lyöty nimilappu, jossa on sotilaan nimi, kotiseutu ja kaatumisaika. Ja jokaiselle kummulle ovat saksalaiset tuoneet luonnonkukkasia, onpa erään kummulla oikeita ruusuja, jotka joku hyvä toveri on tuonut. Näen paikan, jossa on seitsemän kaunista koivuristiä saksalaisine kypärineen. Vähän kauempana kylän laidassa on toinen kuuden ristin rivi saksalaisia. Tiedän, että missä on venäläinen kypärä, siinä haudassa saattaa olla useampikin ruumis. Tulee ajatus, että kun kylään palaa siviiliväestö, nuo venäläiset haudat saattavat tulla väelle pelon ja vieroksunnan kohteeksi, siksi olisi ollut viisaampaa hautaajien koota enemmän kaatuneita yksiin kohtiin ja sivuun asutuksista ja pihamaista. Mutta sota on sotaa ja siviilielämää ei ajatella, kun on kiire. Vihdoin saavun metsään, täällä on puitten suojassa saksalaisten monet kymmenet autot. Saan tietää, että saksalaisen divisioonan esikunta ja kenraali Engelbrecht ovat tässä metsässä. Päätän hakea esikunnan paikan, sillä luulen kapteeni Urho Toivosen löytyvän sieltä. Saan saksan kielellä selville, että missä kolmikulmainen musta-valko-punainen lippu on tien varressa, siitä noin 10–200 metriä on esikunta. Löydän tuon lipun, siinä on muitakin lippuja ja merkkejä, kaikki naamioituja lehvillä ilmavaaran takia ja saksalainen vartiomies sotilaallisena seisoo kivääreineen tienhaarassa. Kysyn taaskin saksaksi. Saan neuvon. Näen miten kiireisesti vartiomies viittoen kehoittaa pyörän ajajaa viemään pyörän puitten alla suojaan. Varovainen on mies, mutta eipä ihme, sillä eilinen pommitus oli tullut hyvin lähelle esikuntaa. Kuljen maantieltä pois ja näen hyvin naamioituneita autoja ja pyöriä. Saksalaiset liikkuvat liukkaina ja touhukkaina tehtävissään, en näe ketään laiskottelemassa. Näen suuren traktorimaisen koneen, josta kuuluu tasainen moottorin surina. Saan tietää, että se on sähkölaitos. Näenkin siitä johtavan paksun kumipäällysteisen kaapelin metsään. Heti näenkin suomalaisen kapteenin, näen sillä kädessään samanlaisia peltisiä viestiputkia punaisine nauhoineen, ja heti arvaan löytäneeni hakemani Toivosen.

Niin olikin. Toimitin asiani. Annan viestin ja paketin. Näen sen avattavan ja esiin tulee postia ja kirjeitä. Kapteeni tarkastaa sen ja antaa alaiselleen, luutnantti Vredelle. Vielä näen kolmannen suomalaisen upseerin, kornetti Peile'n. Hän keskustelee sujuvasti saksalaisen upseerin kanssa, ymmärrän Peile'n olevan tulkin. Saan joitakin tietoja kapteenilta ja poistun. Silmäilen ympärilleni, että missä kenraalin teltta on. En näe kuin pieniä telttakankaita, joista on tehty useita 2–3-hengen telttoja, mutta näen kolme suurta kuorma-autoa ajettuna metsään ja hyvin naamioituina. Menen yhden luo, se on kuin talo, hyvin sopii mies seisomaan ja näen sen olevan asuntona ja sähkövalo valaisee hämärää. Arvaan yhden näistä autoista olevan kenraalin asuntona ja lähden pois. Hyvähän tuo auto on, mutta vähän siihen sopii. Entä miehistö? Totean oman telttajärjestelyn olevan parempi. Niin kuljen läpi divisioonan esikunta-alueen, todeten, että siellä liikuskelee vähän miehiä ja kaikki puuhakkaina. Naamiointi on hyvä ja paikkakin hyvin valittu. Löydän Sillanpään pyörinensä syvältä metsästä, jonne saksalainen vartiomies on hänet ajanut. Palamme omalle leirialueelle.

Illalla klo 20 oli niittyaukea-alueellamme iltahartaus koko rykmentille ja tarpeeksi ajoissa yksiköt kokoontuivat kauniiseen neliöön niitylle, kun komentaja tuli teltastaan. Neliön keskellä oli jo adjutanttimme, kornetti Suomela papereineen ja hänen vierellään ye-upseeri, ratsumestari Åkerman. Everstille ilmoitettiin rykmentti, jolle komentaja yksikkö kerrallaan sanoi "Hyvää päivää!" ja paikoilleen mennen antoi joukolle rykmentin upseereista Vapaudenristejä ja aliupseereille Vapaudenmitaleita sekä ylensi aliupseereita ja nimitti korpraaleita. Upseereista ratsumestarit Parviainen ja Lindeman sekä luutnantti Standeltskjöld saivat 3. luokan Vapaudenristin ja muista upseereista pastorimme Tenkku ja luutnantti Palmen saivat 4. luokan Vapaudenristin. Kaikki tähän asti osoittamasta pystyväisyydestä ja neuvokkuudesta ja osa urheudesta. Sitten nuori pastorimme piti kauniin puheen ja sen jälkeen lauloimme virren, ja yksiköt poistuivat nukkumaan. Tähän loppui Pauli-poikani 5-kk-päivä.

8.8.1941 perjantai

Rauhallinen lepopäivä. Ilmat ovat jo sateisia ja syksyisiä, yöt kosteita ja kylmiä. Yhteisellä upseereitten aterialla eversti piti pienen tilanneselostuksen ja osoitti muita yhteenkuuluvaisuuden merkkejä. Minä luin eräältä kaatuneelta itäkarjalaiselta saadun kirjeen upseereille. Kirje oli repolaismurteinen ja muuten hyvä. Tuosta kirjeestä ilmenee karjalaisen lämmin side perheeseen, taistelun epätoivoisuus ja että suomalainen sotilas on vihollisen mielestä parempi kuin saksalainen. Eversti otti vielä kuvan upseereista ja yhteinen ateria kului hilpeässä keskustelussa luonnon helmassa kauniin valkean pöydän ääressä. Kaksi toimeliasta lottaamme olivat kattaneet tuon pöydän telttamme viereen lehtimetsikköön. Nämä tällaiset yhteiset ateriat lähentävät paljon upseereita, jotka muuten joutuvat paljon toimimaan erikseen. Illalla tapahtui esikunnassa pieni muutos. Hyvä ystäväni ja esikuntamme kuopus Esko Jussila joutui komentajan käskystä 3. eskadroonan joukkuejohtajaksi. Tuntui oudolta erota hilpeästä ja hauskaluonteisesta nuorukaisesta, mutta parempi tällainen ero kuin jos Esko-poika olisi iäksi lähtenyt, kuten niin moni toveri jo tämän sodan aikana on tehnyt. Päivä oli illassa jälleen. Oli iltapuhde tutussa teltassa. Kamina suloisesti lämmitti ja lyhty loi valoa keskisalossa. Eversti lojui vuoteellaan tutkien saapunutta virkapostia. Åkerman luki siviilikirjettään ja pastori Tenkku ja Saraste lukivat sanomalehtiä, joita kenttäposti oli juuri tuonut. Minä kirjoitin kirjettä. Oli rauhaisa tunnelma, ulkoa kuului pieniä leiriääniä muilta teltoilta ja tiellä porhalsi silloin tällöin moottoripyörä.

Äkkiä nosti pastori lehden ylle painuneen päänsä ja suurin silmin sanoi: "Kenjakka! Virkkusen Jaska on kaatunut."

"Eihän!" kiljaisin. Syöksyin yli kamiinan pastorin syliin ja kiskaisin Uuden Suomen ja luin pastorin sormen osoittamasta kohdasta. Totta, onko tuo totta. Luin kauan, en tahtonut uskoa todeksi, mutta totta se oli. Kaikki jäi minulta, en voinut mitään tehdä. Ajattelin, "Jaakko on kaatunut " kuin en olisi ollut oma itseni enää sinä iltana. Oikaistua lopuksi vuoteelleni laukesi patoutunut mieleni. Rukoukseni kohosi ylös ja havutyynyni sai herkän kyyneleeni. Sota raaistaa, mutta sota myös herkistää miehen. Kuolemaa olen nähnyt, mutta lähimmäisen kuolema koskee sotilaankin sydämeen. Nukuin lopulta ajatellen, että kaunis, hyvä Tamara menetti rakkaimpansa. Jaakko ei palaa, Tamaran pikku-Ari ei koskaan saa tuta hyvän isänsä rakkautta. Nuorena menetti isänsä. Kovin lähellä oli Tamara ja hänen Jaakkonsa minun ajatuksissani.

9.8.1941 lauantai

Rykmentin lepo jatkuu, paitsi 1. eskadroona, joka eilen sai käskyn mennä eteen Aittojoen pohjoiseen sivuun aina Vegarusjärven eteläkärkeen asti. Siellä se varmistaa Aittojoen vasemman sivustan. Herättyämme ja aamiaisen syötyämme komentaja sanoi lähtevänsä 1. eskadroonan luo mukanaan Å ja Etelä-Aho. Minä pyysin mukaan ja pääsinkin. Komentoryhmän mukana lähti komea ratsastava osasto kauniissa ravissa läpi Ägläjärven kylän.

Ratsastaminen loppui pian, poikkesimme sivuun kärry-tielle, joka vei Luglajärven rantaan. Tänään tien varressa olivat saksalaiset taistelleet kiivaasti silloin kun me hyök-käsimme Ägläjärven kimppuun Tolvajärven suunnasta. Kenttä olikin taistelukentän näköinen. Tie, jota ratsas-timme käyden, oli ollut murrostettu, mutta pioneerinne olivat siitä poistaneet ansoituksen ja murroksen. Vain kor-keita kantoja törrötti tien molemmin puolin. Nousimme mäelle, siinä tien sivussa oli vihollisen kk-pesäke, ampui kai edessä olevan suon yli, mutta oli nyt vaiti. Saksalaiset olivat sen vaientaneet. Kun siellä näkyi kaatunut, eversti nousi satulasta. Edessä oli kapulasilta, joten oli kuitenkin noustava pois. Menimme katsomaan pesäkettä. Avoin pe-säke ja sen laidalla oli kaksi ruumista. Toinen selällään, pu-sero ja pussihousut, säärystimet sekä nauhakengät, vinot silmät puoliksi auki, iholtaan musta vähän vihreään vivah-tava kuin neekeri ja haju "huh" kamala. Toinen makasi suullaan samanlaisissa pukineissa, emme kajonneet hei-hin.

"Huh, mikä haudantakainen haju", virkahti Etelä-Aho.

Kuljimme edelleen. Jätimme ratsut Luglajärven rantaan, josta alkoi upottava suo hevosille. Alkoi jalkapatikka. Yli soitten läpi louhikkoisten kankaitten, yli parisillan sellai-sen paripitkospuusillan, toisen sillan korvassa oli joku so-turimme syönyt aimo kala-aterian, sillä viisi suurta hauen päätä oli rantakalliolla. Käsikranaatti oli yllättänyt hauet ruohikossa, sillä olen nähnyt poikien luvattomasti kalasta-van käsikranaateilla. Tulimme Alajoen talon pihaan, jonne 1. eskadroona oli jättänyt yhden ryhmän vartioon. Pysäh-dyin hetkeksi ja kysyin, mistä kohtaa polku jatkuu.

Ryhmänjohtaja neuvoi ja siinä keskustellessa mainitsi, "Eikö herra vänrikki ole tulitikun tarpeessa? Tuossa aitassa on ryssän aittakauppa ja siellä on mm. tulitikkuja."

Poikkesin katsomaan. Oven avattuani tulvahti vastaani ällöttävä tuoksu, mädäntyneen kalan, lihan ja muun ummehtuneen haju. Aioin painaa aitan oven kiinni, mutta uteliaisuuteni voitti ja astuin sisään. Mikä sekamelska laatikoita ja roskaa. Jonkinlainen tiski keskellä, jonka takana sitäkin suurempi sekamelska. Katselin sitä järjestystä ja ajattelin, kuinka voi ihminen yleensä saada aikaan tuollaisen sekasorron. Kauppaan oli jäänyt iso laatikko tulitikkupuntteja, ja ne olivat Eestissä valmistettuja. Sitten oli iso laatikko sinappijauhetta, isoja, kuivia lipeäkaloja, puoli tynnyriä mätiä silakoita, jotka haisivat. Lautasia, viiloja, tupakkaa, pääasiassa piipputupakkaa, laatikko huonohajuista saippuaa, säkillinen pehmeitä perunoita, puoli tynnyriä mätiä tomaatteja, kasa tyhjiä vodkapulloja ynnä muuta. Otin puntin tulitikkuja ja suljin aitan oven nenääni pidellen. Sitten mieleni teki pistäytyä jommassa kummassa talossa. Arvelin niiden olevan miinoitettuja. Mutta kun ei aittakauppa eikä muualla ollut miinoja, menin taloon sisälle. Oveen oli kirjoitettu venäläisin kirjaimin jotakin. Ei ollut lukkoja ovissa, avasin varoen. Nenääni tuoksahti nyt toisenlainen ällöttävä haju. Eteinen likainen, sen sivussa komero, joka oli täynnä roskaa, likaisia vaatteita, kengän rajoja, rikkinäisiä astioita, ruuan tähteitä ynnä muuta. Kuljin varoen ja katsoen, ettei ole lankoja eikä mitään irtonaista lattialautaa, jonne miina kätkeytyisi. Tupa oli yhtä likainen, sinne oli tehty makuulaverit ja niillä oli kamalan likaiset patjapussit. Uuni oli rikottu ja likainen, kamarissa seinäpaperit oli revitty, piironki särjetty, sänky ehjä, mutta likaa ja saastaa täynnä, seinällä pari, suurikirjaimista, venäjänkielistä julistetta. Luen ensimmäisen sanan, se on latinalaisin kirjaimin "Komintern". Katselen hävitystä ja likaa. Mieleni tekee pois ja menen ulos, jossa lähettini alikersantti Laine Porvoon pitäjästä minua odottelee. Syljeskelen nenäonteloitani puhtaaksi miettien Venäjän kansan erilaisuutta. Kuljen edelleen täyttämään everstin käskyä ratsumestari Parviaiselle, että hän lähtisi everstiä vastaan. Polku menee talon peltojen reunalepikossa, siellä on kai ryssä yrittänyt viedä paetessaan talon tavaroita, koska tien puolessa on pari kirstun tapaista ja niistä on levinnyt tavaroita. Katson mitä olisi ryssä vienyt, siinä on vanhoja ja kuluneita talonväen vaatteita, reiälliset huopikkaat, rikkinäinen lammasnahkaturkin puolikas, naisten kirjavakankaisia leninkejä, haalistunut seinävaate ynnä muuta kamaa. Jätän tuon paikan mäen alle, jonne väsynyt ryssä on saalislaatikon jättänyt tienpuoleen. Kuljen ryssän hakkaaman kankaan läpi. Ihmettelen, kun kaunis kangas on hakattu siten, että kaikki havupuut on hakattu ja vain repaleiset koivut ja lahot havupuut jääneet. Puolet kankaasta on ajettu, mutta puolella on jääneet puut maahan lojumaan. Kannot korkealta sahattu, aina on pölkystä sahattu kolmion muotoinen kappale. Tukit lojuvat pitkin maata kuorimattomina. Mitä on ajateltu? En osaa aavistaa. Kummallista metsätaloutta. Saavun joen sillalle, se on hyvä, mutta sitä on yritetty räjäyttää, huonosti onnistuttu. Joen töyräälle on rakennettu pyöreistä hirsistä mökki, ulkoa ei hullumpi. Poikkean sisään, lattia on harva, valo paistaa läpi, kamina muurattu tiilistä. Jostakin siviilitalosta on tuotu sänky. Pihalla on talvisodan aikainen hauta, sen kepin päässä on piippalakki ja nimi, jossa mainitaan: "Puna-armeijan sankari".

Niin olen talvisodan aikaisen Aittojoen rintaman vasemmalla sivustalla, tuossa lirisee Aittojoen keskihaara ja sen uoma mutkittelee. Se on ollut poikiemme rintamana kauan talvipakkasilla. Äsken kuljin poikaimme korsukylän läpi.

Paljon korsuja tiheässä kuusikossa ja lumipuvun jätteitä, sukat ja ruostunut kypärä, suksi kärki suorana, katkenneita sompia. Tuossa on ollut ruuanjakelupaikka, siinä on laatikoita, yhden kyljessä näkyy vielä "Paasivaara". Näen hevosia varten tehtyjä havumajoja, joista on neulaset varisseet pois. Tuossa on vielä lappu, jossa lukee "WC". Poikamme ovat siistejä. Kuljen ajatuksissani ja muistellen talvipakkasia. Tässä poikamme ovat värjötelleet ja nyt minä kuljen hikoillen rintanapit auki, hihat käärittynä, lakki toisessa kädessä ja pistooli paljastettuna toisessa. Nuo kuuset näkevät jälleen miehiä sotapolulla. Kuuset ovat ystävällisiä meille, ne ovat suomalaisia kuusia. Äsken on myös vieras mies kuljeskellut näitä paikkoja, mutta hänet on ajettu jälleen itään. Kuljen piikkilankaesteen aukosta läpi "talvisodan ei kenenkään maan" ja tulen toiselle kankaalle, jossa ryssä on isännöinyt. Kuoppia ja kuoppia, eräitten päällä hirsiä, eräitten vain oksia. Siellä on roskaa, likaa, on pieniä ja suuria votkapulloja eräitä satoja, on suksia, primitiivisiä kelkkoja, auton osia ynnä muuta. Eivät ole valinneet olinpaikakseen tiheää kuusikkoa vaan harva männikkö on heille riittänyt, mutta heillähän olikin silloin ilmaherruus, nyt on sellainen meillä. Saavun Parviaisen teltan luo. Kello on 13. Ratsumestari on luutnantti Palmenin ja parin lähetin kanssa. Olin kulkea teltan ohi, vaikka se onkin lähellä polkua, mutta se oli hyvin naamioitu. Ilmoitan asian, mutta saankin tietää, että eversti on soittanut ja tulee tänne ja minä lähettini kera saan odottaa. Olo teltalla on rauhallista. Eskadroona on tehtävissään, pari muuta telttaa on kauempana metsässä ja kolmas kenttävartiolla edessä autotien toisella puolen. Lähetti ryhtyy keittämään teetä. Siinä odotellessa saan vastailla kysymyksiin, miten ja missä on rintama Sortavalassa, Aunuksessa, Kannaksella, Repolassa, Sallassa ym. Pojat täällä eivät ole ajan tasalla, ei heillä ole radiota, sanomalehtiä harvoin eksyy heille, sillä tietä ei ole tänne vaan kinttupolku 17 km tuo tänne, ei edes ratsain pääse, sillä suot eivät kanna hevosta. Pojille tuodaan muona ensin kantokoreilla 3 km, sitten veneellä 3 km ja 11 km kantaen. Postikin on heille tullut, näen joukon lehtiä, mm. Signal-lehden. Ratsumestari hauskana miehenä laskettelee leikkiä sanoen: "Niin sain eilen paketin vaimoltani, jossa oli 500 gr tupakkaa ja 1500 gr lehtiä, jotta konttipostin 2 kiloa oli täysi."

Teltan eteen oli tehty toteemi. Miehen korkuinen kanto, jonka päässä ryssäläinen kypärä, kaulassa näreinen vanha puominlenkki ja rintaan kiinnitetty hyvin värikäs ja kaunis Signalin kuva, joka esittää kahta uimapukuista neitosta koko komeudessaan ja näiden alla kaksi eri korkuista votkapulloa. Ratsumestari, joka on perso naisille ja viinalle, esittelee tuon "telttavartionsa" minulle. Pojat ovat reippaita, saan hyvää teetä, se on sieltä muka ryssän aittakaupasta saatua. Luutnantti Palmen juo omasta erikoisesta purnukastaan, joka on hänellä jo talvisodassa ollut. Saan kuulla, että yksi partio on jauhoja hakemassa Löytövaarasta polkupyörillä ja toinen upseeripartio vänrikki Lounavaaran johdolla on 14 miehen kera ottamassa vankia. Juon teetä, riisun saappaani ja panen jalkarättini aurinkoon kuivumaan, sillä suossa tullessani jalkani kastuivat. Pian kuulen polun suunnasta mäeltä pientä melua, näen kohta polkupyöräpartion palaavan. Mikä näky. Miehet sotilaita aseet selässä, mutta hyvin jauhoisia kuin myllärit ja hikisiä, mutta innon puna poskillaan. Pyöriään taluttavat ja niillä kullakin puoli säkkiä jauhoja. Pyörä nousee kevyesti puiden runkojen yli, ja pian partion vanhin rakuuna Pussinen ilmoittaa: "Herra ratsumestari, tie Löytövaaraan on vapaa vihollisista ja vehnäjauhot noin 200 kiloa tuotu, vain kolme säkkiä ruisjauhoja jäi sinne."

"Hyvä on", vastaa ratsumestari Parviainen kiitellen poikiaan, kehuu heitä ja sanoo, että 1. eskadroona huoltaa itse itsensä, sillä tämä sotamme on muuttumassa Tiaisen ja Kärkkäisen sissisodaksi. Niinpä näkyy olevan, myöntelen ja katson kun säkkikasa kuusten juurelle nousi, pahvi ja havukatos päälle ja niin jäivät odottamaan paistajia, lottia, jotka huomenna tulevat. Outo oli todella näky, kun konepistooli selässä ja pari lipasta nuorasta kaulassa riippuen ja jauhosäkki olalla, soturi hikisenä puskee esiin kuusikosta jauhoisena kuin mylläri ja ilmoittaa päällikölle saapuneensa. Mutta suut ovat pojilla messingillä, koska huomenna on jo pullakahvit tiedossa ja se panee hakemaan jauhot, vaikka itse ryssän aitasta. Siinä katsellessa leirielämän viihtyisyyttä saapuu vänrikki Lounavaara partionsa kanssa. Nuori mies, solakka ja kaunis. Kesäpäivän helle on posken punoittanut, vai kahakanko into, mutta mies on rauhallinen. Kuuntelen miellyttävää selostusta, kun vänrikki ja ratsumestari maassa vatsallaan maaten keskustelevat kartan ääressä. Ei saatu vankia, se oli mahdotonta. Ne aikaisemmin toteamamme ryssän kaksi varmistusmiestä oli kyllä paikallaan ja me aikaa uhraten piiritimme miehet, ja sain ketjun umpeen ja komensin yhtäkkiä poikani ylös. Pari konepistooliamme laski pitkät sarjat vanjojen eteen kanervikkoon ja huusin "Rukii verh!" rintani täydeltä, mutta ryssät hyppäsivät kuin kärpät kahden ison kiven väliin ja automaattikivääreillään ampuivat ketjuumme. Onneksi poikani olivat jo maassa ja ryömien saimme ketjun yhä pienemmäksi. Tällöin toinen konepistoolimme pakotti ryssät ylös, mutta he ryntäsivätkin kohti ketjua ja valmistautuivat heittämään käsikranaattejaan noin 10 metriä miehistäni, silloin ei auttanut muu kuin ampua heidät. Eivät pirut antaudu. Toinen vielä eli, kun menimme heidän luo, mutta tuskissaan kieri eikä voinut puhua ja yksi miehistämme lopetti hänen tuskansa. Sain toisen taskusta papereita, mutta toisella ei ollut mitään. Tähän lopetti nuori vänrikki rauhallisen kertomuksensa, osoitti sormella kartassa paikkaa ja pyyhki hikeä korkealta, rypyttömältä otsaltaan ja pani tupakaksi. Sain nuo paperit haltuuni ja niissä ilmeni, että kaatunut oli aunukselainen puna-armeijalainen Jakob Ivanovits Romanoff, syntynyt 1919 kuuluen 126 tarkka-ampujarykmenttiin, sen toiseen pataljoonaan ja 3. kk-komppaniaan, astunut palvelukseen 11.12.1940. Kädessäni on hänen sotilaspassinsa ja sen välissä neljä pientä valokuvaa, ehkä isä, äiti ja kaksi veljestä. Otan uljaan nuoren heimoveljen kuvat ja passin ja säilytän ne muistonani karjalaisten uskollisuudesta. Nyt tuo nuorukainen taisteli meitä vastaan, mutta tulee aika, jolloin hänen sukulaisensa taistelevat suomalaisten rinnalla. Hän oli nyt vihollinen, mutta urhea ja täytti tehtävänsä, kunnia sellaiselle.

Selostuksen vielä ollessa kesken tuli komentaja ja Å. He olivat tyytyväisinä saadessaan tiedon, että vastassamme ovat vanhat tutut 126 rykmentin miehet Vellivaaran ajoilta.

10.8. sunnuntai – 12.8.1941 tiistai

Rauhallisia päiviä Ägläjärvellä. Ilmahälytyksiä joka päivä, mutta eivät kertaakaan pommittaneet meitä, ei kai saanet selville meidän leirialuettamme, sillä se oli melko hyvin maisemoitu. Täällä oli meillä herkulliset päivät. Huoltoportaamme Lotat, neidit Ikävalko ja Piirainen, laittoivat meille ruuan ja se oli hyvää ja monipuolista. Söimme telttamme takana lehvikössä oikein valkean pöytäliinalla peitetyn pöydän ääressä, ja mieliala oli iloinen ja ruokahalumme hyvä. Telttamme oli kauniilla paikalla ja lepomme hyvä. Tiistain päivällisemme on kai sotamme komein ja monipuolisin. Ratsumestari Lindeman kävi Joensuussa ja toi meille syksyn antimia ja kätevät lottamme saivat aikaan komean pöydän. Siinä oli kurkkuja, tomaatteja, salaatteja, kukkakaalia, lohta, makkaraa, juustoa, paistettua lihaa, paistia, kastiketta, makaroneja, hyvää venäläistä sinappia, jälkiruokana lettuja juuri poimittujen suomuurainten kera hienossa sokerissa ja hyvää väkevää, oikeaa kahvia ja kermaa, jota oli tuotu pullossa. Tässä on kerrakseen luetteloa sotapäivälliselle. Enpä ihmettele, kun eversti von Essen sanoi pöydästä noustessaan ja kiittäessään lottiamme: "Tähän asti komein päivällinen ja paremmaksi se ei voi tulla sotaretkellämme." Niin minäkin arvelin ja samaa mieltä oli Ratsumestari Åkerman, joka on tunnetusti hyvä kokki ja asiantuntija ruokaan nähden. Niin päivämme kuluivat.

11.8. viestijoukkueemme johtajalle, kornetti Etelä-Aholle, sattui ikävä onnettomuus. Hänen piti lähteä Tolvajärvelle käymään ja hän otti moottoripyörän yksin käyttöönsä ja ajoi sillä eräässä tienhaarassa ojaan. Hänet vietiin ambulanssilla sidottavaksi Tolvajärvelle. Täältä hän palasi samana iltana kasvot ja nenä sidottuina ja ontuen, mutta joutui seuraavana päivänä uudestaan sairaalaan jalkojensa takia. Jalkojen suonikohjut pahenivat moottoripyörälennon jälkeen.

12.8. sattui viestijoukkueessamme toinen ikävä tapahtuma. Eräs suojärveläinen viestimies oli tahtonut tutustua venäläiseen varsikäsikranaattiin ja ruvennut telttansa edustalla sitä tutkiskelemaan, jolloin se oli lauennut ja vaikka hän oli sen heittänyt sylistään kauemmaksi, haavoitti se pahoin häntä ja kahta muuta viestimiestä, jotka ennättivät heittäytyä maahan pitkäkseen. Tämä oli aivan meidän telttamme takana ja juoksin ottamaan selvää tapahtuneesta, jolloin näin Etelä-Ahon sidotuin kasvoin toruvan ja selvittävän tilannetta. Näin kalpean rakuunan seisovan hänen edessään kuin ei olisi mitään tapahtunut.

Poika-parka oli säikähtänyt ja luuli, että häntä tästä ran-
gaistaan ja koetti salata haavojaan, mutta pian paljastui va-
semmasta hihasta valuva verivirta vakavammat haavat.
Lääkärin sitoessa pahasti runneltunutta olkavartta tuli ve-
rivirta miehen päästäkin, mutta mies koetti sitäkin salata
lakillaan, mutta lääkäri paiskasi verisen lakin kauas ja alkoi
sitoa pään haavaa. Lääkärin huomattua miehen pelkäävän
ja salaavan haavojaan riisui hän miehen ja löysi vatsasta
kaksi suurta, vaarallisinta reikää ja niitten tähden tuli kiire
ambulanssille viedä mies leikattavaksi Tolvajärven mat-
kailumajalla sijaitsevaan sairaalaan. Puhuttelin kalpeata
poikaa hänen lojuessaan paareilla sidottuna ja kysyin voin-
tia. Hän sanoi vatsaansa koskevan. Uljas poika. Kun tiesi
syyllisyytensä, niin koetti itse kärsiä vaiti seuraukset, ei va-
litustakaan, ei kasvojen ilmeen muutosta, vaikka näin tus-
kien olevan suuret. Urhea Karjalan poika.

13.8.1941 keskiviikko

Tänään loppui lepo Ägläjärven kauniissa kylässä. Ajoin
komentajan ja Serasteen kanssa uutta tehtyä tietä komen-
tajan autolla lähelle Luglaniemeä. Takanamme tuli prikaa-
tin komentaja eversti Ehrnrooth seurueineen kahdella hen-
kilöautollaan. Tie, jota vielä eilen kuljin läpi metsän, oli tä-
nään autolla ajettavassa kunnossa. Kun ensi kerran näin
tuon autotieksi aiotun tien, niin arvelin, että vähintään
kaksi viikkoa menee, mutta nyt yllätyksekseni huomasin
työn olevan kovasti pitkällä. Eilen pääsimme kärryillä 2
km ja tänään autolla jo 5 km. Mutta työmiehiä olikin kaksi
työpataljoonaa ja lisäksi pioneerejamme ja saksalaisia koko
tien suuntaan. Autoistamme jäätyämme kulki meitä suuri
seurue ohi työskentelevien miesten. Näin siviilistä työvel-
vollisuuslain nojalla otettuja miehiä. Keskustelin erään iäk-
kään näköisen miehen kanssa, hän sanoi olevansa

Helsingistä. Perhe oli sotaa paossa maalla, kun hän sai kutsun puolustuslaitoksen töihin, niin silloin hän sulki kotinsa oven ja sinne jäi koti yksin. Kysyin oloja täällä. Hän selitti, että asuntopuoli on pahin. Olen syntynyt 1887 ja kun telttaan meidät pannaan melkein päällekkäin, niin näin vanha mies ei tahdo saada nukuttua. Muuten ruoka on hyvää ja työtäkin osaa tehdä, kun vain tietöitä on ollut. Näin miehen lakissa harmaan kankaan, jossa lukee "Linnoitustyöt".

Saavuimme Luglaniemen maastoon. Sain komentajalta käskyn hakea majoituspaikat tässä maastossa. Näin touhusin Serasteen kanssa. Komentaja seurueineen meni eteen. Pian olimme katsoneet paikat eskadroonille ja sitten alkoikin kuormastoja saapua. Ohjailin näitä omiin paikkoihin. Pian olivat kaikki saapuneet ja jouduin komentopaikkaa järjestämään. Valitsin kauniin paikan taloaukean laidassa, riihen vieressä, nuoressa männikössä. Paikka oli ihanteellinen ja pian oli teltta valmis. Odotimme komentajan paluuta. Kahvi pantiin kiehumaan ja eversti saapui juuri kahvin poristessa. Järjestellen telttaan paikkoja tuli ilta. Aurinko oli jo kovin matalalla. Iltakahvia juodessamme nautimme Suomen ihanasta auringonlaskusta. Luglajärvi villinä ja salaperäisenä houkutteli vesille. Niinpä päätimme Serasteen kanssa lähteä vetämään uistinta aamulla puoli 5. Niin siviili mielessämme panimme maaten telttaan. Iltauutisten vielä hiljaa kuuluessa minä nukahdin telttakaminan suloiseen lämpöön.

14.8.1941 torstai

Klo 4.30 herätti lähetti Pajunen minut ja Serasteen kalaan. Yö oli ollut sumuinen ja kolea, mutta telttamme oli lämmin. Otin pienen voileivän ja Seraste, Pajunen ja minä kävelimme telttapaikastamme yli niittämättömän niityn,

111

ohi riihen ja mökin, alas saunarantaan. Täällä ei ollut venettä, mutta pari venettä oli ulompana ongella ja rannalla oli useita poikiamme kalastamassa. Kovaa näkkileipääni pureskellen, odottelimme kauniissa aamuauringossa huutamaamme venettä. Usva oli vielä järven itäisillä rannoilla, mutta auringon lämpö oli jo tehnyt länsirannan kirkkaaksi. Ruohoisat kalakaislikot kutsuivat houkuttelevina. Veneen saatuamme aloimme soutaa, kello oli 5. Vähitellen usva poistui kokonaan. Katselin sotureitamme. Ei heille ole uni maistunut, vaikka väsyneitä ovatkin, kun on näin kauniin järven rannalle leiripaikka sattunut. Suomalaisen talonpojan suurimpia nautintoja on olla aamuvarhain ongella, kun päivä nousee punertavana metsän takaa usvan häipyessä järveltä. Silloin kala liikkuu ja syö hyvin, luonto herää ja alkaa elämä. Vesilinnut aloittavat saalistuksensa kaislikossa uiden kauniisti ja hiljaa. Niinpä nytkin sotaretkellä käyttää suomalainen tilaisuuden hyväkseen ja nauttii. Siellä rannalla yksin hiljaa miettien ehkä kotiaan, rakkaimpiaan. Mekin kolme tunnemme tuon luonnon rauhoittavan vaikutuksen. Järvi on kalainen. Pian on meillä monta haukea ja ahvenia. Nauttien kuin sielujamme ruokkien soutelemme tyynellä, aamuisella järvellä. Kolmatta kertaa jo samaa reittiä, mutta aina tutumpia ruohikon poukamia.

Palaamme saalin kanssa rantaan klo 7.30. Täällä on elämä vilkkaana, aamupesulle on rientänyt poikiamme ja sauna lämpiää heti aamutuimaan. Paljon on kylpijöitä ja mahdollisimman usean on kylvettävä, siksi yhtä saunaa on lämmitettävä yhtä mittaa. Palaan teltallemme, everstimme on jo valveilla, aamupesulla, pesee juuri hampaitaan. Ihmetellen saaliimme suuruutta, joka on kolme haukea ja 21 ahventa, kaikki uistimella saatuja, yhteensä ehkä 5 kiloa. Juon aamuteeni ja ryömin telttaan pienille nokkaunille. Herään everstin sisääntuloon klo 10. Otan vilttini ja painun

112

riihen taakse aurinkoa ottamaan. Siihenkin lämpimään nukahdan hetkeksi. Päivä kului kuin kesälomalla ollen.

Kello 17 tuli puhelinsoitto Kallesta, että alikersantti Karhu oli joukonhakumatkallaan Löytövaarasta tullessaan saanut venäläisen vangin, joka tulee kohta tänne. Olimme juuri syömässä telttamme edessä pöytämme ääressä, eversti Ehrnrooth, everstiluutnantti von Essen, ratsumestari Åkerman ja pastori Tenkku sekä minä, kun alikersantti Karhu ilmestyi vankinsa kanssa pellon reunasta. Lopetimme ruokailumme ja menimme kuulustelemaan. Vanki oli kookas, laiha, tumma, isot ja sielukkaat silmät, usean päivän parta leuassaan. Kasvot olivat pitkät ja nenä pitkä ja suora. Suu oli pieni, tiiviisti kiinni, hartiat leveät. Yllä venelakki, pusero, paikatut pienet housut, mustat säärystimet ja isot nahkakengät. Puvun rintataskusta pilkisti puulusikka ja toisesta meidän poikien antama näkkileipä. Katselin surullista ja kaunista vankia.

Karhu kertoi: "Olimme tulossa noin 4 km Löytövaarasta etelään, ajoimme juuri pyörillämme matalaa ja loivaa mäkeä, pyörissämme takana jauhosäkit, kun minä etummaisena pienessä kaarteessa huomasin ryssän kävelevän pää alas painettuna ja kivääri hihnasta olalla. Hyppäsin pyöräni selästä aivan läheltä ryssää, jolloin hän nosti kätensä ja heitti kiväärinsä maahan ja antoi muutkin aseensa. Selitti käsillään ja ilmeillään tulleensa metsiä pitkin ja olevansa yksin. Ja nyt toin hänet tänne."

"Hyvä on. Hyvin tehty." sanoi eversti von Essen. Vankia kehotettiin istumaan, jolloin hän heitti manttelinsa maahan ja istui. Laittoi kätensä ristiin polviensa ympäri ja katsoi suurilla silmillään maahan.

Vanki vastaili kysymyksiimme ja selvisi seuraavaa: "Olen nimeltäni Schewehovskij Wladimir Danielin poika, syntynyt 1917, kuulun 52. rykmenttiin, sen 3. pataljoonaan ja 8. komppaniaan. Eilen lähdimme partioon, jossa oli 12 miestä ja meitä johti luutnantti, tarkoitus oli saada vanki. Luutnanttimme nimi oli Baranoff. Joka päivä liikkuu meidän partioitamme teidän puolellanne ja meidän lähtiessämme palasi partio, josta kolme oli kaatunut. Olimme kulkeneet melkein vuorokauden, kun minä jätin partion. Partio oli nuotiolla levossa, minulla oli kaksi käsikranaattia, olin vähän syrjässä ja heitin äkkiä molemmat kranaattini ringin keskelle. Näin neljän hyppäävän sivuun, mutta muut jäivät siihen ja pakenin kiireesti. Tiellä tapasin partionne ja antauduin vangiksi."

Näin kertoi kookas, tumma ja sivistyneen näköinen vanki. Ymmärsimme pian hänen tekonsa, kun hän jatkoi: "Olen puolalainen, kuulun siihen osaan Puolaa, jonka Venäjä otti 1939. Olen ollut vankeudessa koko ajan, kun tänne rintamalle minut otettiin. Äitini on vielä entisessä kodissani. Isäni kuoli viluun ja nälkään, kun ei saatu ruokaa eikä polttopuita, kun Venäjä valtasi Puolan. Vankeudessa pidettiin pahoin, piestiin kovasti, tässä näette rinnassani arpeni." Mies avasi puseronsa näyttäen vinosti rinnan poikki kulkevia ja arpeutuneita ruoskan jälkiä.

En tahdo uskoa tuota todeksi, luulen näkeväni vain unta. Eihän tuo voi olla nykyaikana mahdollista, kuitenkaan se ei ole unta.

Rauhallinen ja kohtaloonsa alistunut vanki jatkaa: "Selässäni on suuremmat arvet ja jalkani ovat olleet turvonneet, mutta nyt arvet ovat parantuneet."

Nyt en epäile vangin kertomusta. Hän on saanut tarpeekseen ryssän herruudesta ja käytti ensimmäistä tilaisuutta paetakseen. Kysyimme, eikä hän pelännyt suomalaisten kiduttavan vankeja kuten kaikki toiset vangit ovat tähän asti selittäneet pelkäävänsä. "Kyllähän ne kovasti puhuivat siitä, mutta minä olen puolalainen ja tiesin, että Suomi ei ole sellainen barbaarinen maa. Olen opiskellut 6,5 vuotta, mutta kyllä yksinkertaiset venäläiset uskovat sen täysin, siksi he eivät antaudu vangeiksi." selitti vanki.

Kun eversti on saanut tarpeelliset tiedot, käskee hän antaa vangille tupakkaa, jolloin minä annan hänelle ruokaa ensin, lämmintä velliä voin kera ja leipää. Vanki ei ole ennakkoluuloinen kuten aikaisemmat vankimme, vaan kauniit silmät häivähtävät kosteiksi ja hän selittää, että ei ole voita nähnyt sitten synnyinmaansa menetettyään. Hän syö rauhallisesti, pitkät solakat sormet pitävät kulhoa kauniisti, hän on siisti. Syötyään panee tupakaksi ja istuu. Syvä huokaus pääsee joskus hänen rinnastaan, sillä ei hän tiedä kohtaloaan. Vankimme on lähetettävä saksalaisten esikuntaan ja tietäen saksalaisten tavat, kirjoittaa RPr:n komentaja eversti Ehrnrooth saksankielisen kirjeen, jonka vankia vievän saksalaisen moottoripyöräajajan on annettava saksalaiselle kuulustelu-upseerille. Silmäilen tuon kirjeen läpi ja näen siitä, että eversti kehottaa pitämään hyvin tätä puolalaista vankia. Suomalaisella upseerilla on hyvä sydän. Vanki lähti.

Vielä kävi teltassamme kenraali Oinonen. Hän palasi Loimolan suunnasta ja otti prikaatinsa jälleen komentoonsa. Suuret herrat keskustelivat kauan meidän kahvipöytämme ääressä elokuisen punaisen auringon laskiessa villin näköisen salometsän taakse. Tiesin, että kenraalimme on jälleen palannut.

15.8.1941 perjantai

Sateinen päivä. Aamupäivällä kävin Sarasteen kanssa Alajoen talossa hakemassa kirjoja ja muita papereita, mitä siellä kuului olevan. Selailtuamme kauan venäläisten tukkityömaan työnjohtajan vinttikamarissa olevia papereita totesimme, että mitään erikoista ei löytynyt. Huone oli luonnollisesti aivan sekaisin.

Palattuamme sieltä tuli majamme muutto. Eteenpäin on tahtomme ja niin on tapahtuva. Lähdin everstin mukaan, kahden kävellen lähdimme. Olin hyvin sotaisan näköinen, rintani yli kulki jos jonkinlaista remmiä ja hihnaa ja pullea salkkuni oli kädessäni. Kuljimme juuri valmistuneen sillan yli. Eversti otti siitä valokuvan. Se meni yli ankean, suoreunaisen joen ja oli hyvin naamioitu pystyttämällä puita kuin pieneksi metsäksi. Noin 600 m pitkä kapulasilta vei yli suon. Katsoin sitä puumäärää, mitä siihenkin on pantu, mutta hyvä, kun pääsemme yli. Parempi on tehdä saarrostaen tietä kuin mennä suoraan ja menettää kalliita sotureittemme henkiä. Mitä on taloudellinen uhri, kun ihmishenkiä säästyy.

Kuljemme jo tutuksi käynyttä polkua. Tie oli huono ja muuttui lopussa kärrytieksi, mutta päästiin juuri. Aittojoen keskihaaran sillalla yhdyimme saksalaiseen kenttävääpeliin, jonka kanssa eversti otti minusta valokuvan ryssäin rakentamalla sillalla. Matkan päässä oli jo ratsumestari Åkerman, joka näytti majoitusalueen. Me everstin kanssa jatkoimme edelleen eteen 4 km Vegarusjärven eteläkärkeen, jossa 2. eskadroona oli kenttävartiossa. Alkoi jo hämärtää, kun me kahden lähetin kera mennä

116

taapersimme eteen. Polku oli ryssien partioima, siksi kuljimme aivan ääneti. Otin pistoolini paljaaksi ja se oli vyöni alla. Jo laskeutui harmaa ja näkyvä usva suojuottien ylle. Pitkospuut olivat liukkaat. Perillä everstimme otti selkoa varmistuksesta ja muista tiedoista. Ehkä 10–15 minuutin jälkeen alkoi paluu takaisin. Oli jo melko pimeää, kun saavuimme leirialueellemme. Huonon tien tähden ajoneuvomme oli myöhässä ja saimme istua kyyhöttää koivujen juurella nälkäisinä ja hikisinä noin 15 km kävelystä. Lopulta pääsimme telttaan ja pian sen suloisessa lämmössä kahvin tuoksuessa kieltemme kannat irtosivat. Ennen puolta yötä oli teltassa hereillä vain kamiinaa hoitava lähetti.

16.8.1941 lauantai

Heräsimme rauhan ajan tavalla. Ei kuulunut ammuntaa. Ei ole ollut sotatoimia joukollamme. Telttamme on koivikkokokankaalla, mutta ei kovin viihtyisällä. Aamupäivä meni pienessä tuhertelussa. Klo 13 menivät muut upseerit maastotiedusteluun eteen, mutta minä jäin hoitamaan rykmentin komentajan vakanssia. Alkoi sataa ja kaukaa kuului ukkosen jyrinää. Menin telttaa ja kirjoitin kirjettä Tchermychylle. Pian tulikin kenraali Oinonen, everstiluutantti Klärich, eversti Ehrnrooth ja luutnantit Anttinen ja Paavilainen. He kysyivät tietoja etumaastosta. Selitin, mitä tiesin ja herrat keskustelivat noin 20 minuuttia kenttäpöytämme ääressä suunnitelmistaan. Sain seurata vieressä ja huomasin kenraalin olevan erittäin miellyttävä ihminen ja rauhallinen johtaja. Pian telttaamme jäi vain eversti Ehrnrooth ja luutnantti Paavilainen. Sade kiihtyi ja ukkonen läheni. Paavilainen piirteli peitepiirrosta lyhtymme ja sähkölamppunsa valossa. Minä olin omissa tehtävissäni.

Äkkiä rapsahti ja kuului kimeä ääni: "Aijai!" Pian näin luutnantti Paavilaisen retkahtavan kenttäpöytämme äärestä maahan. Päässäni välähti, että harhaluoti se noin räpsähtää, mutta kun äkkiä jyrähti ukkonen telttamme päällä, tiesin, mitä se oli. Nopeasti hyppäsin telttamme toiselle puolelle ja irrotin langat puhelimesta ja menin Paavilaisen luo. Eversti olikin jo hänen luonaan. Tunnustelin Paavilaisen valtimoa, se löi ehkä tavallista kiivaammin. Ei mitään vaaraa, sanoin Paavilaiselle. "Ei, ei mitään!" sanoi nuori ammattiveljeni. Se oli vain pieni ukkosenisku, joka tuli puhelimesta.

Everstikin sanoi saaneensa tärskyn kylkeensä sekä kamiinan edessä tulta sytyttävä, kyyköttävä Pajunen lensi istuilleen. Hetken Paavilainen lepäsi ja polviaan hieroen hän jo jälleen piirteli. Ukkonen meni ohi ja pian saapuivat komentaja Åkerman, Seraste ja Nybergimme maastotiedustelusta märkinä kuin uitetut koirat. Mutta meillä oli teltta lämpimänä ja kahvi tuoksui jo kenttäpöydällämme. Pian oli teltassa kodikas tunnelma. Märät vaatteet kuivumassa, lyhty himmeänä lepattamassa ja vilkkaan puheensorinan vallitessa hörpimme kahvia. Everstit neuvottelivat ja sateen lakattua olimme jälleen kenttäpöytinemme ulkona. Kenraalimme saapui Klärichin kanssa ja illastaessa pöytämme ääressä suuret herrat löivät tuumansa yhteen. Saa nähdä, mitä tuleman pitää.

Klo 22 vieraat olivat poissa, mutta silloin tuli yksi 5-hengen partiostamme, joka oli lähetetty 14.8. Hän ilmoitti, että ryssä oli yllättänyt heidät ja yksi heistä oli kaatunut ja muut hajaantuneet. Everstimme oli pahoillaan ja käski miehen lepäämään ja jäi odottamaan muiden miesten paluuta. Iltauutiset kuuluivat tänään paremmin kuin ennen, sillä viestijoukkueen johtaja toi uudet virtalähteet. Nukahdin toimittaja Vatasen yksitoikkoiseen ääneen.

17.8.1941 sunnuntai

Tänään on se päivä, jonka pitäisi tuoda rauha. Taitaa Seraste hävitä minulle vetonsa. Rauhaisaa meillä tosin tänään on, mutta olemme kuitenkin sotaretkellä. Klo 9 tuli loput partiosta, joka oli lähtenyt 14.8. Pitkä ja vaikea reitti oli pojilla ollut. Viisi lähti ja neljä palasi.

Alikersantti Pussinen Kiihtelysvaarasta oli ollut johtajana ja kertoi seuraavaa: "Tehtävämme oli tiedustella Vegaruksen tiesuunnat, miehitys ja varustelutyöt. Maastossa liikkui paljon vihollisen partioita, talot ovat vapaana Vegaruksessa. Tähyilin erään talon katoltakin. Tietä liikennöi ryssä. Yövyimme ensin lähellä tietä. Kerran yritimme kaapata vangin kahdesta etenevästä ajoneuvosta, mutta vihollisen vartiomies erään talon pihassa hälytti ajajat, ja ne ajoivat metsään tulematta väijytyspaikkaamme. Toisena päivänä yllätimme noin pari vihollisen joukkuetta kiväärin puhdistushommissa erään tukkikämpän läheisyydessä. Tilanne meille oli ollut siinä vakava, koska ryssiä oli 60–80 ja meitä vain viisi. Ei ollut meillä enää muuta mahdollisuutta kuin se, että minä ryömin nurkan taakse ensin annettuani pojille neuvoja. Ja merkin annettuani kämpän nurkalla avasimme hirveän tulen neljällä konepistoolilla ja yhdellä pikakiväärillä noin 15–20 miehen ryhmää kohti. Syntyi hirveä sekamelska ja huuto ryssien keskuudessa, monet kaatuivat ja monet pakenivat huutaen. Tällöin me vetäydyimme ja pääsimme onnellisesti yli poltetun kankaan, jolle olisivat nuo paenneet ryssät meidät ampuneet, jos emme olisi avanneet tulta. Kiireesti me kaartaen etenimme pyrkien pois ryssien keskeltä, mutta ehkä varomattomuuttamme ryssä yllätti meidät. Jouduimme alikersantti Puurosen kotimetsässä kovaan taisteluun, ja Puuronen sai luodin otsaansa minun vierelläni ja voihkaisten kääntyi selälleen ja heitti henkensä omalle kotikonnulleen. Otin hänen konepistoolinsa ja vetäydyin pois huudellen sovittua merkkiä 'Berlin, Berlin!'. Meistä kolme viidestä kokoontui sovittuun paikkaan ja alakuloisena jatkoimme paluumatkaa. Vielä kohtasimme kolme ryssien partiota, mutta vain yhtä tulitimme. Yövyimme sitten eräälle kankaalle, jossa meitä seurasi emo-Ilves, joka oli hyvin utelias, mutta emme tohtineet sitä ampua, sillä se olisi tuonut ryssät niskaamme. Ilveksellä oli ilmeisesti poikaset lähellä, mutta emme niitä havainneet. Matkamme jatkuessa pakotti 8-miehinen ryssien partio vielä kiertämään ja viettämään yhden yön metsässä, mutta nyt olemme perillä. Yksi meistä kuitenkin jäi. Muilla meillä kaikilla on jalat rikki, sillä matkaa tuli tehtyä 80–90 kilometriä ja joskus ryssä pani meidät juoksemaankin."

Näin kertoili rauhallinen pohjoiskarjalainen ja valitti kaatunutta, sillä hän oli ollut hänen hyvä aseveljensä. Eversti kiitti urheita ja uhrautuvia poikia ja antoi 15 askia tupakkaa jaettavaksi partion kesken. Partion väsyneet miehet poistuivat nilkuttaen lepäämään.

Iltapäivällä oli leirialueellamme pieni karuselli. Klo 19.15 kuului noin 300 metrin päässä suolla kolme peräkkäistä laukausta. Kiinnitimme huomiota siihen, mutta minä jatkoin kamiinatorvien pudistusta vänrikki Nybergin kanssa. Käteni mustina kolkutin venäläisellä pikakiväärin piipulla torvia suoraksi, kun alikersantti Upla toi juosten sanan: "Herra eversti, vedenottopaikasta 200 m sivuun kuului äsken kolme laukausta ja kuulin avunhuutoja."

Pian tulikin sana, että 4-henkinen ryssäpartio ampui suolla muuraimia syövää viestimiestämme. Menin joukkosidontapaikalle tiedustelemaan tapausta.

Mies makasi paareilla kalpeana ja nyrkkiään puristellen kertoi: "Olin suolla marjoja syömässä, kun näin äkkiä kahden ryssän juoksevan oikealla ja kahden takanani. Silloin aloin minäkin painua pakoon polun suuntaan ja huusin apua, kun huomasin ryssän yrittävän ottaa minua kiinni elävänä, mutta silloin ryssät ampuivatkin minua ja jättivät takaa-ajon. Omat miehet tulivat sitten minua noutamaan."

Katsoin poikaa, luoti mennyt läpi säären juuri luitten välistä. Haava vaaraton, mutta kipuja pojalla on. Katsoin saapasta, pieni menoreikä ja vähän suurempi tuloreikä, ei räjähtävä luoti, joten haava paranee. Palatessani joukkosidontapaikalta kuulin, että kaksi ryssää paineli jo polun toisella puolella. Nopeasti kaksi 5-miehistä partiota meni perään.

18.8.1941 maanantai

Eilinen partiointi ei tuottanut tulosta. Mutta olomme koivikkokankaalla oli rauhaisa. Takanamme olevalla metsähallituksen tiellä oli lakkaamaton autonmoottorien ääni ja saksalaisten äänekäs melu, siellä siirtyi saksalainen divisioona eteenpäin.

Klo 14.30 antoi komentajamme hyökkäyskäskyn. Jälleen alkaa vakava toiminta, siksi käsky on perusteellinen. Läsnä oli ratsumestari Bergroth, Parviainen, Lindeman ja

luutnantti, seurakunnan pastori. Miehet seisovat kenttä-
pöydän ympärillä, kullakin kynä, suuri lehtiö ja kartta kä-
dessään. Kaikilla on täysvarustus. Lempeä kesätuuli pu-
halsi viileästi heiluttaen koivujen lehtiä, teltta oli päivä-
kunnossa. Vain komentajan ääni kuului selvänä ja hän sa-
neli hitaasti käskyään, jota oli harkittu ehkä vuorokausi ja
ajateltu ehkä viikko ja kypsynyt eilen illalla tähän suppe-
aan muotoon ja pantu paperille, josta nyt se luettiin sana
sanalta. Jokainen sana oli harkittu ja kukin upseeri otti pa-
perilleen sanan tarkkuudella itseään koskevan osan. Kul-
lakin oli vakava katse. Silloin tällöin kukin upseeri otti
asennon, kun hänen yksikkönsä mainittiin. Huoltoupseeri
selvitti kahden päivän kuivamuonan jakoa. Upseerien jou-
kossa tuli äsken etulinjan eskadroonan päällikkökin tär-
keitä hyökkäyskäskyjä ottamaan. Hän on ratsumestari Lin-
deman, nuori mies, parta on tasaisen musta, kypärän
remmi kauniisti leuan nipukan päässä, suu mutrulla hän
merkkaa muistiin asiat, pari käsikranaattia roikkuu hänen
vyössään. Hän tuli äsken vaaralliselta polulta, jota ryssäkin
partioi. Lääkärimme Montell ei unohda piippuaan, hänen
tiukka katseensa seuraa rauhallista everstiämme ja hänen
tehtävänsä on sivulla odottaa omaa käskykohtaansa. Pas-
torimme aina mukana, nytkin hän seuraa tarkkaavaisena
käskyä ja miettii, tuleeko hyökkäyksemme paljon maksa-
maan.

Tykistökomentaja luutnantti Anttinen, hänkin nuori,
seuraa käskyä. Selitti juuri everstille tykistön asemia ja am-
pumismahdollisuuksia. Konekivääri eskadroonan pääl-
likkö Bergroth nojaa kauniiseen koivuun. Takana tiellä
kuuluu autojen ääniä, siellä etenee saksalaisten kalustoa.
Huoltopäällikkömme kynä suhisee, hänellä on huoltovai-
keuksia, koska suunta on erämaa ja ruoka ja ammukset on
saatava etulinjaan.

Everstimmekin seisoo, hänen karttansa on tuttuna kenttäpöydällä useine merkintöineen ja melko kuluneena. Upseerit ovat sotineen näköisiä, ei kiillä saappaat eikä metalliset merkit, ei ratsuväen räikeä keltainen laatta, puhumattakaan punaisista housuista, vain ruusukkeet puseroitten kauluksissa ilman laattoja ilmaisevat arvoa. Parta on monella tasaisen tuuhea. Ehkä rypyt silmäkulmassa ovat lisääntyneet monella, sillä katseen täällä on oltava tiukka. Adjutantti on tuonut juuri tukun virkakirjeitä pöydälle, ja ne ovat komentajan kartan tiellä. Hän tekee vastenmielisen liikkeen niitä kohtaan, hän on taistelunmies, paperisota ei ole hänelle mieleen. Kuitenkin se on välttämätön paha. Pian on käsky annettu. Ja eversti kysyykin: "Onko kysyttävää?"

Tällöin yksi ja toinen kysyy jotain kohtaa ja eversti vastaa aina varmana ja rauhallisena. Oikein käsky on annettu ja upseerit rupeavat rupattelemaan toistensa kanssa täydentäen käskyä, kysyen ehkä jotain samaan tehtävään joutuneelta upseerilta, sopien ehkä jostain ja tiedustellen hyökkäykseemme kuuluvaa asiaa.

Pian upseerien parvi hajosi yksikköihinsä järjestämään hyökkäystä. Me telttamme edessä hämärässä joimme kahvia, jota keitimme melkein kaikkien tutulle pastori Tarmolle. Hän on JP 1:n pastori ja oli naapurissamme. Sitten ryömimme telttaamme, sillä aamulla alkaa.

19.8.2024 tiistai

Klo 4.30 herätys. Sain tehtäväkseni valvoa komentoryhmän ja viestijoukkueen marssia. Niin alkoi leikki: Kuljimme rauhallisesti. Minä liityin kohta komentajaan, URR seurasi toisessa linjassa. Hyökkäyskaista oli leveä. JP1 ylimpänä, pohjoisimpana ylitti Vegarusjoen, sitten HRR ja Pokkisen pataljoona (JP5) ja etelämpänä Aittojoella oli saksalaisten osastot. Kello oli vaille 6. Etulinja jo eteni. Klo 5.50 alkoi tykistövalmistelu. Olimme komentoryhmä eräällä kankaalla etulinjan ja tulipatterien välissä, tuliholvin alla. Istuskelimme tienposkessa. Tie oli juuri tehty autolla ajettavaksi metsään. Ohitsemme liikkui väkeä, eteen meni JP6 ja sen ohittaessa meidät hihkaisi yksi soturi: "Kenjakka!"

Menin luokse ja tunsin hänet virkaveljekseni, metsänhoitaja Karsikkaaksi. Hän oli joukkueenjohtajana, vaihdoin muutaman sanan ja hän jatkoi matkaansa. Ajoittain oli tykkiemme jyske lujaa ja vihollinen ampui vain vähän. Pian tuli edessä oleva Seraste, joka oli yhdysupseerina HRR:ään. Hän ilmoitti: "Herra eversti, HRR on ylittänyt joen!"

Nopeasti alkoi meidänkin marssimme. Kuljimme, vastaan tuli haavoittuneita kantavia miehiä ja lähettejä. Tiellä oli polun sivussa 12 kenttäkaapelia, siis 6 yksikköä on yli joen. Matkani Vegarusjoen yli meni kahta hirttä myöten ja jäätyäni jälkeen ilmoitusta antamaan kuljin yksin PST-ryhmän jäljessä kohti tietä. Matka oli raskas. Kuljimme metsään hakattua linjaa ja siinä ei ollut mitään polkua, yli poikkipuitten, kivien ja risujen. Hidasta oli meno. Vihdoin saavuimme tielle. Tässä kuljin nopeasti ja tapasin Åkermanin. Edessä eteni URR tien suunnassa kohti Vegaruksen kylää. Saavutimme Mökkiaukion. Siinä oli vastassamme JP6:n miehet. He olivat tulleet joen yli kahlaten meitä pohjoisempana. Kaikki olivat märkiä kainaloitaan myöten. Mutta päivä oli aurinkoinen ja lämmin.

Mökkiaukiolla vihollinen oli tehnyt mökin, mutta se oli kk-kasematti, joka oli tehty aivan mökin näköiseksi. Sotajuoni sekin. Aukion jälkeen oli vastassamme pieni varmistus. Oikealta kuului äkäinen konetulisarja. Riensin sinne. Siellä oli vihollisen pieni partio, joka ampui meidän sivustapartiotamme, jossa oli meidän ainoa mustalaispoikamme Lindgren. Hän ampui ankarasti konepistoolilla, mutta sai kuulan käteensä. Silloinkos alkoi kiroilu. Lindgren hyökkäsi hurjana ja valtasi viholliselta pikakiväärin ja ampui yhden, haavoitti toisen ja otti vangiksi kolmannen. Haavoittunut oli nuori 20-vuotias poikanen. Sidotin hänet ja puuhasin taakse 7 vangin kera.

Niin hitaasti taistellen saavuimme Vegaruksen kylään. Täällä järjestettiin joukot ja everstimme lähti jatkamaan jättäen minut viestijoukkueen kanssa tiehaaraan. Tässä oli tehtäväni odottaa 2. eskadroonaa. Oikaisin pusikon ääreen ja lämpimässä auringossa nukahdin. Mutta äkkiä heräsin hirveään pikakiväärin sarjaan suon laidassa. Nostin pätäni ja kuulin siellä olevan pari hiippaavaa ryssää. Partiomme meni perään ja pian oli kaksi vankia tiellä. Kuulustelin heitä, mutta pian tuli HRR tielle ja annoin vangit ratsumestari Leppäselle. Siinä huomasin viestimiesten kiinnittävän puhelinta kirkasjohtoihin, jotka veivät vihollisen suuntaan. Pian huusikin eräs viestimies minulle, että ryssä puhuu, tulkaa kuuntelemaan.

Menin sinne ja painoin torven tiivisti korvaani ja vähäisellä venäjän kielen taidollani ymmärsin seuraavaa:
- Haloo, onko Tubak?
– Onko komppanianpäällikkö?
– Ei ole.
– Missä on?
– En tiedä.

- Mikä hänen nimensä on?
- Nasaroff!
- Täällä puhuu Politruk, onko siellä asiat selvät? Lepäättekö siellä?
- Hyvä on.
- Paljonko miehiä jäljellä?
- 130
- Onko kaikki hyvin? Minulla on 30 miestä, entä sinulla?
- 40. Haloo, onko Stol?
- Haloo, täällä Olets Toroi.
- Montako konekivääriä?
- Hyvä on. Olkaa varuillanne

Kuunneltuani tuota, otin kiireesti polkupyörän ja ajoin everstin perään. Hän eteni pitkin tietä joukkonsa kanssa taistellen tuon tuosta. Ilmoitin everstille kuulemani. Mutta asia ei ollut kovin tärkeä, siksi jään everstin seuraan.

Pian olimme Husunvaaran kylän laidassa. Kylässä oli vihollinen. Alkoi taistelu. Etenimme hyvin taajassa rivistössä ja melkein takana jo kantohevosemme. Kylässä oleva vihollinen näki tulevan suuren joukon ja hätääntyi. Me valtasimme nopeasti mäen ja vihollinen painui suota pitkin pakoon. Oli jännittävää ampua mäeltä suolle. Me seisoimme aivan pystyssä ja saunan nurkan takaa ampui meidän pikakiväärimme. Pian oli kylä vapaa, mutta vielä toisessa laidassa oli hyvä tilaisuus ampua suolle. Näin, miten eversti komensi kk:n asemiin ja alkoi tärisyttää suolle hiippaavia ryssiä. Sinne jäivät. Eteneminen jatkui.

Nyt tavoitteemme oli Kivijärven maasto, jossa JP1 oli vastassa ajaen ryssiä etelään ja me tulimme niitä vastaan. Meno oli rauhallinen. Molemmin puolin tietä meni sivusta partiot ja tietä pitkin muut osastot parijonossa. Menimme 6–8 kilometriä, kun ilta saapui. Pian tuntui JP:n ammunta lähellä. Oikealla se kuului joskus kiivaana, joskus hiljentyen. Me vaan etenimme. Tie oli autotie. Yli mäkien, yli soitten. Nousimme mäen, laskimme suolle. Everstillämme oli tapana hiljentää meno aukean laidassa ja tähystää kiikarillaan vastakkaiseen metsään. Nyt oli vastassamme korkeahko, tiheän ja suuren metsän peittämä suo. Ehdimme suon puoliväliin.

Everstin sotilaan silmä pani epäilemään, sillä maasto vastassa oli strategisesti erittäin edullinen. Niinpä hän nosti vielä kerran kiikarin silmilleen, hänen katseensa terävöityi ja äkkiä hän kiljaisi tehden komentajan vaikuttavan eleen ja viittasi kädellään tiepuoliin ja kuin ammuttuna oli koko etenevä osasto maassa mahallaan tiepuolessa. Everstin kiikari keksi mäen rinteessä olevan kk-pesäkkeen kaksi punasotilastähystäjää kannon sivussa. Kymmenesosa sekuntia myöhemmin tärisi vihollisen konekivääri pitkään ja äkäisesti, mutta vain hivenen liian myöhään. Pian kaikui oikealla ratsumestari Parviaisen rauhallinen ääni: "Ensimmäinen saarrostaen oikealta suosaarekkeen kautta eteenpäin syöksyen mars!!

Vasemmalla luutnantti Standertskjöld komensi eskadroonaansa saarrokseen. Äkkiä pysähtyi vihollisen kiivas tuli kokonaan ja kuului mäeltä selvä ja luja suomenkielinen huuto: "Komppania tielle kolmijonoon mars! Hei siellä, älkää ampuko, täällä on omia!" Tämä huuto oli yllättävä, takana olevat jo hyppäävät tielle, mutta everstin kohdalla pysyttiin ojassa. Everstin viisas sotilaan silmä ja korva oli taas oikeassa. Kun miehemme eivät nousseet tielle ja Parviaisen miehet syöksyivät suosaarekkeeseen, alkoi uudelleen kk-tuli mäen rinteestä. Sotajuoni, kavala sellainen, oli vähällä pettää meidät. Sillä todella odotimme JP:n olevan vastassamme, mutta taaskin oli suomalainen viisaampi.

Ankaran ja vihaisen taistelun jälkeen olimme metsän reunassa. Valtasimme kk-pesäkkeen ja hyökkäys jatkui tiheään metsään. Tulin pesäkkeelle, kk oli ehyt, taaempana makasi punasotilas vatsallaan. Riensin katsomaan vierelläni alikersantti Pussinen. Pussinen potkaisi makaavaa ja heti mies ponkaisi pystyyn. "Valekuollut" sanoin taempana olevalle everstille. "Varokaa valekuolleita!" huusi eversti. Vähän matkan päässä oli pari muuta valekuollutta. Toisen luo meni eversti ja luutnantti Palmen. Punasotilas makasi vatsallaan kivääri vierellään ja toinen käsi vatsan alla piti käsikranaattia. Eversti näytti ääneti Palmenille, joka ojensi ukkomauserinsa ennen valekuollutta. Kolmas punasoturi oli haavoittunut, mutta ei antautunut silti. Hänkin loppui pian.

Taistelu jatkui kiivaana. Meidän poikamme etenivät varmasti. Tuli hämärä. Aikaa kului ja pimeni. Joukkomme ryhmittyivät aukean laidassa. Aukealla meidän laitaa kulkee pieni tie oikealle mökkiin. Toinen laita on pimeä metsä kuin seinä. Tulen aukean reunaan, jossa Parviainen ja Stani suunnittelevat etenemistä. Ilmoitan heille komentajan haluavan tietää heidän hyökkäysaikansa. Saan sen tietää ja ajan pyörällä pimeässä noin 200 metriä takaisin. Juuri kun ilmoitan everstille, hiljaisuus repeää ja ankara konekiväärituli alkaa vihollisen puolelta. Ja kuulaa tulee kuin rakeita juuri sen aukean takaisesta metsiköstä. Vihollinen yrittää läpimurtoa, sanoo eversti. Ilmoitan everstille, että puoli minuuttia sitten seisoin ratsumestari Parviaisen ja luutnantti Standertsköldin kera tuossa tiellä, jossa on nyt ankarin luotisade, ja että luutnantti ja ratsumestari jäivät tielle. Kuulen pienen voimasanan everstin huulilta. Hän on vihainen, olisiko sattunut onnettomuus ja pari hyvää upseeria mennyt. Kuljemme komentajan kanssa eteen ylös loivaa mäkeä. Luoteja vinkuu yläpuolellamme, olemme kuolleessa kulmassa. Edessämme oli pst-tykki ampumavalmiina, jos vihollisella on hyökkäysvaunuja. Kovassa luotituiskussa ja paukkeessa illan ollessa jo melko hämärä, näin kun meitä vastaan juoksee miehiä. Ne ovat omia, he hyppäävät tienpuoleen ohi meistä. On pimeä, en tunne miehiä. Kuulen everstin lujan ja tiukan äänen kiljaisevan: "Mitä helvettiä tämä on? Takaisin jokainen."

Ei auta, taakse metsään painuvat hahmot. Minä puutun asiaan, olen everstistä toisella puolella tietä. Karjaisen pakeneville ja hyppään yli ojan heitä vastaan: "Kukaan ei mene tästä taaksepäin! Takaisin!"

Pistoolini on paljastettuna, sen kirkkaat osat välähtävät vielä kuumottavan läntisen taivaanrannan valosta, jonne aurinko on laskenut. Vaaleat tinanappini osoittavat miehille, että edessä on heidän upseerinsa ankarana. Huudan ja komennan ja miehet pysähtyvät. Ne ovat pst-tykin miehiä ja taaempana olleita kk-miehiä ilman kk:ta. Hirveä luotisade, kova pauke, vihollisen eläimellinen huuto 80 metrin päässä pani maantienlaidassa istuskelevat miehet juoksemaan. Pakokauhu oli heidät vallannut. Pimeys oli sankka. Metsä oli synkkä. Vihollisen epätoivoinen ja raivoisa murtautumisyritys tiensuuntaan, jonne heillä oli aikomus rynnätä, mutta ensimmäinen ja kolmas eskadroona olivat valppaita. Everstin pelko, että Parviainen ja Stani olisivat joutuneet yllätetyiksi, osoittautui turhaksi. Vihollisen liike oli heitä varoittanut vain muutamaa sekuntia ennen hurjaa tuliryöppyä ja molemmat

eskadroonan päälliköt löysivät itsensä kukin eskad-
roonansa puoleisesta maantieojasta ehjänä. Vihollisen yri-
tys päästä läpi meidän suuntaamme epäonnistui. Tällöin
painui koko III/JR126 rippeet meistä oikealle kolmioau-
kion sivua suoraan itään. Sinne kolisi ja sinne rämisi tyk-
kejä, vankkureita, ratsuja, miehiä, ehkä naisiakin. En
tiedä, mutta huuto oli suuri ja melu valtava. Juuri Parviai-
sen ja Bergrothin poikien konekiväärien editse painui ve-
näläiset. Kk:mme lauloivat nautinnosta, poikain käsi oli
lujasti kahvassa, silmä tarkkana tähysi pimeyteen, jossa
vihollislauma painui pakoon kohti synkkää metsää, kohti
itää, mistä he olivat tänne tulleetkin meidän maahamme,
meidän kotikontujamme saastuttamaan ja tuhoamaan.
Tie, jonne joukko painui, oli vihollisen äskettäin tekemä,
juuri ja juuri kärryillä ajettava polku raivattuna yli kan-
kaitten ja soitten, jotka olivat kovin upottavia. Taistelu oli
kestänyt kauan, poikamme estivät koko lauman purkau-
tumasta itään pimeyteen. Osa oli jäänyt tiensuuntaan ajet-
tavaksi ja sinne lähtivät Parviainen ja Stani tekemään sel-
vää lopuista.

Jäin komentajan pariin. Olimme jälleen rauhallisessa pi-
meydessä, vain tien aukko korkeassa metsikössä häämötti
vaaleana. Komentaja järjesteli etenemistä ja Parviainen ja
Stani menivät eteenpäin. Lähdin komentajani mukaan ot-
tamaan kiinni Parviaista. Kuljin yhdessä everstin, luut-
nantti Parikan ja muutaman lähetin kanssa pilkko-pime-
ässä metsässä. Parviainen oli edennyt jo toista kilometriä,
äkkiä everstin tarkka korva kuuli jotain ja hän kuiskaa:
"Seis!" Ääniä kuului oikealla metsässä. Olimme äkkiä ase-
missa ojanpenkereellä.
Kuulin everstin huudon: "Tunnussana! Jousi."

Ei kuulunut vastaussanaa, joka olisi ollut "iskuri". Silloin komensi eversti: "Pojat tulta!"

Niin lauloi pari lähettien konepistoolia tasaista melodiaa yön pimeydessä synkkään metsään, josta kuului nopeita risujen katkeamisia ja juoksua poispäin meistä.

"Selvä on, sinne painuivat!" selitti eversti ja jälleen marssimme yhäkin valppaampina ja aseet valmiina käsissämme.

Pian saavutimme Parviaisen ja Stanin. He olivat pysähtyneet. Edessä oli suurempi vastus, vaikka Parviainen seisoi juuri valtaamansa viholliskolonnan keskellä.

"Mitäs nämä?" kysyi eversti.

"Vihollisen äsken, nyt meidän." vastaa Parviainen aina leikkisänä ja pieni hymyn häive suunpielessä ankarimmassakin taistelussa.

"Jaha, sepä hyvä. 12 hevosta ja 8 vankkuria, yksi ratsu, vankkurit täynnä tavaraa, 82 mm kranaatinheitintä pari kappaletta, sen ammuksia, vaatetta, rehua, valmiina käännettynä meille päin. Selvä! Vänrikki Kenjakka ottaa ajajat näihin krh-joukkueesta ja ajaa kolonnan heti 12 km taakse, jossa on kapteeni Lehtonen ja luovuttaa sinne ja palaatte heti krh-miehineen takaisin. " eversti käskee.

"Selvä on herra eversti." vastaan.

Järjestän ajajat kullekin ajoneuvolle ja lähdemme ajamaan yön pimeydessä: Nousen ensimmäisen ajoneuvon päälle. Tiehän on tuttu, olen sitä juuri tullut monta tuntia taistellen. On kuitenkin outo olo. Maasto ei ole kokonaan vihollisista vapaa. Paennut osasto voi kaartaa tai pyrkiä tielle tai vasemmalla taistelevan majuri Kivikon motista on saattanut ryssiä hiipata tielle. Tähyilen koko ajomatkan. Sylissäni polvien päällä on konepistooli lipas paikallaan ja toinen leipälaukussani. Kaikilla ajajilla on kivääri polvillaan, takimmaisella on konepistooli kuten minulla. Olen varma pojistani, onhan meitä 9 suomalaista ja selviämme suuristakin osastoista. Olen aina valmiina hyppäämään kärrystä heti automaattisarjan rävähtäessä tienpuolesta. Katselen pimeää, hiljaista metsää, taivas kuultaa vaaleana tierailon yllä, takana kuuluu kolonnan kolina, se on suuri, mutta sen takana kuuluu kiivas kk-aseitten pauke. Poikamme ovat jälleen leikissä. Yö on kolea ja usvainen, soitten kohdalla on sumua ja viileys käy jo käsiin. On jo syksy. Siinä hiljaa nyökkyessä kärryn tasaisessa tahdissa ajattelen paljon. Kotonani on vaimoni nuoren Pauli-poikani kanssa, ei ole pojallani vielä puolta vuotta ikää, hän ei tiedä, missä isi on, ei tiedä, että isi on ottamassa takaisin menettämäänsä kotikontua. Isi on vapauttamassa paljon kärsinyttä Karjalan kansaa, omaa Aunuksen heimoaan. Siellä omassa saaressaan uinuvat pikkuvaimoni ja nuori poikani. Uinukaa te, olkaa rauhallisia, isi kestää ja palaa takaisin. Luulin palaavani jo pian, ehkä kuukauden, kahden perästä, mutta nyt on jo kolea ja pimeä syksy. Tiet menevät hiljaisiksi, kun luonto muuttuu märäksi. Ei mennyt sotaretki yhtä nopeasti kuin luulin. Mutta loppuaan kohti se menee. Ajattelen niitä monia uhreja, joita on jo täytynyt antaa. Paljon on kaatunut ammattiveljiäni, metsänhoitajia. Muistan virkatoverini, agronomi Ilmari Aaltosen kirjoituksen: "Paljon on kaatunut teitä metsänhoitajia. Taidatte olla liian raisuja poikia." Niin ehkä! Mutta ehkä ammattimme asettaa meidät sodassa vaarallisiin tehtäviin.

Yö kuluu, itäinen taivaanranta vaalenee. Olemme perillä, ilman mitään vaurioita. Vain yhdet vankkurit heittivät kuperkeikkaa yhdessä mäessä, mutta ne oli pian korjattu. Lehtonen on valveilla, vaikka klo on 4. Annan kolonnan hänen haltuunsa ja hän järjestää sen tienpuoleen metsikköön, erilleen omista, sillä niissä voi olla tauteja. Kokoan pojat ja lähdemme paluumatkalle. Olen väsynyt, mutta viileässä aamuyöilmassa marssimme hyvin.

20.8.1941 keskiviikko

Saavumme aamulla perille sille mäelle, jossa vihollinen iltayöstä pääsi läpi itään. Paljon on kaatuneita. Näin pari omaakin sankaria. Säälin. He ovat ensimmäisestä eskadroonasta. Komentajakaan ei ole nukkunut hitustakaan. Hän sai juuri klo 8 teltan. Yhteys Kivikkoon saatiin klo 4, asetettiin varmistukset ja alkoi maaston puhdistus. On pieni lepo. Saan käskyn luetteloida vihollisen jälkeensä jättämää kalustoa. Mäenrinteessä 400 metriä meistä on ollut vihollisen e- ja a- jp. Menen sinne ja teen luetteloa. Tavaraa on röykkiöittäin. Lasken miesten avulla: 11 000 kiväärinpatruunoita, 700 käsikranaattia, 500 pst-tykin ammusta, 700 pienoiskrh-ammusta, 400 kpl 82 mm ammuksia, 50 polttopulloa, pst-tykin ammusvaunut kumipyörineen, 100 kg turskaa, 50 kg hevosenkengitysnauloja, 200 hevosenkenkää ynnä muuta. Ihmettelen, ettei vihollinen ole ennättänyt niitä tuhoamaan. Palaan teltalle. Saan nukkua muutaman tunnin ja klo 16 lähden komentajan ja yksiköiden päälliköiden kanssa. Meidän jo vanha tuttumme, ruotsalainen ratsumestari Schildt, joka sai kutsun kotiinsa Ruotsiin meidän ollessa Huhuksessa, on palannut takaisin. Hän on ottanut eron Ruotsin armeijasta ja tullut vapaaehtoisesti rykmenttiimme ja on nyt 2. eskadroonassa.

Hänkin on mukana. Aamupäivällä oli eräs partiomme mennyt vihollisen pakotien suuntaan ja noin 5–6 kilometrin päässä oli ollut kaksi 35 mm pst-tykkiä, 7 vankkurit ja muuta kamaa suohon jääneenä. Ja nyt olimme menossa tutustumaan tuohon "pikku Raatteeseen" kuten everstimme sanoi ja kuten myöhemmin marssin aikana kuulin miesten mainitsevan: "Tämähän on kuin Raatteentiellä."

Vihollinen oli tämän tien raivannut jo aikaisemmin ja saamamme vanki kertoi, että se on Suojärventie. Vanha polku ennen ja nyt siitä vihollinen on ajanut kaksi tykkiään ja kenties monta ajoneuvoaan. Sen kankaan laitaan oli heti jäänyt pst-tykin ammusvaunut ensimmäisen suon laitaan. Ja sitä mukaa kun kuljimme, näimme muutakin tavaraa. Ammukset oli ensimmäiseksi heitetty, sitten oli jo suutarin tavaroita, vanhoja kengän rojuja ja iso kasa lestejä, sitten vaateriepuja, makuupusseja, reppuja, talosta evakuoituja astioita laatikoittain. Ensimmäiset vankkurit olivat jääneet jyrkän mäen alle, tiepuoleen siirretty, siellä lepäsivät kk-laatikoita ja kiväärinpatruunoita täynnä sekä yksi kaurasäkki kyydissään. Tie kulki sitten yli kepeitten harjujen. Pian löysin ensimmäisen pst-tykin. Pieneen korpijuottiin, jossa puro lirisi, ja jonka yli oli yritetty kapulasiltaa tehdä, oli hevonen kaatunut louhikkoon ja kuollut ja siihen oli tykkikin jätetty. Lukko oli tykistä poissa, mutta muuten ehjä. Vielä löysimme kuudet rattaat ja toisen pst-tykin. Paljon on ollut kamaa ryssällä. Erään kannon päähän oli jätetty useat parit aivan uusia, suomalaisia, ohuita villasukkia, joista sain yhden parin käyttööni.

Palattuamme retkeltä hikisinä oli Pajunen laittanut teltassamme kuumat kahvit, oli tullut siviilipaketteja ja oli hyvä mieli saada hyvää.

Illemmalla, pimeän jo ulkona hiipiessä, oli teltassa käskynanto yksiköitten päälliköille. Oli mukava tarkata rykmentin upseereja lyhdyn valossa, hiljaisina, vakavina, parroittuneina. Everstimme selitti tilanteen, kiitti onnistuneesta retkestä tähän asti, selosti uutta suunnitelmaa ja antoi käskyn lähteä aamulla klo 5 marssille sitä tietä, jota vihollinen pakeni. Kuormasto kiertää Vuonteleen kautta ja me muut menemme ratsain ryssän meille tekemää tietä. Niin loppui päivä ja uni maistui lämpimässä teltassamme.

21.8.1941 torstai

Jälleen varhainen herätys. Oli kiirettä. Tuskin kerkesin juoda aamuteeni, kun tuli lähtö. Sain ratsukseni Lenni-nimisen hevosen ja niin alkoi marssi "Raatteen pikkutietä". Jonossa oli mentävä, tie oli huono. Monet suot olivat upottavia. Oli oltava varovainen, ettei ratsu jäänyt suohon. Lennini oli viisas ja minä pärjäsin hyvin. Kuulinpa leikkisiä lausuntoja, että kyllä ratsuväki olisi jalo, kun ei olisi hevosia. Tuo aiheutui lukuisista soista, joista hevonen oli todella vaikea saada yli. Ja ihmetellä täytyi vihollisen sisua, kun se oli saanut sitä samaa tietä vietyä noin 40 hevosta ja kenttäkeittiön sekä noin neljä ajoneuvoa vangin kertoman mukaan. Samainen vanki kertoi, että kyllä oli ollut huutoa ja melua. Noin 300 miestä oli sitä tietä paennut, se oli III/JR126:n rippeet ja mukana oli ollut pataljoonan komentaja kapteeni sekä vanhin politrukki majuri sekä 10 upseeria ja pari nuorta politrukkia. Mikä makupala olisi ollut tuo porukka meille, kun olisimme älynneet laittaa partion perään. Niin suuria herroja, mutta sodassa ei aina arvaa.

Marssimme meni nopeasti. Tie parani lopussa ja pian oli kosketus viholliseen Murron talon luona. 1. eskadroonan kärki saapui autotielle ja kohtasi kaksi rauhallisesti etelään kulkevaa ryssää. He yllättyivät ja pakenivat. Nopeasti partio meni perään, mutta sinne menivät.

2. eskadroonan Å:n johdolla kärki ajoi komeasti ratsastaen eteenpäin aina ensimmäiselle sillalle. Ei tiennyt suomalainen, että sillan takana Viirunvaaran rinteessä kyttäsi pari ryssän kk:ta, jotka avasivat tulen juuri, kun partio oli tulossa sillalle pientä ravia. Nopeasti pyörsi partio ympäri samoin eskadroona, mutta partiosta jäi tielle yksi ratsu ja kaksi miestämme, yhden ratsun nelistäessä ilman isäntäänsä. Molemmat miehemme olivat haavoittuneet ja ryömivät suojaan, josta ne saatiin haettua turvaan. Rakuunoittemme röyhkeä tulo ratsain aivan vihollisen nenän alle säikähdytti ryssän niin, että se hieman vastaan pantuaan jätti sillanpääasemansa ja luikki kiireesti itään. Siinä joukkomme taistellessa sillanpääaseman saamisesta sain komentajalta käskyn mennä Murron taloon katsomaan, olisiko jotain arvokasta tietoa tai papereita saatavana.

Ajoin pyörällä noin 1,5 kilometriä ja tulin lähetti Poikosen kanssa taloryhmään. Mikä hajanainen ja sekava rakennusrykelmä. Yksi vanha talo ja sen ympärille noussut pari rumaa 2-kerroksista hirsitaloa. Tarkastin lähemmin ja huomasin, että tässä on metsätyömaakeskus. Aitassa oli ollut kauppa. Mikä sekamelska sielläkin. Sinappijauhoja, laatikoita, suolatynnyreitä, ryynejä, ohuita sahanteriä ja astioita ym. roskaa. Menin varovasti taloihin varoen miinoituksia. Vanhimmassa talossa oli ollut konttori. Löysin sieltä papereita, mutta kaikki työmaata koskevia. Tutkittuani muut talot, senkin, jossa oli riiheen tehty suuri leivinuuni, ja jossa oli paistettu "ryssän paksua limppua" katselin ulkosalla ympäristöä. Perunoita oli pantu maahan, muuten pellot olivat puustoina ja rikkaruohon vallassa. Tapasin pari kk-miestämme perunannostopuuhissa. He virkahtivat, että tuonne lepikkoon puikki sika pakoon. Yritimme ottaa kiinni, mutta sinne meni. Mikä vahinko, perunoita ja läski-kastiketta olisi ollut. Lähdin takaisin joukkojen luo. Tapasin vain ratsumestari Parviaisen järjestelmässä yhden joukkueensa kanssa jälkivarmistusta ja muu osa rykmenteistä oli mennyt. Ilmoitin hänelle, että hyvä paisti paineli lepikkoon ja hän lupasi joukkueensa panna toimeen sika-ajojahdin. "Pataan, pataan panemme possun." puheli aina vitsikäs Kalle.

Jätin hänet sikajahtia järjestelemään ja lähdin pyörällä lähettiemme kanssa ajamaan takaa etenevää rykmenttiä. Meno oli hidasta. Tie nousi melkein 2 kilometriä Viirunvaaralle, asutulta vaikuttavaa lehtipuumetsärinnettä. Etenevät ratsut olivat pöyhöttäneet tien pyörällä ajokunnottomaksi. Mutta etenimme. Saavutimme käsihevoset ja pian komentajankin. Hän istui eräässä tienhaarassa kivellä ja opasti hevoset syömään niitylle noin puoleksi tunniksi. Jäin valvomaan syöttämistä komentajan jatkaessa kiireesti 1. eskadroonan perään, jolta oli juuri tullut, että oli saatu yhteys JP:hen ja sen partioon. Komentaja lähti ravia kohti Moisionvaaraa ennättääkseen ennen JP:tä. Minä ajaa huristin hyvää tietä kauniissa kesäillassa. Moisionvaaraa lähestyessä maisema kohosi ja pian huomasin olevani komealla vaaralla. Alleni aukeni kaunis näky. Laaja laakso rehevänä ja metsäisenä, Tasaisen vihreyden rikkoi taloaukea punaisine rakennuksineen ja kullankeltaisine viljapeltoineen, joilla lainehti valmis vilja. Vasemmalla aukeni kylä, kauniina ja vauraan näköisenä, talot ehjän näköisinä näin kauempaa katsottuna ja pellot viljellyn näköisinä. Aivan lähellä mäenrinteessä paloi talo, se oli jo palanut melko loppuun. Raunioista näin talon olleen suuren. Katoilta pellit olivat lentäneet raunioitten sivuun ja kolme savupiippua kohosi alastomana ja pitkänä iltataivasta kohden. Liekit nuoleskelivat savupiippuja kuin tahtoen kaataa ne nurin samaan raunioon, jossa jo muut talon osat paloivat. Piiput seisoivat uhmaten kuin tahtoen olla vartioina ja varjella paikkaa ja maata, jonka ryssä jätti urheitten suomalaisten hyökätessä tunti sitten. Talon polttivat, mutta maa jäi. Katselin kylää, savuja ei näkynyt muualla kylässä, mutta taaempana etelässä loimottivat suuret palot. Vihollinen perääntyy, se on sen merkki, mutta se polttaa perääntyessään kaiken. Puna-armeijalainen toteuttaa Stalinin käskyä.

Seisoin kauan mäellä. Katsoin kaunista Moisionvaaraa ja auringon painumista länteen suunnattomien metsien taakse. Ajoin pyörälläni alas mäkeä. Ohi palavan kouluraunion. Sain myöhemmin tietää, että se oli Moisionvaaran 2-kerroksinen, valkoinen kansakoulu, jossa vihollisen kolhoosikunta oli ollut ja viimeksi yhden heikäläisen pataljoonan esikunta. Lähtiessään olivat urheat puna-armeijalaiset sytyttäneet kylän uljaimman talon tuleen. Sen vieressä oli vielä kylän tsasouna, joka myös savusi raunioina. En tiedä, mutta ehkä juuri tsasouna oli ollut bolsevikkien vihan kohde ja sen tuleen sytyttäminen oli koulunkin polttanut. Niin ajoin pyörälläni palavien raunioiden ohi. Lämmin viima tulvahti kasvoihini raunioista jo viileässä elokuun illassa. Kulon käry täytti nenäni. Mäki laski yli syvän painanteen ja nousi jälleen ylös keskellä kylää. Nousun kohdalla juuri mäen päällä seisoi joukko suomalaisia sotilaita. Pian huomasin oman komentajan tutun hahmon ja jo tutun HRR:n komentajan eversti Ehrnroothin. Vielä oli JP:n komentaja everstiluutnantti Wahlbeck ja alempia upseereita. Isot herrat touhusivat kiireisinä. Näin niiden olevan asiassa sisällä, siksi touhukkaina he keskustelivat. Huomasin komentajani selvittävän rykmenttinsä marssin kohdetta ja sain heti tietää, että joukkomme oli mennyt suoraan itään vievää, hyvää, leveää, uutta maantietä tavoitteena 10

138

kilometrin päässä oleva Riuhtavaara. Ilmoittauduin everstilleni ja sain heti uuden tehtävän: "Jäätte tähän tienhaaraan, haette takaa kaksi haavoittunutta, odotatte JP:n JSP:tä, joka tulee tuolta lännestä. Jätätte haavoittuneet sille ja palaatte Riuhtavaaraan, jonne rykmentti majoittuu."

Tehtäväni oli selvä. Korkeat herrat lähtivät kohti itää. Sinne rykmenttimme jälkijoukkoja meni ohitseni. Seisoin tienhaarassa. JP:n pp-osastoja tuli ja pysähtyi hetkiseksi. Näin poikain olevan väsyneitä. Ne tulivat suoraan läpi metsien pyöriään kantaen. Näin, miten useat pojista riensivät rehuhernepeltoon ja söivät nälkäisinä jo kypsiä palkoja. Vielä ajoon lähtiessä usea poika otti tukon herneenvarsia pyöränsä ohjaustangolle, josta oli mukava ottaa silloin tällöin palko ajaessaan. Kauan istuin leväten tienhaarassa ja lähdin jaloittelemaan. Postitalossa oli vielä jäljellä suomalainen kyltti ja sen pihassa oli pensaat täynnä viinimarjoja. Söin jonkun mustaviinimarjatertun, otin lantun, joka kasvoi kaalien seassa. Poikkesin taloon sisään ja näin hävityksen kauhistuksen. Kuinka saattaa panna siistin talon niin sekavaksi. Palattuani tienhaaraan tulikin toinen haavoittunut ratsain. Käsi oli poikki kyynärvarresta, mutta poika pystyi kuitenkin ratsastamaan. Hänellä oli kylmä, annoin sotapakkauksesta hänelle manttelin. Aika meni siinä rupatellessa, kunnes tuli toinen haavoittuneista. Hän oli kersantti Hilapieli. Nuori rämäpäinen soturi. Oli ollut etumainen kärkipartion ratsastaessa vinhaa ravia vihollisen kk:ten eteen. Pahoin oli poika haavoittunut, käsi olkavarresta murskana ja jalka polvesta murskana senkun luut siitä tippuivat. Neljä rakuunaa omilla pyörillään toivat. Olivat tehneet pyörien varaan paarit ja niin tuli haavoittunut 10 kilometriä. Väsyneitä olivat pojatkin. Aurinko oli jo laskenut, alkoi viileä hämärä. Katsoin parhaaksi viedä molemmat haavoittuneet palavan kansakoulun raunioitten ääreen odottamaan, milloin JP:n JSP vihdoin saapuu. Tuntui hyvältä, kun lämpö hehkui raunioista. Sairaat panimme lähelle ja pian keskusteli Hilapielikin. Kovasti oli poika vihainen ryssälle, jalkaa ja kättä särki. Valitti pahoinvointia. Pojat keittivät hänelle teetä, toivat marjoja, palkoja, lanttua, antoivat leipää ja hoitivat hyvin.

Tuli jo pimeä. Rauniot paloivat yhä luoden valoaan pimeyteen ja surulliseen ryhmään, äärellään lämmitteleviin miehiin. Verissään virui pari miestä loimottavassa raunion valossa. Heidän ympärillään puuhasi terve mies parvi. Yö joutui ja nuotio rauniossa pieneni. Useat miehistä oikaisivat palaneen kattopellin päälle aivan lähelle tulta. Minäkin löysin sellaisen pellin, vein sen lähelle sairaita ja ojentauduin selälleni lämmittävän loimun valoon. Palo räiski ja ritisi. Haavoittunut valitti ääneen, hänellä oli haavat hätäisellä sidonnalla jo vuorokauden, verenvuoto oli ollut suuri. Ymmärsin miestä ja koetin lohduttaa. Valitus koski sydämeeni, ei ollut antaa mitään tuskiin urhoolliselle kersantille. Lojuin selälläni katsoen tulen loimussa töröttäviä savupiippuja, ne nousivat kohti korkeutta melkein häipyen pimeään taivaaseen. Viekää haavoittuneen huuto ylös korkeuksiin te meidän uljaat vartijat, kertokaa Hänelle, kuinka suuri on tuska ihmisten keskellä. Kertokaa, että Suomen kansa kärsii. Eikö lohtua tuo aamun sarastus? Yö meni. Nukuin nokihiutaleiden ja kipinäin leijaillessa kasvoilleni.

22.8.1941 perjantai

Heräsin viluun. Raunioitten palo oli lopussaan. Pojat olivat siirtäneet sairaat suuren kivijalan suojaan, se oli lämmin ja soi lämpöä sairaillekin. Aamu koitti. JSP:tä ei kuulunut. Otin pyörän ja ajoin Riuhtavaaraan ottamaan selvää komentajalta, mitä tehdä. Ajettuani pari kilometriä syöksähti vastaani henkilöauto. Kas vaan, tie on selvä ja autot siis pääsevät. Ajaa huristin erikoisen hyvää maantietä ja pian tulin Riuhtavaaraan. Heti näin kylän olevan karjalaisen, talot pieni-ikkunaisia ja suuria. Korkeimman talon harjalla hulmusi komea kirkasvärinen sotalippumme. Tuntui niin juhlalliselta, kuin olisi ollut juhla. Olin väsynyt, mutta voimaa loi kaunis siniristilipun humahtelu omassa maastossaan. Löysin tien varressa URR:n keltavalkoisen komentolipun vartioineen ja pian olin everstini luona. Ilmoitin asian ja pian oli selvä. Lääkärimme Montell lähti autollaan heti Moisionvaaraan ja sairaat saivat oikean hoidon.

Aamu oli sateinen, teltat olivat kuormastossa. Kuitenkin pian alkoi leppoisa olo. Pelloista saatiin perunoita ja pian porisi pakeissa uudet perunat. Sauna pantiin lämpiämään ja oli mukavaa ajaa everstin kanssa hänen autollaan saunaan. Everstikin tuumasi: "On se sentään mukava taas pitkästä aikaa ajaa autolla."

Sauna oli rattoisa ja mukava. Setä Bergroth, pastori ja Seraste olivat mukana. Eversti tarjosi tanskalaista suklaata saunan päälle ja keskustelu liikkui muissa kuin sota-asioissa. Saunan jälkeen oli meillä yhteinen ateria kaikille rykmentin upseereille huoltoportaassa. JSP:n linja-autolla meni muut, minä menin komentajan ja setä Bergrothin kanssa komentajan autolla. Alkoi sataa tihuuttaa ja lottien tarjoama hyvä päivällinen menetti nautittavuudestaan osan, kun satoi. Suuremmat herrat söivät ensin ja sitten söimme me nuoremmat. Oli mukavaa, kun pienen saksalaispressun alle oli asetettu pöytä ja me tungimme sen ääreen niin tiheään, ettei lautaset sopineet pöydälle. Keskustelu oli kevyttä ja hilpeä mieliala vallitsi. Syötyämme oli jälkiruuaksi kahvit huoltoteltassa. Siellä istuimme tiheässä

25 upseeria. Komentaja kertoi hauskoja kaskuja ja tapahtumia retkemme aikana. Sitten komentaja piti kauniin puheen ja ehdotti laitettavaksi sähkösanoman rykmenttimme kunniapäällikkö Mannerheimille, kun olemme ylittäneet Suomen vanhan rajan. Sovittiin sanomamuodosta. Virkistävä yhteisateria päättyi linja-autokyytiin, jolla tulimme teltoillemme.

Pienen levon jälkeen sain komentajalta käskyn lähteä pioneeriupseeri kapteeni Lukkarin kanssa tietiedusteluun rajalle. Oli jo ilta, kun kiipesin kapteenin autoon. Ajoimme Kangasjärven kylän eteen joelle. Siinä oli vihollinen räjäyttänyt maantiesillan ja yli pääsi vain paria palanutta hirttä myöten. Siinä oli paljon liikettä sillan kahden puolen. Oli eversti Wahlbeck, oli kapteeni Vuorinen, Lukkari ym. upseereita ja miehiä. Pioneeriupseerin katsellessa sillan rakentamismahdollisuutta minä katselin liikettä. Edestä tuli partioita ja miehiä ja meni samaten. Pojat kantoivat polkupyöriään olalla yli virtaavan joen pitkin kapeaa hiiltynyttä tukkia, kuka meni varovasti, kuka rohkeammin. Wahlbeck kuulusteli yhtä vänrikkiään, joka tuli juuri partiosta. Torui vähän, kun partio laski käsistään noin 10 ajoneuvon kuormaston sekä pari pst-tykkiä. Vänrikki selitti asian ja niin pääsi taakse ansaittuun lepoon nuorimies partioretkensä jälkeen. Edestä näin tulevan kolme vankia, jotka kantoivat neljättä haavoittunutta "toveriaan". Heitä oli tuomassa pari suomalaista. Mutta miten haavoittunut saadaan yli? Näin suomalaisen olevan neuvokkaan. Hän näki virrasta, ettei se voinut olla syvä, hän kulki tukkia myöten ja kokeili kepillä syvyyttä ja palasi vankien luo ja komensi. Näin miten vangit tottelevaisesti ottivat paarinsa ja menivät veteen. Virta oli melkoisen voimakas ja 80–100 syvä. Vaikea oli kahlaus ja haavoittunut raskas. Surullinen saatto paareja ylös nostaen tuli lopulta joen toiselle puolelle. Vangit olivat märkiä, mutta he eivät valittaneet. Haavoittunut oli manttelin alla. Näin hänen yhden suuren silmänsä vilkaisevan minuun. Miten sielukas, suuri ja alistunut oli katse. Kärsimys kuulsi sielun peilistä, mutta hän ei valittanut.

Nyt matkani jatkui Lukkarin ja yhden lähetin kanssa. Kuljimme aluksi pyörillä, kun polku huononi ja pimeni, jätimme pyörämme polun sivuun. Alkoi jalan patikoiminen. Tavoitimme JP1:n joukkue Ahmavaaran, joka eteni myös rajalle samassa suunnassa. Liityimme heihin. Hämärsi yhä, alkoi olla pimeä, mutta pian olimme kohteessa. Tiedusteltuamme Torasjoen ylitystä aloimme paluun. Kapteeni Lukkari, lähetti ja minä. Nyt oli jo pimeä. Ahmavaara jää joukkueensa kanssa rajalle varmistamaan. Oli kolkkoa kulkea pimeässä. Jalalla piti tunnustellen koettaa aina, ettei kiveen, risuun tai tukkiin kompastunut. Kuljimme hiljaa, sillä myös vihollinen kuljeskelee näitä polkuja. Taivas polun kohdalla oli auki ja kuulsi meille suuntaa. Vauhti ei ollut kova, ääntäkään ei kuulunut. Äkkiä Lukkari pysähtyi. Huomasin syyn. Edessä kuulsi paperossi ja taaempana vilahti vihreä valo. Olimme hyvin lähellä suolla ja valot loistivat kankaan reunassa. Pääsimme hyvin lähelle, kun kuljimme hiljaa. Painauduimme matalaksi ja samalle puolelle polkua. Kuuntelimme. Ei sanaakaan kuulunut, vain paperossin hehku vilahti silloin tällöin.

"Paljonkohan niitä on?" virkahti kapteeni.

Ei osaa sanoa. Olimme ehkä 10 minuuttia hiljaa, sitten ehdotin: "Eiköhän mennä vähän taakse oikealle ja huudeta kysyen tunnussana!"

Kapteeni katsoi sen parhaaksi ja hiljaa pimeässä menimme taakse.

Pian huusi kapteeni selvästi ja kuuluvasti: "Ketä siellä? Onko omia? Tunnussana?"

Ei vastaustakaan. Painauduimme hyvin matalaksi ja korvat tarkkana odotimme, avaako ryssä tulen vai aikooko se saartaa. Ei kuulunut hiiskahdustakaan. Vielä kerran huusin minä: "Tunnussana Hakku!"

Kuuntelin. Pian kuuluikin vastauksia: "Omia on, emme muista tunnussanaa."

Tällöin kysyin: "Keitä olette?" jolloin kuului vastaus: "Vänrikki Luotola."

"Jaha, meidän on!" virkahti lähettini iloisena takanani ja nousi ylös. Hän tunsi vänrikin äänestä ja niin menimme heidän luokseen. Vänrikki Luotola oli tullut parin lähettinsä kera komppaniastaan eteen ja odotti komppaniaa tässä. Selvitimme hänelle, että on vaarallista unohtaa tunnussana ja että pian olisimme antaneet konepistooliemme soida. Samoin on vaarallista vaieta, kun pimeässä kysytään. Opiksi oli nuorelle vänrikille.

Jatkoimme matkaamme. Pian tuli vastaamme kapteeni Honkanen komppaniansa kanssa, hän oli menossa Ahmavaaran luo varmistamaan ja ottamaan haltuun heti aamun sarastaessa ylimenopaikan. Keskustelin hieman kapteenin kanssa, hän oli hyvällä tuulella ja reipas sotilas. Neuvoimme tien ja paikan, josta Ahmavaara löytyy. Katselin hänen poikiaan. Polkupyöräjoukkoja olivat ja pyöränsä mukanaan. Ihmettelin, sillä polku oli kivinen ja huono ja pimeys oli niin täydellinen, ettei 5 metriä eteensä nähnyt ja yhteen törmäys syntyi heti, jos vastaantulija pysyi

144

paikallaan eikä liikkuessaan ääntä päästänyt. Poika parat. Ei ollut helppoa edetä pyörineen, niinpä hikisiä pojat olivat. Kunnioitukseni heitä kohtaan nousi, kun näin heidän noin tiukasti pitävän kiinni pyöristään.

Paluumatkamme jatkui, pyöriämme emme löytäneet, sillä pimeys oli liian sankka. Saavuimme kävellen Kangasjärven kylään ja hävitetyn sillan yli palanutta parrua pitkin autolle. Pieni automatka ja klo 1 olimme perillä. Sataa tihuutti ja olin märkä, kun ryömin telttaan.

23.8.1941 lauantai

Telttaan tultua lämmitin kaminan päällä kenttäpullostani löytämän kahvitilkan, join ja söin hieman. Vaimoltani oli tullut poissa ollessani paketti ja sen antimet tulivat mitä parhaimpaan aikaan.

Yö oli sateinen. Teltassa kaikki nukkuivat, vain kipinäkalle valvoi. Paikkani oli everstin vieressä, näin puhelimen olevan aivan hänen päänsä vieressä, jotain on odotettavissa päätellen tuosta. Väsymykseni raukaisi kovin ja oikaisin itseni. Uni ei tahtonut tulla. Siinä kieriessäni soi puhelin. Eversti heräsi ja otti torven. Kuulin: "URR lähtee liikkeelle klo 3, suuntana Kuurnalampi ja ylittää sen heti klo 5 jälkeen."

Selvä on, ajattelin. Katsahdin rannekelloani sähkölampun valossa. Eversti heräsi, kello oli 2. Alkoi toiminta. Nukkumiseni jäi. Teltta herätettiin, lähetit yksiköihin ja lähtö valmiina oitis. Sain käskyn viedä sanan huoltoon ja ottaa kärjen kiinni heti.

Kiireinen ajo läpi Riuhtavaaran moottoripyörän takaistuimella. Viileä aamuviima karisti väsymykseni, poskeni kuumottivat pian valvomisesta, mutta tunsin ruumiini vielä vastustuskykyiseksi. Huolto nukkui, vain vartiomies käveli telttojen välillä. Ilmoitin käskyn kapteeni Itkoselle, hän oli valveilla heti. Kapteeni Lehtonen samoin. Selitin asiani ja poistuin.

Palattuani komentopaikkaan oli komentaja jo mennyt. Tavoitin heidät pian ja sain ratsuni Lennin. Tehtäväni oli ohjata eskadroona yöllä tiedustelemaani ylityspaikkaan. Ratsastin polkua ensimmäisenä. Sateen kostuttamat puiden lehvät löivät kasvoihini virkistävästi. Meno ei ollut luja. Kankaalla otimme pienen ravin ja niin oli 17 kilometriä taivallettu. Klo 5 olimme Torasjoen ylityspaikan edessä. Kapteeni Honkanen sai käskyn mennä yli komppaniallaan ja klo 5.15 oli kärki yli. Vastassa ei ollut yhtään vihollista.

Heti Honkasen jälkeen meni URR joen ja vanhan Suomen rajan yli. Minä olin taempana lähettämässä radiosanomaa joen ylityksestä ja kun tulin joelle, oli URR jo yli. Minä menin joen ja vanhan rajan yli Lenniä kahlauttaen. Joen toisella puolella oleva komentaja neuvoi minulle kahlausreitin. Kello oli noin 6. Oli juhlallista mennä rajan yli. Olin siis Aunuksen puolella, olin synnyinmaani rajan yli.

Aamu oli tyyni ja poutainen, mutta syksyinen. Vastassani ei ollut mitään tietä. Sain ottaa kiinni 3. eskadroonan, joka oli kärkenä. Ratsastin läpi hakatun kankaan, jolle hakatut tukit oli jätetty. Noudatin edellä menneiden eskadroonien kaviouraa ja pian tavoitin kärjen. Komentaja oli palannut ja alkoi eteneminen.

Noin 3 kilometriä rajasta sai kärki kosketuksen, olimme juuri saapuneet hyvälle polulle, jota seurasi kaksoiskirkasjohdin. Olin harjanteella, jossa polku kulki ja kuulat vingahtelivat pääni päällä. Eteneminen pysähtyi. Lähdin eteen katsomaan kolmannen taistelua. Kuljin kangasta pitkin, tulin käsihevosten luo, sinne oli tullut jo pari haavoittunutta ja niitä sidottiin parhaillaan. Otin yhdeltä kypärän päähäni ja jatkoin yhä eteen. Yhden pienen harjun takaa tapasin setä Bergrothin, hän ohjaili kk-poikiaan.

Heti harjanteella tapasin tappelua johtavan eskadroonanpäällikön luutnantti Standertskjöldin, hän oli hieman levoton pojistaan, sillä kaksi oli jo kaatunut, toinen niistä upseeri kornetti Kuonanoja ja toinen upseeri kornetti Koivisto oli haavoittunut. Kysyin tilannetta. Hän osoitti taloa puitten välistä ja sanoi: "Tuolla on ryssä, näetkö kk:n sen talon edessä? Poikani ovat jo saartamassa taloa, pian on selvää."

Vai niin, ajattelin ja lähdin hänen kanssaan etulinja-asemiin pienelle harjanteelle noin 80 metriä talosta. Siinä makasi poikia asemissa. Tarkkasin taistelukenttää. Talo oli venäläismallinen, pyöreistä hirsistä tehty vartiokasarmi. Piha oli laaja ja sekava, metsä harva. Kohdaltani taloon oli hyvä näkyvyys. Talon pihassa ja metsässä liikkui rauhattomina useita hevosia. Vihollinen kyttäsi kuopissaan. Siinä tarkkaillessani kenttää huomasin komentajan tulleen samalle kukkulalle ja tarkkailevan samaa näkyä. Vasemmalla saarrosti kornetti Jussila joukkueensa kanssa. Äkkiä vierelläni oleva pikakivääri laski nopean sarjan ja toisella puolellani oleva kiljaisi: "Ryssät hiippaavat talosta!"

Todella, näin 80 metrin päässä kyykkysillään kolmen ryssän yrittävän yli pihan, äkäinen tuliryöppy jätti yhden kentälle ja kaksi pyörsi nopeasti taloon. Siellä ovat. Hetken kuluttua pilkisti ikkunasta pää, pk-sarja räsähti ja lasit katsojan viereisestä ruudusta menivät sirpaleiksi. Pää katosi ikkunasta. Äkkiä tuli taasen leimahti kukkulastamme, kun neljä-viisi ryssää juoksivat pihan yli oikealla olevaan kellarin ja vajan suojaan. Ammunta oli hetken kiivas. Minäkin ammuin pistoolillani yhden lippaan juokseviin, mutta yksikään ei kaatunut.

Pian vasemmalta kuului huuto: "Varokaa, ryssät juoksivat kellariin!"

Komentaja käski pari miehistä lähteä käsikranaatteineen tekemään selvää ryssistä. Minä kaarsin oikealta vastaan pakoon juosseita ryssiä ja olin pian kellarin päällä olevalla rinteellä, siinä oli kk-pesäke, jossa virui kolme ryssää. Kaksi valitti haavoittuneena yhden pitäessään päätään. Komentajakin oli siinä ja näki kuopan ryssineen, antoi yhdelle miehistämme käskyn lopettaa nuo kaksi kärsivää ja pari pientä konepistoolisarjaa teki surullisen kuopan hiljaiseksi. Jäi surullinen kuva noista kuopassa olevista. Taistelu on taistelua. Laskeuduin kellarin tasolle, kiersin sitä hakien ikkunaa ja löysinkin sen ja otin varmistimet munakäsikranaatistani, iskin tapin edessäni olevaan kiveen, tähtäsin ikkunaruutuun ja räiskis, oli muna kellarissa. Painauduin alas suojaan. Kuului kumea jyrähdys ja savu tuprahti ikkunasta. Riensin ovelle ja katsoin sisälle tulostani. Savu peitti pienen kellarin, mutta pian näin sen olevan tyhjä. Siis heittoni oli turhaa, mutta kuitenkin tarpeen. Menin alas pihan tasolle. Talossa oli vielä ryssiä. Talon takaa näin Jussilan konepistoolinsa kanssa. Huusin hänelle, että varoisi, sillä talossa on ryssiä. Jussila näytti ymmärtävän. Joukkojamme tuli paikalle ja pian osa niistä meni sisään taloon ja toi sieltä neljä vankia.

Oli touhua ja paikan tarkastelua. Keskellä pihaa valitti haavoittunut vanki. Menin sen luo ja katsoin. Voi ihmettä! Osunut oli ehkä vatsaan ja koko alaruumis oli halvaantunut. Suuri verilammikko oli valunut miehen vierelle kovaksi tallatulle hiekkatantereelle. Yläruumistaan hän nosti tuskaisena ylös ja katsoi minua. Mikä kärsivä katse, anova katse, minkä ihmisen syvä tuska. Katsoin ja ajattelin, näky vihlaisi sydäntäni. Hän valitti syvällä äänellä, ei tullut selvää sanaa, vain voihkintaa kuului. En osannut mitään sanoa. Ajattelin vain sodan julmuutta. Varmaan jää tästäkin näystä piilotajuntaani kuva, joka palaa joskus silmieni eteen, kun olen päässyt siviiliin sodan loppuessa. Niin oli viime sodankin loputtua, kun rauhallisena panin maata kodissani ja olin vielä valveilla.

Kiire on. Edessämme on pitkä taival. Pian on talon maasto selvä ja etenemisemme alkaa. Päivä on ehkä puolessa. Tein havaintoja maisemasta: tie on kärrytie, luonto ehkä hieman poikkeava, metsässä erilainen leima. Metsämiehen silmä seuraa aina metsää. Havaitsen, miten selvästi metsätyypit eroavat toisistaan. Miten jyrkkä on raja esim. suolla ja kankaalla. Pian tie johtaa kapealle harjulle, hiekkaharjulle, siellä kasvaa vain mäntyä ja siinä on suuria, paksuja, kulojen jo runtelemia mäntyjättejä vielä elossa ja välissä jo nuorta taimistoa. Harju kapenee ja korkeus kuin suurenisi. Aurinko paistaa helottaa kauniina. Harjua rajoittaa melkein aukeat nevat, saranevat, ne ovat kuin niittyjä. Välissä lampi päilyy kauniina tuollaisen nevan keskellä. Kilometri kilometrin perään harju jatkuu. Männikkö on paikoin harvaa. On hienoa katsoa ratsastavaa osastoa upealla kiemurtelevalla harjulla auringon luodessa valoja ja varjoja harjulle. Ratsastan everstin jäljessä ja takanani seuraavat ratsulähetit. Tuon tuosta eversti lausahtaa jotain ja mieliala on hilpeä. Maiseman kauneus ja harjun pituus on everstinikin mielessä, koska hän sanoo: "Antakaamme tälle harjulle nimi ja olkoon se 'Rakuunaharju'!"

Niin ristimme tien ja harjun, jota etenimme. Vihollista ei ollut vastassa. Kerran harju leveni ja metsä tiheni. Huomasimme vihollisen rakentamia pesäkkeitä ja hautoja, mutta kaikki olivat tyhjinä. Ajattelimme ja keskustelimmekin noista hyvistä puolustusasemista ja olimme iloisia, että vihollinen tuli yllätetyksi ja lyödyksi Talon luona ja nyt etenemme tämänkin kohdan taistelematta. Kuljettuamme noin 10–12 kilometriä harjannetta se leveni kumpuilevaksi kangasmaastoksi. Pian oli edessä Näätälahden kylä.

Edessä oli 2. eskadroonan ratsumestari Åkermanin johdolla. Kylän laidassa kärki jalkautui, jätti hevosensa mäen taakse ja lähti jalan kahden puolen tietä. Kärkipartio on tiellä, kun äkkiä tienmutkan takaa näkyy kaksi ratsastavaa vihollista. Rauhallisesti käyden ratsut tulevat kuin sotaa ei olisikaan. Äkkiä rävähtää partiomme konepistooli. Kuin ammuttuna hypähtävät vihollisen ratsut, joista toinen menee heti polvilleen, mutta ratsastaja sen selästä hyppää, ja toinen hevonen mennä viilettää pakoon. Niin jää vain yksi haavoittunut musta ratsu tielle. Pian alkaakin oikealta kiivas konetuliaseittein rätinä. Vihollinen on kylässä, mutta kiire sillä tuli miehittää asemiaan. Taistelu on lyhyt. Pian on puolet kylästä meidän, mutta äkkiä jyrähtää vihollisen puolelta tykinlaukaus ja kranaatti on siinä samassa miestemme edessä kiviruoppaassa. Selvä on! Se on piiskatykki. Siis vihollisella on pst-tykki, jolla se ampuu suorasuuntauksella. Hyökkäyksemme hieman pysähtyy, mutta pian on 1. eskadroona Parviaisen johdolla vasemmalla ja rätinä osoittaa pian kylän selviävän. Rattaitten kolina idässä ilmoittaa meille, että sinne menee vihollinen pakoon.

Piiskatykki vaan ampua jyskii, mutta hevosenkenkämme mennessä umpeen, se lakkaa ja he livistävät sinne, minne muutkin - itään. Kylä on pian meidän. Lyhyt oli taistelu.

Eskadroonat ryhmittyvät uudelleen ja niin alkoi eteneminen sitä tietä, jota vihollinen oli paennut. Edessämme ampui vielä kenttätykki, se alkoi ampumaan meidän uudelleen ryhmittyessämme. Olin tiellä, jota vihollinen eteni. Se oli aivan äsken yritetty tehdä autotieksi ryssän tapaan ilman mitään tiepohjan tekoa. Edessä oli tulitaistelu. Alkoi olla ilta. Menin eteen, siellä järjestettiin juuri tykkijahtia. Oli saatava se tykki, joka ampua rätki yli meistä taaksemme tielle. Komentaja antoi käskyä Parviaiselle. Olin väsynyt, istuin tienpuolessa. Tykki ampui, mutta melkein nukahdin. Äkkiä tuli taukosi ja tykki ei ampunut. Kohta etenemisemme jatkui. Vihollinen vetäytyi. Tie huononi, se oli kohta vain metsään hakattu ura ja siinä oli ryssä mennyt autoilla ja vienyt tykkinsä mukanaan. Ihmettelin sitä sisua, jolla tässäkin ryssä oli mennyt.

Ilta hämärtyi. Edessä eteni 1. eskadroona taistellen tuon tuosta. Pian olimme 10 km Näätälahdelta kaakkoon. Tulin suurelle ja pehmeälle suolle. Suolla paloi pari vankkuria ja kuorma-auto, jossa oli ollut nelipiippuinen it-kk. Näky oli surullinen: useita vankkureita suolla kuormat hajan. Auto tulessa. Yhden vankkurin vieressä paloi sen kuorma, tuon tuosta se leimahti suureksi liekiksi, siinä paloi miinoja. Näin Serasteen, hän tuli vastaan minun mennessä taakse viemään erästä käskyä. Vaihdoin muutaman sanan. Ihmettelimme yhdessä, että auto oli saatu noin keskelle suota ja tykit ja joitakin yli. Minulla oli täysi työ saada ratsuni Lenni suon yli. Kierrellen mättäiltä mättäille pääsin yli suurelle kankaalle, johon oli tehty nuotio. Sain tietää, että tähän nuotiolle komentajakin jää yöksi. Oli kostea syysilta.

151

Istahdettuani nuotiolle sain pian käskyn lähteä eteen otta-
maan yhteyttä Parviaiseen. Oli jo hämärä. Kuljin yksin.
Vielä mennessäni näin polun hyvin. Matka tuntui kovin
pitkältä, mutta lopulta, ehkä 6–7 km päässä tapasin etulin-
jan. Se oli synkeässä korpimetsässä, jonka takana oli avoin
suo, sen takana mäki, jossa ryssä oli.

Oli jo yö. Tapasin Parviaisen ja kävin hänen kanssaan
edessä – siellä pojat kykkivät asemissaan suon edessä. Oli
jo haavoittuneita. Kornetti Jansson oli saanut siruja. Katse-
lin paikkaa ja oli kolkko tunne. Siinä asemia ja maastoa kat-
sellessa tuli 3. eskadroona Parviaisen avuksi. Se ryhmittyi
taakse. Näin Jussilan. Hän oli tullut joukkueensa kanssa.
Hän oli oikaissut erään puun juurelle lepäämään pimeään
ja kylmään yöhön.

Kello läheni kymmentä ja lähdin takaisin nuotiolle,
mistä olin tullut. Mukanani oli nyt Jansson, hän lähti sidot-
tamaan haavojaan. Kuljimme kahden pimeässä. Hidas oli
meno, onneksi Janssonilla oli sähkölamppu, jolla hän va-
laisi silloin tällöin pahimpia paikkoja. Olin melko väsynyt,
kun lopulta saavuimme nuotiolle. Siinä kyyrötti poikia ja
komentajakin. Paneuduin nuotion ääreen ja nukahdin.

24.8.1941 sunnuntai

Heräsin kankaalla nuotion äärestä viluisena ja märkänä.
Kummallista, miten ihminen kestää, mutta niin vaan sai-
rastumatta kestää. Sain heti käskyn lähteä taakse ottamaan
yhteyttä Näätälahdessa eversti Wahlbeckiin. Oli aamuhä-
märä. Pian valkeni. Otin mukaani ratsulähetti Kouvolaisen
ja niin hiljaa ratsastaen saavuimme takaisin Näätälahden
kylään. Kylässä oli Wahlbeck poikinensa. Ilmoitin hänelle

asiani. Sain odottaa, kun hän otti yhteyttä radiollaan kenraali Oinoseen.

Sillä aikaa minä tutustuin tarkemmin kylään. Mikä erilaisuus olikaan Suomen kylillä ja tällä. Niin outo tunne täytti sydämeni, kun katselin taloja. Astuin niihin sisälle vanhoja rikkinäisiä portaita. Mitään ei oltu korjattu, jos porraspuu oli mennyt rikki, ei uutta ollut, vaan yli harpattiin seuraavalle askelmalle. Jos ikkunasta on ruutu mennyt rikki, niin uutta ei ole saatu, vaan laudan tai vaatteen on reikä peitettävä. Kävin eräässä talossa. Mikä ihmeellinen arkkitehtuuri. Niin mutkikas, niin merkityksetön ja tarkoitukseton. On kuin olisimme ajassa, jolloin sudet ja karhut taloa hätyyttelisivät tai rosvot taloon hyökkäisivät, siksi on niin mutkikkaat sokkelot. Katselin kylää ja ajattelin, että tuollaisessa ympäristössä vanhempani olivat kasvaneet. Tätä kylää vallatessa haavoittui aseveli kornetti Keituri, nuori, iloinen ja hyvä poika. Kolmannen kerran veli haavoittui 20-vuoden iästä huolimatta. Ensi kerran talvisodassa vuosi hänen verensä. Nyt oli luoti mennyt hänen rintansa läpi. Poika sylki verta, kun näin hänen makaavan erään talon pihamaalla. Keuhkopussi oli puhki. Kalvennut oli nuoruuden punaama poski.

Kylää katseltuani sain tiedot eversti Wahlbeckiltä ja palasin komentajani luo. Mutta miten pitkälle olivat poikamme edenneet, kuulin koko ajan hyvin kiivasta konetulitaistelua. Vihollisen tykki ampui jo paluutietäni. Jätettyäni ratsuni toisten luo jatkoin matkaa eteen lähettieni kera. Tulimme joelle. Siinä oli parakkeja. Julma oli sodan jälki. Vihollisia lojui kaatuneina kaivamissaan kuopissa. Katselin niitä. Kiire oli eteen ja jatkoimme matkaamme. Kiivas ammunta osoitti poikiemme olevan lujassa kamppailussa. Vastaani tuli haavoittuneita, jälleen surullinen saattue. Kuka nilkutti itse, kuka toisen tukemana ja ketä paareissa kannettiin. Äkkiä huomasin ylikersantti Nisosen tulevan kalpeana ja takki päällä vain toisessa hihassa. Mitä tämä? Kyselen, kun hän pysähtyy. Saan kuulla, että koko esikunnan porukka oli ollut hyökkäyksessä mukana, ja että yksi lähetti kaatui, vänrikki Nyberg ja paljon muitakin haavoittui. Vai niin. Katson miestä. Luoti on mennyt olkapään läpi. Annan hänen jatkaa matkaansa. En vielä kerennyt lähteä, kun näköpiirini tuli paarit ja Nyberg oli niissä. Pysähdyn ja pojat laskevat paarit alas. Voi ystäväni, kuinka olet kalpea ja nokinen. Vaihdan jonkun sanan ja saan tietää, että luoti on mennyt rinnan ja keuhkojen läpi ja että jalka on poikki reidestä, jossa räjähtävä luoti on tehnyt rumaa jälkeä. Näin toverini huulien olevan kuivat, annan hänelle pullostani vettä ja hän vielä kehottaa lähettämään kaikki tavaransa äidilleen. Lupaan hoitaa asian ja annan pojille käskyn kantaa upseerinsa edelleen hoitoa saamaan.

Askeleisiini tuli reippautta. Tiedän edessä olevan ankarat taistelut, koska esikuntakin on hyökännyt. Hiki nousee pintaani, kun riennän juoksujalkaa eteen. Nyt tulen tulialueelle, luodit räiskyvät puissa. Yhä riennän eteen ja ihmettelen, miten edessä komentajani onkaan. Vihdoin saan hänet ja hänen seurueensa näkyviin. Tienpuolessa he ovat. Tuli on suorastaan ankara, luotien rätinä valtava. Arveluttaa minunkin olla pystyssä, mutta haluan komentajan luo ja menen pystyssä. Ilmoitan everstille asian, että takaa pitäisi tulla apujoukkoja. Eversti on jännittynyt, näen hänen eleistään. Saan kuulla, että joukkomme oli jo valtatiellä, mutta vihollisen hyökkäysvaunut, joista pari oli liekinsyöksyjillä varustettu, painoi joukkomme pois tienvarresta. Tilanne on vakava. Haavoittuneita tulee paljon. Kuulen Parviaiselta, että hänellä on paha paikka. Vihollisella on paremmat asemat ja hyökkäysvaunut. Ja kaiken lisäksi patruunatilanne huononee huononemistaan. Jään everstin läheisyyteen. Siinä on puhelin. Kovin edessä, kun ei uskalla olla täysin pystyssäkään puhelimen kohdalla. Seraste selittää komentoportaan vastaiskusta, jonka lähettimme tekivät vasemmalle ylikersantti Nisosen johdolla. Nisonen, muuten hiljainen poika, oli ollut erittäin urhoollinen ja rohkea. Pian tulee edestä 2. eskadroonan taholta tieto patruunoiden vähenemisestä. Eversti komentaa vapaat viestimiehet taakse hakemaan tienpuolista kaikki vihollisen jättämät patruunat. Oikealla on JP1:n kapteeni Mikkolan komppania, joka on alistettu URR:lle. Sieltä tulee tieto, että heillä on maantiesilta tulen alla ja ovat juuri tuhonneet viisi kuorma-autoa.

Parviainen aina rauhallisena tulee edestä aivan pystyssä kävellen ja ilmoittaa, ettei yhteyttä ole saatu Mikkolaan ja samalla kuin ohimennen sanoo, että patruunat ovat aika vähissä. "Poikani jo ostavat toisiltaan tupakalla patruunoita, mutta tupakatkin ovat vähissä."

Everstin ilme välähtää, hän miettii. Kiväärituli ja konetuliaseittein rätinä on valtava, luodit rapsahtelevat komentopaikan yllä puissa ja puitten oksia rapisee maahan. Saan käskyn pistäytyä edessä hakemassa Parviaista. Lähden, tuli on hiljentynyt, tulen 1. eskadroonan etulinjaan. Näen kaatuneita poikiamme. Siinä yksi kyyhöttää kuopassaan pää rikkiammuttuna ja elämä paenneena. Tuossa makaa seljällään yksi vaaleakutrinen nuorukainen. Kypärä on häneltä pudonnut sivuun, takinliepeen alla on suuri veriläiskä maassa. Sydämeen on osunut, nuori veri on kostuttanut Aunuksen tannerta. Mieleni on apea. Näen nyt etulinjan. Pojat ovat asemissaan. Edessä on lepikkö kuin viikatteella noin puolen metrin korkeudelta leikattu, se on vihollisen tulen leikkaama. Vain harva leppä vielä huojuu syyskesän iltapäivätuulessa. Näen vänrikki Lounavaaran pst-kiväärinsä vieressä maassa. Vaihdan muutaman sanan. Hän sanoo, että on vaarallista olla pystyssä, sillä jos ryssä antaa taas tuliryöpyn, on henki vaarassa, sillä suihkut menevät vain puoli metriä maasta. Jatkan matkaani ja toivon, ettei vihollinen antaisi tuliryöppyä juuri nyt. Kuljen ohi poikien. He ovat vakavia. Hyökkäysvaunun ääni hyrrää pelottavana tien kohdalla. Ja sen piiskatykit räiskäyttävät tuon tuosta asemiimme niin, että pölyinen tanner tupsahtaa. Vihdoin tapaan Parviaisen. Hän on poikiensa luona etuhaudoissa ja paikalla, josta näkee parhaiten ja on siis vaarallisin. Ihmettelen hänen onneaan, ettei ole saanut kuulaa ruumiiseensa, mutta hänen poikansa pitävätkin Kalleaan sellaisena Akilleksena, johon luoti ei osu. Ilmoitan, että komentaja haluaa puhutella häntä. Lähdemme yhdessä taaksepäin.

Tuli on jälleen voimistunut ja hyökkäysvaunun äänet lähestyneet. 2. eskadroonan taholta tuli ilmoitus: "Hyökkäysvaunut, joita on neljä, ovat aivan asemiemme edessä, ampuen tykeillä. Meillä ei ole panoksia ja kiväärinpatruunoita on aivan liian vähän." Jaha, näen komentajan tehneen päätöksen. Hän antaa käskyään tunnetulla rauhallisuudellaan eskadrooniensa päälliköille. On taisteltu jo 10 tuntia yhtä mittaa ja vihollinen painostaa ja hyökkää uudelleen ja uudelleen kovasti huutaen, mutta aina tyrehtyy hyökkäykset. Käsky on vetäytyä 1,5 km taakse jokilinjalle ja pitää kahlaamon kohdalla sillan pääasema. Vetäytyminen järjestetään kaikkien sääntöjen mukaan.

Juuri käskyn loputtua tulee tieto: "Vihollinen saartaa oikealta ja komppania Mikkola on motissa. Kaksi hyökkäysvaunuista on liekinsyöksyjällä varustettua ja ne etunenässä vihollinen hyökkää oikealla."

Puhuttelen hikistä lähettiä, joka kertoo pelokkaana hyökkäysvaunun liekistä, joka poltti liekillään yhden rohkean kk-pesäkkeen, joka laski sen noin 30 m päähän. Huomaan pojissamme olevan pienen hyökkäysvaunukauhun, mutta ei ihme, sillä se on pojille ensi kerta taistella hyökkäysvaunuja vastaan. Komentajan käsky on selvä. 3. eskadroona jo asettuu ensimmäisiin viivytysasemiin komentopaikan taakse. Siinä on pientä kiirettä. Kk:t menevät juoksujalkaa uusiin asemiin, lapiot heiluvat, maa lentää, kuoppa syntyy, kirves ja vesuri tekee ampuma-alaa. On kiire. Parviainen ja Åkerman lähtevät eteen poikiensa luo ja alkaa heti rauhallinen irtautuminen. Vihollinen ampuu kuin vimmattu, mutta me vastaamme vain harvakseen, sillä ammukset ovat melkein lopussa. Parviainen kulkee eteen. Me lähdemme taakse, puhelin irti, johdot saavat jäädä. Näin taakse jäävän polkupyöriämme, mutta kuulen niitten kuuluvan etulinjan pojille.

Ohitamme 3. eskadroonan Stanin pojat. Se on asemissa. Komentaja silmää niitä ja sanoo: "Oikein pojat. Suolatkaa tuohon notkelmaan kasoihin."

Katsoin poikain eleitä. He ovat rauhallisia, hieman hermostuneita, väsyneitä ja monella nokisen pinnan alla kuumottaa poski valvomisesta ja jännityksestä. Kk-ampuja pitää jo kahvasta ja suuntaa asettaan, apulainen nostaa viimeiset kolme laatikkoaan viereensä ja toteaa ne täysiksi, vetää vyön päät esiin ja paneutuu ampujan viereen. Edestä tulee jo Parviaisen poikia, he ovat rauhallisia. Kuulen irtautumisen onnistuvan. Näen väsyneen rakuunan kantavan konekiväärin varsinaista. Hiki valuu nokisessa otsassa. Kysyn jotain. Kuulen vain sadattelua, kun patruunat loppuivat ja osoittaa takana tulevaan apulaiseensa ja sanoo: "Tuo yksi laatikko on jäljellä ja se ammutaan vielä luoti/ryssä."

Olemme komentajan kanssa jo taaempana, irtautuminen on tehty. Parviainen ja Åkerman asettavat eskadroonansa joen puolustukseen. Istumme kivellä koko esikunta. Ohitsemme menee taistelleitten miehekäs jono. Katson hikisiä, repaleisia, verisiä ja väsyneitä poikia. Ei kuulu valitusta, vaikka toisia talutetaan, eräitä kannetaan. Sydäntä sykähdyttävä näky. Olen ylpeä saadessani kuulua tuollaisten poikien joukkoon. He ovat suomalaisia, ovat oikeita Runebergin sotureita. Siinä menee ohitseni Sven Tuuva ja nro15 Stolt, Munter ja Lodekin. Komentajani on myös ylpeä. Hän on pystyssä ja lausuu lohduttavia sanoja haavoittuneille ja rohkaisee väsyneitä. Hänellä on kamera auki ja usein se napsahtaa. Katsoin aikeita ja toivon itsekseni, että saisin joskus noita kuvia nähdä.

Siinä seuraillessa poikien vetäytymistä kuuluu äkkiä edestä kova huuto. Vihollinen hyökkää Parviaisen ja Åkermanin tyhjiin asemiin. Olemme rauhallisia. Odotamme, milloin Stanin pojat lopettavat arojen villit huudot. Ei tarvitse kauan olla jännittynyt, kun Stanin monet kk:t ja pk:t räsähtävät ja huuto hukkuu ankaraan tuleen ja häviää lopulta kokonaan. Sydän alassani panee niin oudon tyydyttävästi ja vieno hymy nousee huulilleni. Katson komentajaan ja näen hänen kasvoissaan saman hymynhäiveen. Stani pitää kutinsa. Siirrymme viimeisten miestemme perään ja ylitämme joen kahlaamossa. Kahlaamon yli oli kannettu joitakin kaatuneitamme ja katsahdin surullisena heidän kalvenneisiin kasvoihinsa. Kenenkähän poika, kenen isä ja rakkain siinäkin lepäsi viimeistä untaan. Raskas on sota, uhreja se vaatii. Joen ylitettyämme ja uuteen paikkaan puhelinta ja komentopaikkaa valitessamme tuli vastaan

HRR:n eräs eskadroona (ratsumestari von Essenin). Mikä iloinen uutinen. Miten tervetullut olikaan tämä joukko. Komentajani mieli kirkastui, ryhti parani ja tuli reippautta. Pian oli asia selvillä. HRR tulee tunnin kuluttua kokonaisuudessaan ja ottaa URR:n tehtävän. Selvä, nyt se selkiää. Miten kevyt tuli olla.

Komentajani antaa käskyjä. Miehiä menee eteen, reippaita ja puhtaita miehiä. Taakse tulee likaisia, väsyneitä ja raukeita. Haavoittuneet linkuttelevat taakse, kuka pääsee, tien varrella heitä lojuu, eräitä kannetaan. Kaatuneita peitetään. Lähetit menevät kiireisinä edestakaisin, on eloa.

Ryssä käy päälle. Tankkien ääni lähenee jokea. URR on väsynyt. Näen jo ratsumestari Leppäsen puuhakkaana paikalla. Hän on saanut käskyn ottaa haltuun joen sillan pääaseman ja leventää sitä. Leppänen ottaa sen. URR on tehnyt raskaan päivätyön ja vetäytyy taakse pieneen ansaittuun lepoon. Kuljen sinne nuotiolle, rakovalkealle, jossa edellinen yökin meni. Alkaa touhu nuotion kunnostamisessa ja makuusijan valmistamiseksi. Panen lähetit töihin. Teen havulaavun ja suuren rakovalkean sen eteen. On jo hämärä. Edestä kuuluu taistelun melske. HRR pidättää vihollista.

Komentajamme on väsynyt. Hän istuu pienen nuotion ääressä, kun minä puuhaan havulaavua ja rakovalkeaa. Pajunen keittää everstille kahvia. Tietoja tulee edestä, että vihollisen tulo on pidätetty ja sillanpääasemaa on suurennettu. Takaa on tulossa huolto, mutta vielä se on kaukana. Sairaat lojuvat Näätälahden eräässä talossa.

Alkaa sataa tihuuttaa. Pian tuli sana takaa, että vihollinen oli hyökännyt erään osastomme kimppuun huoltotiellä takanamme ja käsikähmässä oli yksi miehistämme saanut pistimen reiän selkään ja yksi vihollinen kaatunut. Mutta lopulta oli vihollinen paennut metsään. Saimme kuulla, että se on suuri, harhaileva vihollisryhmä, joka on sen suuren suon toisella laidalla, jota me kuljemme. Annamme sen olla.

Asetumme havulaavuun rakovalkean antaessa lämpöään. Paneudun everstin viereen ja Seraste hänen toiselle puolelle. Pian nukun, sillä olen tuiki väsynyt. En tunne, että yöllä sade on kiihtynyt. En näe, että päälleni sataa. Eversti ja Seraste eivät voi nukkua, he kyyhöttävät tulen ääressä silloin tällöin jotain virkahtaen. Eversti virkahtaa: "Onnen poika tuo Kenjakka, kun voi nukkua." Mutta minä en kuule sitä. Olen yltyleensä märkä. Tunnen epämieluisen tunteen, mutta väsymys voittaa kaiken.

25.8.1941 maanantai

Nukun havulaavussa, sataa, olen märkä. Rakovalkea loimuaa. Eversti ja Seraste kyyhöttävät tulen ääressä. Kello on puoli 4. Pian alkaa valjeta. Tunnen everstin kosketuksen takamuksiini ja herään. Saan käskyn lähteä heti taakse Näätälahteen, siellä on eversti Ehrnrooth ja minun on otettava yhteys häneen.

Alan kömpiä pystyyn. Yläruumiini on aivan märkä. Otan saappaani, niissä on vettä terät täynnä. No, kuumaa teetä saan ja pian kiipeän Lennini selkään ja Kouvolaisen kanssa alkaa sama vaellus. Suo on paha, kerran Lenni vajosi. Annoin sen levätä siinä. Kannoin havuja sen eteen ja yritin vetää sen suitsista ylös ja viimeisessä ponnistelussaan pääsi viisas, puoliverinen Lenni pystyyn. Suon toisessa laidassa oli vihollinen ollut illalla. Olen varovainen.

Nyt on Lenni vapaa. Huokaan helpotuksesta. Ratsuni nytkyttää, sade valuu. Märät oksat lyövät kasvoihini. Olen märkä.

Saavumme Näätälahteen. Siellä kylän laidassa tapaan eversti Ehrnroothin ja everstiluutnantti Wahlbeckin, jotka tekevät lähtöä URR:n luo. Ilmoitan heille tilanteen. Eversti ottaa asian sydänasiakseen. Selittää JP1:n olevan matkalla apuun ja toivoo saavansa yhteyden Tsalkkiin eversti Sundmaniin. Tarjouduin lähtemään sinne ja everstin katse kirkastui. Saan selostuksen ja avunpyynnön. Matkani jatkuu. Nousen märän ratsuni selkään ja Kouvolainen seuraa minua. Sivuutan joukkoja. Näen vänrikki Väreen, joka kysyy, että enkö olekaan haavoittunut. En tietysti, olen vaan menossa Tsalkkiin. Pitkä matka. Niin on, mutta ei auta. 10 km on taival. Sade ei ota hellittääkseen. Lopulta olen perillä. Haen eversti Sundmanin. Hänen komentopaikkansa on henkilöautossaan, jossa hän istuu kapteeninsa kanssa. Ilmoitan asian. Miten sattuukaan, tulee juuri puhelu kenraali Oinoselta eversti Sundmanille. Saan itse esittää asian ja niin puhun kenraalille ainakin 20 minuuttia, saan torven auton ikkunasta. Sade valuu kypärästäni. Kenraalin ääni kuuluu torvesta selvänä. Selitän hänelle: "Olimme tiellä. Silta oli meillä, mutta vihollinen löi meidät hyökkäysvaunujensa avulla taakse. Patruunat loppuivat, huolto ei jaksanut seurata. Komppania Mikkola on motissa. Tarvitsemme lisää miehiä ja ennen kaikkea ammuksia."

Selvä tuli. Sundman sai käskyn antaa apua, jos JP1:n voimatkaan eivät riitä. Alkoi paluu takaisin. Tapasin Tsalkin mäellä huoltomme kärjen. Siinä oli kapteeni Itkonen ja Vierula sekä vänrikki Mönkkönen. Selitin tilanteen ja heti lähti kuorma-auto viemään ammuksia Näätälahteen. Ennemmin eivät voineet lähettää, koska juuri tulivat Tsalkkiin.

Järjestin huollon, annoin tiedot ja sairaitten tilan Näätälahdessa ja lähdin auton perään. Vastaani tuli surullinen ratsujoukko. Siinä tuli istumasairaat käärittyinä viltteihin ja mantteleihin ratsujen selässä. Edessä oli varmistus ja takana käveli parvi vankeja. Ryhmässä oli noin 20 miestä. Miten kirjava se oli. Joku haavoittunut oli kääritty talosta saatuun lattiamattoon, joku vuoteen päälliseen jne.

Sade alkoi loppua. Hevoseni oli väsynyt, alkoi tulla 30 km matkaa täyteen. Tienpuolessa oli ruissäkki. Aukaisin sen kupeen ja niin Lenni sai jyviä. Söi ahmien. Paljon en uskaltanut syöttää, mutta se piristi ratsua. Vihdoin olin Näätälahdessa. Auto oli juuttunut viimeisen mäen alle, jossa kapulasilta oli pettänyt. Ammukset kannettiin kylään, josta kantohevoset läksivät kohti Oukannusta.

Palasin vihdoin komentajani luo. Ilmoitin asiani ja hän oli iloinen. Päivä jatkui taistellen. JP1 otti osaa. Vihollista työnnettiin taakse. Mikkola pääsi motista, mutta tappiot olivat suuret. Ratsumestari von Essen haavoittui, samoin kapteeni Vuorinen. Poikia kaatui ja paljon.

Yö saapui jälleen. Rakovalkeamme sai uudet asukkaat, sillä eversti Ehrnrooth tuli luutnantti Paavilaisen kanssa rakovalkeamme toiselle puolelle. Rakovalkeamme puut olivat valtavan paksut ja lämmittivät hyvin. Pojat keittelivät ruokaansa. Niin minäkin, olin saanut yhden ryssäläisen ryynipakkauksen, josta keitin maukkaan puuron. Näätälahden kylästä lähetit toivat perunoita ja huolto lähetti kuivaa muonaa. Metsä oli suuri ja vanha. Rakovalkean idylli suurenmoinen. Hauskasti rupatellen kului ilta. Edestä tuotiin tietoja. Tuotiin vankeja. Kuulustelin niitä. Samat kertomiset. Niin paneuduin uudelleen havulaavuun ja nyt nukuin paremmin.

26.8.1941 tiistai

Tänä yönä nukuin hyvin, vaikka olinkin vain taivasalla. Heräsin ehkä klo 6. Saimme kuulla edessä vihollisen olevan hiljainen ja että eversti Sundmanin joukot lähestyvät Tsalkista Oukonnusta. Jännittynyt odotuksemme täyttyi klo 9, kun tuli ilmoitus, että omat tiellä. Pian olimme pystyssä ja tavaramme kooten lähdimme eteen. Saimme pian kuulla, että kapteeni Vuorinen kuoli haavoihinsa. Kuljimme taistelutantereen läpi. Vihollisten tankit olivat käyneet melkein joen varrella ja paljon oli kaatuneita vihollisia. Joukko polkupyöriämme oli jäänyt vihollisille ja kaikki ne oli tankeilla yliajettu. Ihmettelin miksi, mutta ehkä eivät tahtoneet niitä, kun eivät osaa ajaa. Vihdoin pääsimme tielle. Tie oli hyvä ja leveä, mutta kumma, ettei kunnollisesti ojitettu. Sain käskyn mennä taakse majuri Nevasaaren telttaan yhdysupseeriksi. Istuin siellä kauan seuraten toisen esikunnan tapoja. Siellä oli upseereilla hyvät makuupussit ja kumipatjat. Siistiä oli ja kuri oli hyvä.

Täältä palasin takaisin illan hämärtyessä. Komentajani oli valinnut teltan paikaksi Oukannuksen kylän takaisen lepikon. Pian väsyneet yksiköt olivat majoittuneet alueilleen ja teltat soivat lämpöä monelle väsyneelle soturille viikon kestäneen korpivaelluksen jälkeen. Kuitenkin paikka oli paha, sillä vihollisen kaksi tykkiä ampua räiski tuon tuosta juuri majoitusalueelle. Vahinkoja ei tosin tullut miehille, mutta yksi kuorma-automme sekä pikku Eifelimme sai sirpaleita. Varsinkin komentajan teltta oli pahalla paikalla. Kuopat olivat telttamme vieressä ja saimme usein hypätä niihin. Kerran tuli kranaatti niin lähelle, että eräs suuri sirpale meni läpi telttamme tullen seinästä ja mennen katosta ulos. Kuitenkin paneuduimme levolle ja nukuimme melko hyvin.

27.8.1941 keskiviikko

Herätys oli varhainen, sillä klo 5 maissa tuli kranaatteja niin lähelle, että kaikkien piti hypätä kuoppiin. Niin minäkin väsyneenä ja unisena kyyrötin aamuviileässä ilmassa ja virkistyin hereille.

Alkoi rauhallinen levon päivä. Herkuttelimme ruuan kanssa. Oli keksejä ja marmeladia. Seraste tarjosi siviilipaketistaan antimiaan ja olimme tyytyväisiä. Ajelimme partamme ja peseydyimme. Olin aamutuimaan saunatiedustelussa Oukonnuksen kylässä, mutta koska vihollinen oli järven toisella puolen, en uskaltanut panna saunaa lämpiämään.

Päivä kului. Kävin kylän taloissa ja katselin, miten idyllinen elämä niissä ennen oli ollut. Miten on ollut ennen vapaata ja isäntä ollut oma itsensä. Nyt kaiken päällä näkyy bolsevismin raskas paino. En voi sanoa kansan syyksi sitä rappiota, jota näen. Elämä on sykkinyt kuten ennenkin näissä heimoni kodeissa. Näen katossa orren, jossa kätkyt on paikallaan, vaatteita on siinä. Katson hetken. Kenen pienokainen on tuossa uinunut? Nyt on kätkyt tyhjä. Kuvittelen nuoren karjalaisäidin tuskan, kun hän on tuosta lapsensa povelleen ottanut. Tuska on täyttänyt hänen mielensä. Sama tuska kuin satoja vuosia sitten esivanhempieni paetessa korpiin vainolaistaan. Niin nytkin on heimoni äidit tehneet. Mikä tuska! Mikä kohtalon ihmeellisyys! Minä, heidän lapsensa, samassa kätkyessä uinunut olen minäkin, olen nyt heidän vainolaisensa. Tuska kouraisee sydäntäni. Katson sodan hävittämää karjalaistupaa. Siinä piilee omaa viihtyisyytensä. Kosketan kätkyttä, miten herkästi se huojahtaa ja vipu katossa taipuu. Katson tupaa. Nurkassa on Jumalan kuva. Menen lähemmäksi. Hartaus täyttää sydämeni. Ikonin vieressä on messinkiristi. Niin ihmeen samanlainen kuin äidilläni, on tuo risti. Otan sen käteeni, tutkin. Muistan, miten arvokkaana äitini piti omaa ristiään. Muistan, miten hän kertoi kopanneensa sen syliinsä esiliinaan poistuessaan viimeksi kodistaan ja paetessaan metsään 1918 bolsevikkien syöksyessä minun synnyinkotiini. Seison kauan siinä Jumalan kuvan edessä ja muistelen. Otan tuon ristin omakseni ja vien sen vaimolleni muistoksi sodasta ja arvokkaaksi kuvaksi. Suuri ajattelu hiljensi minut koko päiväksi, kunnes nukuin telttani suloiseen lämpöön.

28.8.1941 torstai

Melko samanlainen keskitysherätys, nyt klo 4. Kuopassa kyyhöttelyn jälkeen nukuin vielä seitsemään. Päivällä muutimme telttaa mäen taakse, jossa oli rauhallisempaa. Täällä oli rykmentin ylennysehdotusten laatiminen, jossa kuulin nimenikin mainittavan. Päivä oli rauhallinen. Ryömin telttaan everstin ja pastorin kanssa, sillä Seraste lähti eilen lomalle Helsinkiin.

29.8.1941 perjantai

Lähtö Oukannuksesta Ruvanmäkeä kohti. Oli sateinen aamu, kun nousimme ratsaille ja seurasin everstin kannoilla. Tie oli kurainen ja märkä. Vastaan tuli pari pp-miestämme, joilla oli vanki. Eversti kuulusteli hieman vankia ja saimme tietää hänen olevan tykistökersantin. Hän oli itse lähtenyt suomalaisten puolelle. Kertoi, että meidän tulomme Oukannukseen yllätti divisioonan tykistöesikunnan, joka oli vain 1 km taaempana meidän tielle tulopaikasta. Annamme vangin mennä.

Saavumme pian kylän laitaan. Sinne eskadroonamme on jo tullut. Mäeltä aukeaa kaunis näköala yli laajan suon Säämäjärven ulapalle, joka siintää kaukana ja aavana. Kylä on edessämme. Ratsastamme komentajan kanssa sinne. Kylä on korkealla mäellä ja melko suuri. Ennen komeat talot ovat nyt ränsistyneet. Parhaalla paikalla on vanha kalmisto. Puut ovat vanhoja ja suuria. Siellä on vanhoja kreikkalaiskatolilaismallisia ristejä.

Saan komentajalta käskyn hakea kylästä paikan esikunnalle. Kuljen yksin. Kylässä on JP5:n miehiä, he valtasivat sen tänä aamuna. Tapaan tykistövänrikin. Hänen joukkonsa on erään talon tuvassa. Juttelen hänen kanssaan ja kuulen: "Tässä samassa tuvassa asui ennen meidän tuloamme puna-armeijan luutnantti ja hänen sanitäärinä toimiva rouvansa. Kun suomalaiset olivat hyökänneet kylään, pariskunta oli puolustautunut viimeiseen asti, nainen oli ampunut talon alaluukusta taskuaseellaan suomalaisia. Lopulta uljas, pikku nainen, jolla oli vihreä sanitäärin hamepuku, ikä ehkä 25 vuotta, oli ampunut itsensä talon portaille. Luutnantti oli pahoin haavoittunut sisällä. Kylän valtauksen jälkeen olivat suomalaiset sitoneet luutnantin, mutta hänen tuskansa olivat kovin suuret. Hän oli kovissa tuskissa valittaen kieriskellyt koko yön lattialla alastomana vilttien päällä ja aamulla vihdoin kuollut…"

Näin kertoili nuori tykistövänrikki. Kuuntelin surullisena kertomusta uljaasta parista, joka kuoli yhdessä ja suomalaiset hautasivat molemmat kalmistomäkeen pannen ristin heidän haudalleen. Suomalainen sotilas kunnioittaa naista ja urheaa soturia.

Kylästä löysin lepikosta telttapaikan ja taloon paikan esikunnalle. Sauna pantiin lämpiämään ja illalla kylpy teki hyvää täin puremille. Eversti kylpi kovasti ja koetti päästä täistä vapaaksi, sillä niitä on jokaisessa meissä. Yöksi menimme telttaan ja uni oli makea.

30.8.1941 lauantai

Koko päivä meni aunukselaistalon tuvassa, jonka olimme siistineet hyvin. Laadin yhdessä Åkermanin kanssa taistelukertomusta Näätälahden-Oukannuksen retkestä, jonka liitän tähän muistiinpanoihini. Vielä kerran sauna lämpiää ja eversti kylpi uudelleen.

31.8.1941 sunnuntai

Herätys teltassa Ruvanmäessä. Lähtö edelleen. Hyvin usein sattuu meidän sotaretkellämme, että sunnuntai on parhaan toiminnan päivä. Niin tänäänkin alkoi retki. Autoilla ajoimme eteen. Se oli pieni kuorma-auto, lavalle nousi ratsumestari Leppänen, eräs HRR:n kornetti, pastori Tenkku ja minä. Komentaja meni hyttiin. Ajoimme pitkälle, kunnes jalkauduimme. Kuljimme jalan kangasta pitkin. Tie oli autolla ajettava, mutta ojittamaton. Edestä kuului taistelun melske, siellä oli yön ollut asemissa Stanin eskadroona kapealla kannaksella Lahtikylän edustalla. Stanin tavoite jo eilen oli Lahti, mutta vihollinen olikin hyvissä asemissa kylän edessä. Kuljimme komentajan kanssa eteen, jonne aivan lähelle etulinjaa tuli puhelin ja komentaja. Edestä kuului kova taistelunmelske ja huuto. Luulimme, että poikamme jo valtaavat kylää, mutta se osoittautui erehdykseksi, sillä vihollinen hyökkäsi huutaen ja oli hyvin aktiivinen. Pyysin komentajalta lupaa mennä eteen. Kuljin ripeästi eteen kivääri kädessäni. Ohi pst-tykin, ohi Parviaisen poikain, jotka odottivat taaempana käskyjään.

Stani oli edessä. Vihollisen hyökkäys torjuttiin. Tapasin ystäväni Jussilan. Hän nuorena kornettina oli joukkueensa kanssa edessä. Puhuttelin häntä. Poika oli väsynyt, mutta innostunut. Selitti vilkkaasti ryssän päättömän hyökkäyksen. Nyt valmistauduimme lyömään takaisin ryssää. Oma tykistö jo ampuu yli meistä. Krh:mme samoin. Ikäväksemme räiskähti yksi krh:n kranaatti oman kk:n eteen ja haavoitti kahta miestämme. Katsoin kun niitä sidottiin, toinen oli Jussilan lähetti. Katsoin poikaa, hän ei valittanut, vaikka oli yli 20 reikää selässä ja raajoissa.

Hyökkäyksemme jäi vain vihollisen taemmaksi työntämiseksi ja HRR lähti saarrostamaan. 3. eskadroona asettui samoihin asemiin yöksi ja sai teltat eteen. Komentajan kanssa palasin taakse noin 2 km, panimme teltan pystyyn kauniiseen männikköön ja leväten päivän rasituksista nautimme hyvistä ruuista ja paneuduimme havuvuoteillemme lepoon. Minä komentajani viereen kuten jo niin monta yötä ennen ja minun toiselle puolelle ystäväni pastori Tenkku. Olin silloin melko väsynyt ja nukuin hyvin pian, ensin valvottuani, että varmistus- ja kaminavartiot olivat järjestyksessä.

168

Syyskuu 1941
Säämäjärvi
Tsuuniemi
Sunajoki
Oukannuksen kautta Suojärven Varpakylään
Suvilahti
Joensuu
Jessaila
Lahtikylä
Ruvanmäki
Elmitjärvi
Lahti
Niinjärvi
Retska

1.9.1941 maanantai

Alkoi syyskuu 1941. En olisi uskonut, että sota menee syyskuulle, mutta niin vaan on käynyt. Heräsin hyvin levänneenä teltassa komentajani vieressä, kauniissa männikössä Säämäjärven rannalla. Taistelu oli käynnissä edessä, oli rauhaton tunne. Tiesin päivän tuovan ratkaisun Lahtikylän kohtaloon. Kolmas eskadroona oli ollut asemissa kylmän yön. Lähdimme eteen komentajani kanssa. Asemat olivat entisissä paikoissa. Pojat vaan olivat syventäneet kuoppiaan yön aikana kaivellen kenttälapioillaan lämpimikseen. Oli varhainen aamu vielä, kun tulin eteen. Kostea sumu oli juuri haihtumassa kauniin järvimaiseman yltä. Karjalaiskylän rauhallisen harmaa kuva alkoi selvetä yli kaislaisen järven lahden. Vihollinen on noissa taloissa, tiesin sen. Kuljin silti rauhallisena järven rantaa vievää tietä, sillä matkaa oli kylään 500–600 metriä ja vihollinen ei ampunut yli järven. Kylän läheisyys oli jo huomattava maisemassa asemiemme kohdalla. Oikealla oli kaurapelto. Metsästä oli otettu polttopuita ja tienvarsimännyt, nuoret ja vanhat, olivat jo kolhittu ja pihka niistä valunut. Tapasin eskadroonan päällikön, luutnantti Standertsköldin. Hän istui puun juurella nojaten suureen mäntyyn. Kyselin uutisia. Hän selitti ryssän olevan edessä ja hyvissä asemissa. Yö oli ollut rauhallinen. Kapea kangas oli estänyt molemmilta puolilta syvemmän tiedustelun. Sanoi poikien olevan väsyneitä ja odotteli ratkaisua tilanteeseen tänä päivänä. Kysyi, onko HRR jo saartanut oikealta tielle. Selitin Leppäsen yöpyneen ennen tietä ja että tänä aamuna hän ottaa vihollisen perääntymistien haltuunsa.

Kuljin edelleen ja huomasin pian ystäväni ja aseveikkoni Jussilan Eskon tulevan vastaan. Tervehdin häntä ja hän tiedusteli heti uutisia. Kerroin mitä tiesin ja kyselin hänen kuulumisiaan. Katsoin nuorukaista. Hän oli pukenut ylleen manttelinsa ja näytti hyvin väsyneeltä. Kaunis luonnonpuna hänen kasvoillaan oli muuttunut pakotetuksi, kuumeiseksi punaksi. Tummat kauniit silmät olivat kuin syventyneet. Eleet olivat rauhalliset ja väsyneet. Huomasin häntä kiinnostavan vain sodan ja senkin hyvin suuripiirteisenä. Ei sanonut ajattelevansa paljon Vuokkoaan, sillä hänellä oli nyt suuri vastuu. Hänen joukkonsa pojat olivat hyvin väsyneitä ja paloivat halusta päästä hyökkäämän kylään ja valtaamaan sen päästäkseen pieneen lepoon. Iloinen toverini oli kuin kasvanut, kuin vanhentunut ja tullut eri mieheksi. Ajattelin kaiken johtuvan väsymyksestä. Jutellessamme kuulimme äkkiä kaukaa vasemmalta kiivasta ammuntaa. Se on Leppänen, hän yrittää tielle. Niin todella olikin. Pian alkoi oma tykistömme ja KRH ampua yli meistä edessä oleviin vihollisen asemiin. Tiesin pian hyökkäyksen alkavan. Jätin Eskon.

Menin vasemmalle, siellä valmistautuu Parviaisen pojat hyökkäykseen. Olen kk-poikain pesäkkeiden luona. Siinä he ovat pitäneet puoliaan kaksi vuorokautta. Kuopat ovat jo kaikkien sääntöjen mukaiset, tarpeeksi syvät ja havuilla vuoratut. Kolme poikaa istuu pesässään. Ase on siinä hyvin naamioituna. Nyt heillä ei ole tärkeää tähystää, edessä on jo oma kärki aivan ryssän nenän alla valvomassa vihollisen liikkeitä, kun hyökkäystämme valmistellaan. Pojat kuoppansa reunalla syövät tai oikeammin juovat teetään, jonka yksi kävi keittämässä taaempana kuolleessa kulmassa. Keski-iän ovat jo soturit saavuttaneet. Jäyhiä hämäläisiä. Nokiset ovat kenttäkeittoastiat, hieman harmaat kostuneet sokeripalaset ja yksi kaivaakin lompakostaan kristalloidun pulverinsa, josta joku rae antaa tarpeellisen imelyyden soturin pakkiin. Pian hoputtaakin alikersantti poikia valmistautumaan. Nopeasti on pojilla paperikääröt leipälaukuissaan ja nokinen pakki jo roikkuu leipälaukun päällä, kun konekivääri irroitetaan ja kevyesti nostetaan olalle, niin jalusta kuin varsinainenkin. Alkaa hyökkäys.

Jätin kk-pojat ja menen eteen ykkösen pariin. Nyt on kaikki valmista. Olen tunnustelijoitten tasolla. Ja nyt on H (hyökkäyshetki). Hitaasti alkoi pojat edetä. Kuulen kornetti Pärssisen hiljaiset, mutta tarpeeksi kuuluvat käskyt. Me etenemme. Kädessäni on rengastähtäinkivääri, sormeni liipaisimella. Kuljen 1. ESK:n tunnustelijan, konepistoolilla varustetun, alikersantti Saarelan vierellä, noin 20 metriä oikealla. Eteemme tulee korkeahko kumpare. Katseemme tiukkenee, askeleemme hidastuvat. Tuolla mäellä on ryssän pesäkkeet. Jo räiskähtää yhteislaukaus mäeltä. Olemme maassa koko etulinja kuin komennosta. Kuulen komentoja. Tähystän mäkeä. Tiedän Jussilan poikain olevan oikealla, tien toisella puolella. Ajattelen, että Esko saavuttaa pian pellon reunan, joka on hänen suunnassaan vastassa. Hyökkäys on pysähtynyt hetkeksi, mutta jälleen nousemme ja alamme varovaisen etenemisen. Näen Saarelan vasemmallani.

Äkkiä paukahtaa aika lähellä mäellä puoliautomaatti. Menen polvelle pienen männyn taakse, joka ei tosin mitään suojaa. Näen Saarelan menevän polvilleen, kuulen voihkaisun. Konepistooli nousee hänen kädessään ylös ja poika retkahtaa taakse selälleen aseen pudotessa rinnalle. Ryömin pojan luokse. Näen kaiken olevan selvän. Täysosuma päähän, josta kypärä on retkahtanut niskaan ja aivot valuvat juuri massamaisena kypärään. Poika on antanut kaikkensa. Nuori, uljas ja hiljainen ryhmänjohtaja, poikiensa edessä ensimmäisenä edeten antoi verensä.

Näen takanani vääpeli Rantalan. Ilmoitan hänelle ta-
pauksen, mutta yllä mäellä tähystää ryssät. Menen oike-
alle, mäki on saatava. Näen KK:n taempana, näen kersantti
Pussisen. Annan hänelle käskyn ryhmineen edetä Saarelan
ruumiin oikealta puolelta. Käsken KK:n asemaan pienen
töyryn sivuun. Pyydän tulta tuonne mäelle. Pian KK on
valmis.

- Tuonne, ilmoitan. Suuren männyn tyveen, siellä am-
puu automaatti.

Kuulen viereltäni tasaisen tata-ta-ta, arviolta puoli vyötä
(noin 250 laukausta) menee yhteen henkäykseen. Männyn
tyvi tupruaa ja kylki säröilee. Taistelun tuoksina on kova,
kiipeän jyrkkää mäen rinnettä ylös kohti suurta mäntyä,
josta äsken tuli tulta. Ryssät ovat luikkineet. Kiipeän ylös,
mutta mikä tuisku vastaan tulikaan, ja se pani minut ma-
talaksi. Huudan KK:n ylös ja osoitan hyvän paikan. Pian
alkaa jälleen tasainen laulu. Pojat taitavat tehtävänsä. Olen
heidän vierellään. Vasemmalla jo nousee Pussinen poi-
kiensa kera ylös. Katson oikealle muistaen Jussilan olevan
siellä. Näenkin hänet etummaisena poikien kera kiertävän
lepikossa kohti suurta peltoaukeaa. Sinne lehtimetsän se-
kaan hävisi Esko poikineen.

Olen mäellä. Pahin paikka on meidän. Jo nousee ylös rin-
nettä pst-kivääri. Laskeudun alas ja menen ilmoittamaan
komentajalleni tuloksia hyökkäyksestä. Siellä olikin eversti
lähettiensä kera aivan rintamatulen alla, piti olla matalana
siinä. Kerroin tuloksista. Ja jään komentajani pariin. Hyök-
käys edistyy. Eteen menee kaksi pst-tykkiä ohitsemme. Vi-
hollisen pesäkkeet ovat sitkeitä. Aion lähteä tykkien pariin,
mutta eversti kieltää: "Vänrikki Kenjakka, olette ainoa

upseeri minulla, älkää menkö vaaralle alttiiksi." Niin jään seuraamaan hyökkäystä komentajan pariin.

Hyökkäyksen edistyessä lähdemme komentajan kanssa eteen. Kova on ollut paikka. Haavoittuneita on paljon. Psttykin vierellä on kaatuneet, kovin eteen on tykit tuotu. Mutta sitten kuulen luutnantti Markkasen sanovan, että Jussila on kaatunut. Kuin olisin saanut iskun, siksi se koski minuun. Kertasin koko päivän kuvan Eskosta ja vasta nyt huomasin, että Esko tunsi kuoleman läheisyyden. Sinne hän oli pellon reunaan jäänyt. Ensimmäisenä oli metsästä aukean reunaan tullut ja rohkeasti seisten tähyillyt yli pellon, kun vihollisen luoti löysi tiensä hänen kauniiseen päähänsä. Ei ollut aikaa lähteä katsomaan Eskon kaatumispaikkaa. Ilmoitin komentajalleni kornetti Jussilan kaatumisesta ja huomasin hänen aina rauhallisesta ilmeestänsä pienen värähdyksen. Esko oli erittäin rehti upseeri ja jokainen piti hänestä. Ja nyt hän on poissa.

Kylän valtaus sujui hyvin. Kapea harju oli vihollisella edullinen puolustaa, mutta meidän tarkka KRH ja tykkituli oli osunut aivan heidän kenttävarusteltuihin asemiinsa. Ja ne olivat pian poikiemme hallussa. Vihdoin saavuimme kylään. Lahti Säämäjärven pohjoisrannalla oli meidän kalliiksi tullut vanha kylä. Moni hyvä poika heitti henkensä sen edestä.

Kuljen kylässä. Olen saanut tehtäväkseni etsiä talon, johon esikuntamme voisi asettua. Kuljen talosta taloon. Kaikki on vanhaa ja ränsistynyttä. Ei mistään edes vahingossa näy maalia, muissa kuin ehkä joissakin huonekaluissa. Talot ovat kaikki karjalaismallisia. Yksi eroaa muista ja sen on punainen ulkoa. Mutta se olikin tiilestä tehty, kylän kansakoulu. Kun astuu sen sisään, tulee mieleen vanha Suomessa oleva tiilinen, venäläisten rakentama sotilaskasarmi. Koulu on ollut majoituksen alla ja siivo on mahdoton. Kirjastokin on ollut, kaikki venäläistä. Varjokuvakoneen laseja iskulauseilla varustettuina on suuret määrät. Propagandaa kaikessa. Jätän likaisen koulun ja menen vieressä olevaan rumaan venäläismalliseen "puoluetaloon". Se on kuin seurantalo meillä, vain rumempi ja ränsistynyt. Koko talon muodostaa suuri juhlasali, jossa näyttämö ja takahuoneet ovat täynnä puoluekirjallisuutta. Salissa on vain pääbolsheviikkien suuria kuvia ja suurilla kirjaimilla varustettuja iskulauseita. Koko talo herättää hyvin vastenmielisen tunteen. Kuljen talosta taloon. Näen, että ennen on ollut siistiä, kodikasta, uutta ja onnellista. Entä nyt? Kaikki on ränsistynyttä.

Haen saunaa. Näen, miten ennen on ollut järven rannassa useita saunoja. Nyt ne ovat rappeutuneet käyttämättöminä. Kuitenkin joitakin saunoja on käytettävässä kunnossa. Ajattelen, että ei ole ollut kylässä oikeat ja varsinaiset eläjät. Varmaan oikeita ryssiä on tännekin tuotu. Ja aunukselaiset kauas Venäjälle viety. Surullinen on mieleni. Yksi talo on ollut ennen vauras, kuljen sen huoneissa. On ollut kuvia, maalauksia, astiat hienoa vanhaa. Kaikki kertoo, että ennen on elänyt onnellinen väki. Nyt on kaikki lyöty hajalle ja pengottu ja särjetty sekin vanha, joka on säilynyt. Ei löytynyt esikunnalle taloa, ajattelin kulkiessani kylästä itään.

Kuulen äkkiä ammuntaa ja huutoja kylän laidalta. Joku ryssä huutaa ja meikäläiset komentavat saartoon. Siellä on vihollisosasto, joka ei pääse pakoon. Tulen sinne ja näen siellä kaikki upseerit järjestämässä ryssien saartoa. Kuulen Vänrikki Vierron selittävän, miten hän oli joutua ryssien käsiin puoli tuntia sitten. Hän oli ajaa huristanut

175

moottoripyörällä Koivistoisen ajaessa, kun he äkkiä tien puolesta ampua räiskäyttivät ja käsikranaatti lentää aivan eteen. Onneksi se ei räjähtänyt ja he olivat ajaa huristaneet läpi. Nyt on meidän osastomme jahtaamassa noita "maantierosvoja". Pianhan tuo selvisi. HRR:n ja meidän upseerimme yhteen kokoontuen naureskelivat ja kyselivät saamiltaan vangeilta, paljonko heitä oli. Kolmekymmentä kuulemma oli, mutta pian oli tuo osasto tuhottu ja tie läpi lahden selvä ja kylä oli puhdistettu.

Väsyneinä palasimme taaksepäin kauniille männikkökankaalle Säämäjärven hiekkarannalle, jonne pystytimme telttamme huoltoportaan telttojen viereen. Tuntui niin kuin olisi kaikki lauennut. Huollon lotat tarjosivat komean päivällisen. Siinä touhusimme iltapuhdetta. Pastori oli sillä välin hakenut kaatuneet. Kuulin Eskon olevan tienpuolessa odottamassa viimeistä automatkaansa. Lähdin katsomaan häntä. Siinä hän makasi kahden muun kohtalotoverinsa välissä. Ei tahtonut tuntea, niin valkeaksi oli valahtanut poski, niin kuopalle painunut poskipää, vain tumma tukka osoitti hänen olevan aseveljeni Esko Jussila. Surullisena katsoin, pääni painui viimeisen kerran Eskon edessä ja sydämeni itki tuskasta.

Palasin telttaani ja asetuin komentajani viereen nukkumaan. Everstini oli kovin väsynyt. Hänkin oli asettautunut pieneen lepoon tähän järven rannalle. Edes vuorokauden lepoon, mutta ei! Hämärtyessä jo illaksi tuli eversti Ehrnrooth telttaamme ja käski URR:n jatkaa marssia aamulla klo 7 tavoitteena Sunajoen silta ja sen maasto. Huomasin käskyn olevan epämieluisan, sillä huomenna olisi pitänyt rykmenttimme majoitusalueelle tulla Ratsuväkiprikaatin soittokunnan ja jakaa urhoollisuusristit ja -mitalit. No, sota on sotaa. Niin oli käskynanto yksikköjen päälliköille ja valmistauduttiin pitkään marssiin ja taisteluihin.

Kävin iltahämärissä pesuilla Säämäjärvessä ja ihmettelin sen veden kirkkautta, selkäin ja hiekkarannan suuruutta. Siinä pesulla ollessani tuli vesiltä vene rantaan. Ajaa sihisi läpi kaislikon ja sieltä astui rannalle rahastonhoitajamme, sotilasvirkamies Vierula ja eräs kolonnamme vääpeli. Näin heidän olleen kalassa. Menin katsomaan saalista ja ihmeekseni huomasin yhdeksän kuhaa, kolme särkeä, kaksi matikkaa ja yksi säynävä. Kaikki suuria, varsinkin kolme kuhaa, 3–4 kiloa kappale. Kyselinkin kalastustapaa ja sain kuulla, että yhdellä uistimella kaikki ja vain puolentoista tunnin soutelulla. Kyllä on kalainen tämä Säämäjärvi. Niin ryömin puhtoisena telttaan ja oikaisin everstin viereen. Ties kuinka monennen kerran jo tämän sotaretken aikana. En aavistanut, että viimeisen yön nukun hyvän esimieheni vieressä kuin poika isänsä vieressä.

2.9.1941 tiistai

Alkoi uusi päivä. Ilma oli jo kolea ja syys osoitti jo luonnettaan. Telttamme oli hyvin laitettu ja yö oli mennyt hyvässä levossa. Heräsinkin hyvin levänneenä everstini kanssa. Oli varhainen aamu. Kello 7 alkaa marssi ja ennen sitä on jokaisessa yksikössä jaettava kunniamerkit. On vaille 6, kun railakas soittokunnan ääni häiritsee aamuvalmistelujen tutut äänet. 30-vuotisen sodan reipas marssi kaikuu Säämäjärven männikkörannalla, ja suomalaiset soturit valmistautuvat päivän sotatoimiin. Kiireinen aamuteen juonti ja heti liikkeelle. Seurasin everstiä ja meihin liittyi HRR:n adjutantti kornetti Suomela. Nousimme komentajan autoon ja ajoimme etummaisena majailleen

Parviaisen eskadroonan luo. Täällä oli jo soittokunta rivistön oikealla puolella ja 1-eskadroona rivissä männikössä. Katselin joukkoa. Mikä sotineen näköinen, mikä miehekäs näky. Ei ollut puku puhdas kellään, ei moni nappi kiinni, ei yhdenmukainen puku, ei aseet. Kellä oli pystykorva, kellä rengastähtäin, useilla konepistooli, venäläinen puoliautomaatti tai kokoautomaatti ja monella suomalainen pikakivääri. Oli monenlaista asetta. Ei ollut poski sileä monellakaan, päinvastoin parta ja monella muhkeakin koristi leukaa. Katsellessani tuota tarmokkaan näköistä joukkoa, enpä haluaisi olla se vihollinen, joka heidän tuhottavakseen sattuu. Niinpä eversti pitikin kauniin puheen heille, kiitti Parviaista erikoisesti ja jakoi Vapauden mitalit. Kauniin marssin kaikuessa torvista tein kunniaa kunnostautuneille ja poistuimme seuraavan yksikön luo. Näin oli kohta kaikille jaettu mitalit ja alkoi marssi.

Matkan päämäärä oli Tsuuniemen kautta Sunajoen suomaasto. Rivistöt olivat marssilla. Pääsin everstin autoon ja niin ajoimme hitaasti läpi lahden, sitten kauniin tien Tsuuniemeen ja edelleen Sunajoelle. Mutta 1,5 kilometriä sillasta yllätti meidät kiivas konetuliase. Olimme autossa, komentaja, minä ja ajajamme rakuuna Ranta. Äkkiä olimme pois autosta ja tien puolessa. Ammunta jatkui kiivaana. Kun ensisäikähdys oli ohi, kuljimme tien puoleen sivuun, jossa pienen harjanteen päällä oli poikiamme takana ja osa sen päällä. Huomasimme siinä olevan tiehaaran ja pari PST-tykkiä poikineen. Pian kuulimme, että vihollisen vahva partio yrittää tielle ja sillalle. Pian komentaja järjestää pojat, laittaa taistelupartion eteen ja niin luotien tulo tielle loppuu. Palaamme automme luo ja ajamme eteenpäin. Sillalle oli määrä mennä. Nyt emme istu autossa vaan seisomme komentajan kera auton astimella. Molemmilla kivääri kädessä ja toisella kädellä pidämme kiinni. Tie on huonoa ja luja on oltava otteen, jotta pysymme paikallamme. Mutta vihdoin ajamme sillalle ja yli sen. Eversti Ehrnrooth on heti sillan luona vastassa ja hyvillään, että selvisimme ehjin nahoin. Siinä odottelemme yksikköjä ja pian olikin Parviainen paikalla. Hän sai sijoituspaikan tietoonsa ja asettui lepoon. Minä Rannan kanssa odotellessa keitimme herroille, eversteille teen. Leipälaukustani löysin heille sokeria, keksejä ja jopa hunajaa. Hunajaa tarjoillessani everstini sanoi: "Ainapas vänrikki Kenjakalla on jotain mukana. En minä aina muista mitään ottaa." Mielihyvin tarjosin hyville esimiehilleni annokseni ja teen juonti sujui hilpeästi pienen, solisevan puron ääressä, jossa kristallin kirkas vesi putosi puoli metriä kuin torvesta valuen. Teen jälkeen lähdimme everstini kanssa kävellen sille paikalle, jossa vihollinen yritti tielle. Siellä alkoi jälleen kuulua ammuntaa. Paikalle tullessamme tuli siihen juuri oma komentoryhmämme ja oma KRH-joukkueemmekin. Tällöin järjestin komentajan käskystä komentoryhmällä varmistuksen ja käskin KRH:t asemiin. Lähdin itse eteenpäin KRH-tulenjohtajan ja komentoryhmän kera kukkulalle viemään ryhmän varmistukseen ja antamaan KRH:lla tungettelevalle ryssälle pientä kuritusta. Tiesin Stanin eskadroonan jo järjestävän varmistusta ja olevan edessä. Niinpä poikia jo siellä olikin. Kiukkuinen kuulain vinkuna pani meidät kulkemaan matalina.

Pian lähettipojat olivat osoittamilla paikoilla ja yhdessä krh-alikersantin kera aloimme johtaa tulta. Ensi kertaa olin sellaisessa puuhassa. Ilmoitin aina alikersantille, että 200 m oikealla, 50 kauemmaksi, 100 lähemmäksi ja sen mukaan alikersantti puhui torveen: "5o lisää, korotus 200, pois 100." ja niin edelleen. Tuntui mukavalta, kun kranaatti räiskähti juuri haluamaamme paikkaan. Pian huomasin oikealla tulevan Stanin ja hänen kanssaan komentajani. Näin heidät melko vaarallisella alueella. Matalana he tosin tulivat. Riensin heti heitä vastaan ja komentaja minut huomattuaan tuli kohti. Hänellä oli mukanaan pieni, lyhyt venäläisen ratsuväen kivääri. Hänellä oli aina tapana etulinjassa liikkuessa pitää kivääri mukanaan. Pian olin hänen kanssaan rinteessä painautuen puoleksi polvelle ja osoitin hänelle kk:n paikan ja pk:n paikan, seisoimme rinnakkain. Stanin jäi hieman taaemmaksi. Äkkiä räiskähti välissämme kuin everstin hihnasta olalla oleva kivääri olisi lauennut ja kuulin everstin pienen manauksen ja nopeasti hän hyppäsi yli pienen kumpareen, ja minä seurasin häntä yhtä nopeasti. Näin everstin kyykistyvän ja ottavan vasemmalla kädellään oikeasta ranteestaan kiinni.

"Sidettä, sidettä", pyysi everstini.

Olin äkkiä hänen luonaan. Näin ranteessa olevan ammottavan haavan ja verisuihku osoitti valtimon olevan poikki. Nopeasti otin everstin pistoolia pitelevän nahkahihnan ja kiristin sillä olkavarresta ja estin veren syöksyn valtimosta. Everstini oli haavoittunut. Äkkiä siinä oli 3. esk:n alikersantti Suolahti ja sidoimme käden ensisiteellä. Minä kirislyssidettä klinni pitäen aloin taluttaa komentajaani taaksepäin. Näin lähettiryhmän olevan asemissaan ja huusin heille: "Alikersantti Karhu, jäätte vanhimmaksi sinne!"

"Hyvä on!" kuulin Karhun reippaan vastauksen. Näin poikain kasvoista vakavuutta, kun talutin kalvennutta komentajaani. Tuntui kuin isä olisi perheestä haavoittunut, kuin ilman johtoa olisi pojat jääneet. Toin everstin krh-asemiin ja tien vierelle. Kaikki pojat olivat hyvin vakavia. Nopeasti yksi juoksi hakemaan autoa ja eversti paneutui istumaan puun juurelle. Tuskat olivat kovat. Näin esimieheni kalpeana purevan hammastaan. Koetin säännöstellä sidettä ylhäällä, ettei käsi olisi mennyt kuolioon. Niin tuli auto ja sen mukana eversti Ehrnrooth. Näin hänen olevan hyvin osanottavainen kuin isänsä. Niin nostin everstin omaan autoonsa ja alkoi paluu takaisin Tsuuniemeen. Siellä tapasimmekin oman lääkärimme Montell'in ja hän sitoi käden uudelleen. Autoin lääkäriä. Sain ohjeita siteen kireydestä, siinä hääräsi jo lottamme ja toi ruokaa everstille, mutta tämä ei voinut ottaa, kun juuri oli saanut lääkäriltä morfiinia. Niin eversti tarjosi ruuan minulle. Koetin kiireessä hotkaista. Niin sain luvan lähteä saattamaan komentajaa autollaan Oukannuksen kautta Suojärven Varpakylään. Nousin hänen vierelleen ja Ranta alkoi ajaa huolestuneena. Vastaan tuli juuri HRR:n kuorma-auto ja sitä oli hyvin vaikea sivuuttaa. Mutta selviydyimme siitä. Edessä oli Tsuuniemi. Pian tuli Lahti ja siitä ohi ajaessa muistin Jussilan kaatuneen tuonne aukean reunaan. Tie oli melko huono ja paikoitellen Ranta pelkäsi jäävänsä kiinni, mutta kun eversti lupasi ottaa vauhtia huonojen paikkojen yli, pääsimme, vaikkakin oli suuri työ varoa, ettei haavoittunut satuttanut päätään kattoon tai loukannut haavoittunutta kättään. Olin saanut käskyn tohtorilta joka 45 min. laskea verta käteen läpi kiristyssiteen.

Niin matka joutui. Olimme ohi Ruvanmäen ja pian saavuimme Oukannukseen. Täällä pysähdyimme kenraali Oinosen teltan luo ja kenraali otti osaa ja antoi hyviä neuvoja. Saatuamme kupin kahvia jatkoimme matkaa. Tie oli ensin hyvä Tsalkiin, mutta sitten se jälleen huononi, kunnes valtakunnan rajan ylitettyämme tie parani ja Juojoen asemalta se oli vallan mainio Varpakylään. Oli vielä valoisa iltapäivä. Päivä paistoi, kun saavuimme melko ehjään kylään. Täällä oli jo siviilinaisia hyvin paljon. Tuntui oudolta nähdä heitä.

Saavuimme kenttäsairaalaan. Se oli suuri talo ja siisti. Vein everstin sisälle, täällä hoitajatar otti vastaan, otti nimen ylös ja pian ohjasi everstin leikkuuhuoneeseen. Sain seurata komentajani mukana ja seurata toimitusta. Pian tuli lääkäri ja toinenkin. Huomasin toisen olevan tuttavani Jaakko Aallon, koulutoverini ja kuulun uimarin. Kaksi hoitajatarta puuhasi askareissaan. Oli kaikenlaisia instrumentteja. Yksi hoitajatar keitti laajassa astiassa leikkuuvälineitä. Toinen puuhasi leikkuupöydän ääressä, asetti pesuvedet lääkäreille, toi puhtaita sidevälineitä. Lääkärit, molemmat lääk.kapteeneja, riisuivat asetakkinsa, vetivät ylleen valkoiset, suuret esiliinan tapaiset ja jotain kevyesti keskustellen pesivät käsiään. Aalto sai itsensä ensin kuntoon. Komentaja asetettiin leikkuupöydälle seljälleen, nahkahihnat kiinni ja Aalto asettui hänen viereensä ja alkoi nukutus. Sanoi olevan jotain uutta narkoosia, joka ruiskutetaan vereen ihon kautta. Niinpä nytkin käsivarteen. Aalto pyysi everstiä laskemaan 30:een. Eversti oli seljällään, pani silmänsä kiinni ja alkoi laskea rauhallisesti. 28 oli viimeinen, kun loppui lasku. Nyt oli jo toinenkin lääkäri valmis. Ohuet kumihansikkaat käsiin ja potilaan haava auki. Kovin on siistiä ja puhdasta meininki.

Katselen maallikkona kaikkea ensi kertaa. Kaikki toimivat rauhallisesti niin lääkärit kuin kaksi hoitajatartakin. Eivät anna minun häiritä itseään. Saan katsoa kaikkea. Haava on auki, suuri ammottava haava ranteessa. Alkaa toimitus. Sairaanhoitajatar tarjoaa lääkärille välineitä. Ensin sakset ja reunat haavasta eheiksi. Näytti oudolta, kun leikattiin haavan reunaa. Veri tuprusi ja kun Aalto hellitti kiristyssidettä, ruiskahti veri suuressa kaaressa. Siteen avulla veri seisautettiin ja lääkärin nokkelat sormet sormeilivat syvällä haavassa, sieltä löytyi luunsiruja.

Mielenkiintoisinta oli, kun pihdillä otettiin esiin valtimon päät ja silkkilangalla ne sidottiin kiinni kuin mitäkin vain. Pian oli haava puhdas ja tumma jodi ympäröi haavan laajalti. Nyt side päälle ja kaikki oli selvää. Katselin jännittyneenä toimitusta. Eversti nukkui aivan hiljaa. Ei ääntä, ei liikettäkään. Niin korjattiin välineet, pantiin käsi rinnalle ja eversti jäi nukkumaan. Sain kuulla potilaan nukkuvan ehkä pari tuntia ja poistuin syömään. Ruokailupaikka oli sairaalan pihalla. Olivat jo muut syöneet, mutta ystävällisiltä lotilta sain ruokaa ja huusin automme ajajan Rannankin syömään.

Syötyäni sain Tohtori Aallolta kuulla, että rykmenttimme lähettiupseeri vänrikki Nyberg makaa täällä eräässä huoneessa hyvin heikkona, läpi rinnan ammuttuna. Ei voida häntä lähettää edelleen, on niin kovin heikkona. Tuon kuultuani riennän heti aseveikkoani katsomaan. Astun huoneeseen, jossa makaa yli 10 poikaa melko ahtaasti sijoitettuna. Kaikki he ovat vaikeita tapauksia, joita ei voida siirtää heti. En löydä heti Nybergiä, vasta kun näen erään päätään kohottavan tuttavallisesti, huomaan toverini. Oi! Mikä kalpea ja laiha nuorukainen. Melkein kuin arkussa nukkuva vainaja. Kalpeat huulet menevät hymyyn, menen hänen vierellensä tervehtien. Väsymyksen raukeus kuultaa silmistä, hän kysyy kuulumisia. Kerron, mitä tiedän. Hän on ihmeissään, kun eversti haavoittui. En halua kauan vaivata sairasta, näen hoitajattaren tulevan luoksemme, tervehdin häntä ja tiedustelen toverini tilaa. Hyvin lohduttavasti sisar kertoo jo pahimman voitetun. keuhkojen paraneminen viipyy kauan. Tekisi mieleni auttaa hyvää aseveikkoani, mutta en voi. Otan taskustani makeisrasian, jonka jätän edes pieneksi tuomiseksi. Sanon hyväiset ja poistun.

Menen leikkaussaliin. Eversti nukkuu yhä. Aalto sanoo everstin pian heräävän. Hän läpsäyttää nukkuvaa poskelle, mutta vielä on uni kovin syvää. Kuitenkin hän lopulta herää ja talutan hänet yläkertaan lääkäreitten huoneeseen, jossa tarjotaan hänelle kahvit. Hän juo, mutta on vielä kovin väsynyt. Levättyään vielä sängyllään lähtee hän autoonsa ja ajamme Varpakylästä Suvilahteen. On jo pimeä, kun löydän vihdoin kenttäsairaalan. Tämä on suuri kivitalo, entinen koulu. On ilta, mutta talossa on täysi touhu. Nuori lääkäri ottaa everstin vastaan ja vie hänet leikkuusaliin. Jälleen pannaan komentajani pöydälle, mutta nyt ei nukuteta, vaan kipsataan käsi. Toimitus ei kestä kauan ja hänet viedään yläkertaan upseerihuoneeseen nukkumaan. Minä saan myös makuusijan toiseen huoneeseen, jonne menen käytävässä tapaamani luokkatoverini luutn. Kalevi Räsäsen ja erään toisen kera. Tuntuu oudolta oikaista lakanain väliin ja nukahdankin pian.

3.9.1941 keskiviikko

Kyllä oli rauhallinen yö. Pitkästä aikaa nukuin paremmin kuin koskaan sodan aikana. En tiennyt illalla nukkumaan mennessäni, että tämä on se huone, johon nostetaan kuolleet soturit muista huoneista. Vasta tänään illalla sen näin, kun kävin siellä ja yksi soturi oli tuotu kuolleena sinne. Joka tapauksessa minä nukuin hyvin. Heti aamulla kävin tervehtimässä everstiä. Hän oli nukkunut hyvin ja jaksoi mainiosti. Hän pyysi minua kirjoittamaan pari korttia, toisen vaimolleen, toisen äidilleen. Kirjoitin everstin sanelun mukaan. Lyhyet ja sotilaallisen täsmälliset olivat kortit, ja eversti pani vasemmalla kädellään nimikirjoituksena korttien alle. Päivä meni minulla odotellessa sairaalajunaa, johon everstin piti mennä. Kuljinkin ympäri sairaalaa. Tapasin eräässä huoneessa metsänhoitajatoverin, Edwin Karsikkaan. Hän oli JPS:n joukkueenjohtaja ja saanut siruja kranaatista kaulaansa, rintaansa ja käsiinsä. Heikko oli poika ja parrakas, mutta hän toipuu niistä. Sitten kuljin muualle.

Hoitajattarilla oli kiirettä. Kävin sotavankisairaalassa pihamaalla, jossa makasi 60 haavoittunutta puna-armeijalaista. Varta vasten tehdyssä parakissa. Kuljen siellä katsoen. Oli monenlaista kansallisuutta. Oli vaikeita ja lievempiäkin tapauksia, siellä heitä hoidettiin, lääkittiin, sidottiin ja ruokittiin. Ajattelin, että kumma on maailma. Kaikki nuo ovat meidän ampumiamme, ja nyt me heitä hoidamme. Sääli oli noita ihmisiä. Varmaan moni heistä oli tuotu sotaan vaan valhepropagandalla ja ehkä pakotettuna. Ihmisellä kullakin on oma kohtalonsa. Outo oli näky, kun kaunis suomalaisneito sitoi likaisessa ja ryppyisessä puna-armeijan puvussa olevaa mustaa kirgiisiä. Katselin tuota näkyä ja ajattelin, että kaikessa raakuudessa ja sodassa sittenkin on inhimillisyyttä.

Vaihdoin muutamia sanoja vankien kanssa ja kaikki he olivat iloisia ja tyytyväisiä kellä ei kipuja ollut. He luulivat, että suomalaiset ainakin ampuvat heidät, kun omat, heidän upseerinsakin ampuvat haavoittuneensa. Siksi he olivat yllättyneitä.

Sitten kävin kylää -Suolahtea - katsomassa. Mikä hävityksen jälki. Saa sanoa, kaikki on mennyt. Askeleeni veivät väkisten siihen, missä olin joskus minäkin asunut ja talo oli palanut. Sitten kuljin setäni talon luo ja huomasin sen kummakseni olevan palamatta, mutta rikki se oli. Kuljin hyvää tietä miettien sodan julmuutta. Vihdoin tuli ilta päivästä ja junan tulo yhä varmistui. Sain kuulla, että äsken oli tullut

Suojärven asemaupseeri sairaalaan kysellen eversti von Esseniä, sillä päämajasta oli tullut sähke itse sotamarsalkka Mannerheimiltä, jossa hän kysyy everstin vointia ja everstin nukkuessa vastaukseksi lähetettiin lääkärinlausunto. Ilmoitin tuon asian everstilleni hänen herättyään ja huomasin hänen olevan iloinen.

Kun lopulta klo 19 tuli juna, sain katsella kenttäsairaalan vilkasta hyörinää. Hyrsylästä tuli kolme linja-autoa täynnä haavoittuneita ja sairaalasta vietiin useita autolastillisia asemalla olevaan junaan. Everstillämme oli oma auto ja sillä minä vein hänet junaan. Junalääkäri sai järjestettyä everstille paikan omasta hytistään, ja minä pääsin mukaan Joensuuhun asti saattamaan ja sain everstin komennuksen Uimaharjuun järjestämään hänen asiaansa. Olin hyvin iloinen komennuksesta ja touhusin everstin junaan. Panin hänet hyttiinsä, sanoin hyvästini ja kiitokseni hyvälle esimiehelleni ja menin toiseen hyttiin, josta sain paikan. Kello oli 21.00, kun juna lähti ja oikaisin hyvälle sohvalle nukkumaan.

4.9. torstai - 12.9. 1941 perjantai

Lomalla kotonani. Miten suloista oli astua kotisiltaa saareeni. Vaimoni juoksi vastaan sillalle huomattuaan ikkunasta tuloni. Suloisen lämmin tunne täytti sydämeni. Poikani oli terve ja hyvin kehittynyt ja täytti 6.9. puoli vuotta. Oloni oli hauskaa ja onnekasta. Sairastuin angiinaan, mutta hyvän Outini hoidossa paranin pian. Lähtö kotoani oli kovin ikävää, mutta ei auttanut. Sota on käytävä loppuun, kunnes Suomellamme on rauha.

13.9.1941 lauantai

Junamatka Suojärveltä Jessailaan oli mielenkiintoinen. Rata oli uusi ja huonosti tehty. Katselin mielenkiinnolla maisemia ikkunasta. Olin päässyt 4D:n kuljetusjunaan vanhanaikaiseen henkilövaunuun, jossa oli muun muassa 4D-viestijoukkoa. Joensuun asemalla kohtasin oman rykmenttini kaksi lomalta palaava upseeria, ratsumestari Bergrothin ja kornetti Tasan. Heidän kanssaan matka sujui melko hyvin.

Tulo Veskelyksen asemalle kiinnosti minua nähdäkseni, millainen on ensimmäinen venäläisten asema. Pettymykseni oli suuri, sillä asematalona oli vain pieni koppi, kuitenkin oli paljon liikettä asemapaikalla, siellä oli armeijamme huoltoa. Tulo Jessailaan jäi myös mieleeni. Rata kulki hyvin mäkisen seudun halki ja oli hyvin mutkainen. Oli ryssä yrittänyt kyllä tehdä mäissä leikkauksia, mutta vain vähäsen. Kuvaavaa radan mäkisyydessä oli esimerkiksi se, kun saimme työntää junaa eräässä mäessä. Oli sekin näky, kun koko junan miehistö hyppäsi alas ja työnsi junaa ylös. Ja niin se vaan nousi, muuten olisikin jäänyt mäkeen. Ja juuri ennen Jessailaa oli eräs suo kohta, siksi heikosti rakennettu, että junan piti hiljentää vauhtia ja kun katsoin ikkunasta, näin miten ratapölkyt painuivat ja vesi väreili sivuun kaivetussa tienojassa.

Kuitenkin vihdoin saapui juna Jessailaan. Täällä sitä vasta oli liikettä. Katselin sitä ja ihmettelin, että kyllä on huollossa paljon puuhaa ennen kuin armeija toimii. Mutta meidän oli päästävä rykmenttiimme. Niinpä pääsimme erääseen sairasautoon, joka tyhjänä meni Säämäjärvelle. Täällä suosi meitä Bergrothin ja Tasan kanssa onni, sillä juuri siinä oli meidän kuorma-automme postin kanssa ja

187

pääsimme siihen kyytiin. Tulo rykmenttiin oli hieman surullinen. Mielialani oli hyvin alakuloinen ja ensi kerran vain häivähdyksenä kävi pieni pelonsekainen tunne, kun yksin ajaa köryttelimme yhä syvemmälle ja syvemmälle. Saavuttuani esikuntaan hävisi tuo tunne aivan tyystin. On se kummallista, kun on takana, tuntuu oudolta sydän alassa, kun olen edessä, on kaikki luonnollista ja rauhallista. Kovin oli sotatoimet toiset, rykmentti oli kokonaan puolustuksessa ja tapellut koko tuon 10 päivää, jotka olin poissa. Ja tappiot ovat olleet suuret.

Kun tulin esikunnan majoitusalueelle, oli kuva kuin talvisodassa ikään. Korsuja oli syntynyt männikkömäen kupeeseen vieri vieressä. Komentaja oli jo korsussaan. Oli jo hämärä, kun tulin leirille. Komentokorsuun mennessä näin puoleksi vanhan kaivetun teltan ja sen oviaukosta valojuovasta näin pastorin ja Sarasteen keskustelussa. Ilmoituttuani uudelle komentajalleni everstiluutnantti Å. Wahrenille tulin pastorin telttaan ja jälleennäkemisen ilo oli kuin aseveljillä voi vain olla. Tuntui oudolta tulla telttaan, joka oli kuopassa. Uutta, aivan läheisyyteen tulevat kranaatit osoittivat, että pojat eivät olleet tehneet turhaa työtä. Niin kerrottuani kuulumiset pojille ja saatuani kuulla heidän ankarista tappeluistansa, meni ilta pian. Vihollisen ankarat hyökkäykset, esimerkiksi vuorokaudessa 7 hyökkäystä, joista pari keskellä yötäkin, osoitti paikan olleen ankaran. Niinpä oli kaatunut vääpeli Rantala sekä viestijoukkueen johtajamme kersantti Vuorinen sekä hyvä lähettimme Poikolainen ym. paljon muita.

Lopulta paneuduin levolle "sängylle", se on hirsille, jotka ovat telttaan kaivetun pommisuojan kattona. Matkan rasituksista nukuin pian.

14.9. sunnuntai - 17.9.1941 keskiviikko

Nämä päivät vielä menivät puolustuksessa. Sain tuta kranaattien räiskinää ja usein hypätä suojaan, jopa kesken aterian, mutta ei sattunut. Syksy teki tuloaan vastustamattomasti. Luonto kalpeni ja värit alkoivat tulla teräviksi. Ilman koleus pakotti aina oleskelemaan teltassa, milloin ei asioilla liikkunut.

Sauna reissu kerran aina Säämäjärven kylään oli pitkä. Ajoimme komentajan autolla pastorin ja Sarasteen kera, matkaa oli ainakin 10 kilometriä. Sauna oli hyvä ja kovasti lämmitetty.

Paluumatkalla tien ohessa näimme sotapesän, se oli JR25:n erään pataljoonan. Oli hauskaa saada kahvia saunan päälle ja kaiken lisäksi käntyn kera. Vielä oli näinä päivinä useita ilmahyökkäyksiä leirialueellemme ja tuhoisimmaksi muodostui se HRR:n leirillä, jossa kaatui pari ja osa haavoittui.

18.9.1941, torstai

Vihdoin loppui puolustus. Nyt alkoi matka takaisin valtaamaan vallatut kylät. Ensin otettiin Tsuuniemi, jonka valtasi Hippeläinen. Matka jatkui läpi sen ja esikunta saapui sitten Lahtikylän itälaitaan, jossa jo oli Palmin eskadroonansa kanssa. Täällä me majoituimme Palmin telttaan ja nukuimme hyvin ahtaasti.

19.9.1941 perjantai

Herätys oli varhainen. Kello 4 oli vielä hämärää, kun astuin teltasta ulos. Oli hyvin kylmää, maa oli kauttaaltaan valkoinen huurteesta. Alkoi marssi Lahtikylään. Oli kylmää, kun Lennilläni ratsastin. Lahti oli jälleen meidän. Kun ratsastin, muistui jälleen selvästi mieleeni Jussilan kaatuminen. Tämän kylän edestä hän henkensä antoi. Mutta edessämme oli tänä päivänä vallattava Ruvanmäki uudelleen. Niinpä etenimme ohi Lahden, Rugan ja alkoi tappelu Ruvanmäestä. Hippeläinen ja Palmin saivat tehtävänsä ja pst-tykit (2 kpl) edessä ollen ampuivat kk-pesäkkeitä rikki.

Ennen pimeää oli kylä meidän. Nuotiolla ollessamme tuli 12 vankia. Kuulustelin niitä, yksi heistä oli komppanian kirjuri, joka oli haavoittunut. Eräs heistä oli hyvin vilkas tataari, kertoi niin elävästi kuin näyttelijä ja minusta hän oli hyvin tyypillinen kasakka. Vihdoin majoituimme kylän laitaan metsikköön. Minusta tuntui oudolta toimia uuden komentajan kanssa.

20.9.1941 lauantai

Heräsin levänneenä ja sain komentajalta heti käskyn lähteä läpi Ruvanmäen Oukonnukseen ottamaan yhteyttä kenraali Oinoseen. Otin moottoripyörän ja Koivistoisen ajamana alkoi matka. Tiesin tien Ruvanmäestä Oukannukseen olevan vaarallinen, mutta sieltä oli juuri tullut JP:n partio Ruvanmäkeen, kun kävin Hippeläisen teltassa. Sanoivat tiellä olevan kyllä ryssän partioita silloin tällöin, mutta puhumatta Koivistoiselle mitään, me ajaa köryytimme vaan. Tie oli sateen jälkeen aivan tallaamaton. Tähyilin valppaana ympärilleni ja konepistooli oli polvillani valmiina. Matka joutui ja äkkiä huomasin oman vartiomiehen tienpuolessa. Hän kummastelevan näköisenä katsoi pusikkonsa takaa ja nousi oikein seisomaan. Ei sanonut mitään, mutta ilmeestä näin, että hän oli ihmeissään. Sitten tuli vastaan toinen mies, hän oli kai vartioon menossa ja hän pysähtyi ja pieni kuin ilonvälke silmässä virkahti: "Eipä enää korvessa ollakaan!" Niin ei olla, ajattelin, kun tulin omiin.

Oukonnuksen sillan korvassa oli meillä vain sillanpää-asema, sillä vihollinen oli hyökännyt ja lyönyt eversti Sundmanin osastoja taaksepäin. Tiesin tuon ja tiesin myös vihollisen olevan järven toisella puolella, kun me ajoimme järven rantaa vievää tietä. Vihdoin saavuin RO:n esikunta-leirialueelle. Täällä menin kenraalin luokse ja ilmoitin kuu-lumiseni ja asiani pyytäen kenraalilta toimintakäskyä. Kenraali kiitti, että Ruvanmäellä saimme vain kahden haa-voittuneen tappion ja tuhosimme yhden viholliskomppa-nian ja hajotimme pataljoonan. Sain käskyn odottaa ja me-ninkin ratsumestari Makkosen telttaan. Täällä kerroin uu-tiseni. Sitten odottelin kenraalin käskyä. Odotellessani kuulin pian tulosuunnastani kiivasta taistelun melskettä. Olin kiinnostunut siitä ja sainkin pian tietää, että vihollisen kokonainen pataljoona oli hyökännyt sille tielle, jota minä olin juuri tullut ja että oli kaatunut mm. sen pataljoonan komentaja, joka oli siinä tiensuunnassa minun tullessani ollut. Tuntui oudolta sydämessäni. Joko jäin tänne, mutta epäilin ryssän tien hallussa pitämisestä. Odottelin kenraa-lin käskyä. Vihdoin sain majuri Palmgreniltä käskyn läh-teä. Odotettua kirjallista käskyä kenraalilta en saanutkaan. Majuri ilmoitti, että kenraali oli jo puhelimitse antanut toi-mintaohjeet komentajalleni. Pieni aavistus, ettei tie ole ai-van selvä, kulki mielessäni. Majuri ilmoitti tien olevan va-paa ja niin lähdin.

Heti Oukannuksen rautatiellä antoi vihollinen tiedon it-sestään, sillä heti räiskähti kranaatti taaksemme, ja toinen ja kolmas. Koivistoinen pani kaasua päälle ja niin alkoi kil-pajuoksu kranaattien kera. Ihmeen lähelle tuli aina taakse, mutta ei vaan tavoittanut. Vauhti oli pyörässämme sellainen, kun siitä sai ja oli täysi työ pysyä takaistuimella. Vihdoin pelastava metsä otti meidät suojaansa. Ajattelin, että ei ole hauskaa olla maalitauluna tykille, mutta hyvin me pärjäsimme. Metsä soi suojan, mutta nyt alkoi myös oma jännityksensä. Onkohan omia tiellä ennen ryssiä. Oli! Selvä on, tulin omien luo. J.P oli puolustuksessa tien kahden puolen. Sain tietää, että yksi komppania oli jäänyt ryssien taakse ja että ryssä on tiellä välissä. Kyselin, miten on, onko varmasti. Sain tietää, että oli tehty vastaisku ja että ryssä on alkanut vetäytyä. Juuri oli tullut partio toiselta puolelta ja vielä oli ollut joitakin ryssiä tiellä.

Huomasin JP:n joukossa muutamia keltalaattaisia poikia ja kysyin, ovatko URR:n poikia, Kyllä olivat, neljä viestimiestä. Jaha, pyysin heitä mukaan ja sanoin lähdetään pojat läpi tien. Sanoin Koivistoiselle, että hän sammuttaa moottorin ja työntää pyöräänsä meidän perässämme. Niin lähdimme etenemään harvassa ja tarkoin tähyten molemmin puolin. Äkkiä edessäni oleva rakuuna nostaa kiväärinsä poskelle ja ampua räiskäyttää. Olen heti hänen luonaan ja kuulen ja näen edessäni oikean ryssän.

Hän huutaa selvällä suomen kielellä: "Älkää ampuko! Minä antaudun!" Älkää ampuko!"

"Älkää ampuko!" kiellän rakuunaa, kun näen miehen olevan aseettomana ja kädet ylhäällä. Hän tulee meitä kohti ja minä kysyn, onko toisia siellä. Hän kieltää ja vakuuttaa, että kaikki pakenivat äsken tuota metsälinjaa pitkin. Kysyn, paljonko heitä oli ja sain kuulla: "Heitä oli koko pataljoona, tosin vajaa ja melko rikkilyöty, noin 300 miestä heitä oli. Tarkoitus oli mennä Suojoelle ja panostaa silta ja miinoittaa tie Tsalkin ja Suojärven välillä. Heillä oli paljon

räjähdysaineita, mutta nyt suomalaiset löivät heidät ha-
jalle. Upseerit ovat paenneet ja joukko painui heidän jäl-
keensä tuonne itään. Minä olen vuokkiniemeläinen ja ni-
meni on Santeri Remsu."

Näin kertoili vilkas vanki selvällä suomen kielellä, jos
olikin yllään ryssän harmaa mantteli ja verkalakki ja likai-
suus joka vaatekappaleessa silmiin pistävä. Sain kuulla,
että hänen veljensä oli Suomessa ja silloin nimestä muistin,
kuinka otin kerran hänen veljensä autooni tämän sotaret-
keni aikana, kun hän käveli URR:stä mennäkseen osasto
Kuussaaren riveihin, jonne koottiin kesällä Itä-Karjalan
syntyiset. Ajattelin, miten kummallista on sota meilläkin.
Tässä veljekset ovat sotimassa vastakkain. Mitä olisi veli
sanonut, jos olisi ollut vastassa ja tuon rakuunan sijasta
olisi ampua pamauttanut ja osunut veljensä sydämeen.
Kumpi heistä olisi ollut syyllinen? Ei kumpikaan! Niin ih-
meellistä kuin onkin, ei kumpikaan olisi syypää, jos olisi
ampunut oman veljensä. Kummallinen on maailma. Kuka
on syyllinen tällaisessa tapauksessa? En osaa vastata, jään
tuumimaan, kuka on syyllinen.

No, nyt on Santeri pelastettu. Suomen pojan silmä petti
ja karjalaisen veljen henki säästyi. Katsoin vankia, hän oli
ihmeen iloinen. En osannut käsittää, että hän oli iloinen,
kun henki säästyi ja että hän pääsi veljensä pariin elossa.
Otin hänet mukaan ja etenemisemme jatkui yhtä varovai-
sesti. Lopuksi olin JP-poikain edessä. He ihmettelivät. An-
noin Koivistoisen panna moottorin käyntiin ja hyppäsin
taakse, kun heti ensimmäiselle mäelle päästyämme kuulin
huudon takaa ja pysäytin. Sieltä tuli JP-komppanian pääl-
likkö ja kysyi, mistä ihmeestä minä tulen. Selitin asian ja
hän oli iloinen, sillä olin ensimmäinen, joka tulin tien läpi
ja heidän hermostuttava mottinsa laukesi. Selitin tien

olevan auki ja sain kuulla. että tie Ruvanmäkeen on myös meidän. Kuulin erään jääkärin sanovan leikillisesti: "Jaha, täälläkin aukaisevat tietä moottorijoukoilla kuten Saksan rintamalla!"

Minun moottoripyöräni käy ja selostan komppanian päällikölle asian olevan selvän, jätän hänelle vangin ja jatkan matkaa. Nyt olen paljon levollisempi ja ajamme huoletta perille ja saavumme leirialueellemme ja ilmoittaudun komentajalleni uudessa leiripaikassa, siinä kankaalla, jossa jo kerran olimme yöpyneet, silloin kun RPR:n torvisoittokunta meidät herätti. Komentajani oli iloinen paluustani ja ihmetteli, että läpi pääsimme, sillä hänkin oli kuullut tien olleen vihollisilla.

Paikka oli kaunis, asetuimme leiriksi. Pastorikin saapui ratsain, käytyään hänkin Tsalkissa. Ilta kului rupattelussa ja lepo oli hyvä, kun oikaisimme havuvuoteillemme.

21.9.1941 sunnuntai

Rauhallinen sunnuntai kankaalla männikössä. Lepopäivä, ei taisteluja. Järjestelimme eskadroonia. Olen saanut uudelta komentajaltani uuden tehtävän ja se on esikuntaeskadroonan päällikkyys. Järjestelin poikia, opastin ja neuvon heitä. Valmistauduimme korpivaellukseen, teetin puriloita ja päivä meni hyvin. Olikin kaunis, joskin jo syksyisen kolea. Aurinkokin paistoi kauniisti ja lentokoneet mennä pörisivät ylitsemme, mutta minulle rakas metsä soi ihmeellisen suojan ja turvan tunteen. Mikä hiljainen ja varma vartija ja varmistaja onkaan metsä, se ei koskaan väsy ja aina valvoo ja suojan antaa.

22.9.1941 maanantai

Oli varhainen lähtö marssille. Kello oli 4, mutta touhusimme aamuviileässä, kunnes ilmoitin klo 5 everstille: "Herra eversti! Esikunta valmiina marssia varten!"

Niin alkoi marssi. Jälleen kuljin Lahtikylään, läpi sen kapean kannaksen, jossa taistelimme jo kerran ja oli se paikka, jossa Jussila kaatui. Nyt oli suuntamme Elmitjärvelle. Tie sinne lähti Lahdesta, polku vain. Lenni kantoi minua hyvin, ratsastin esikuntaeskadroonan edellä, oli kaunis syysaamu. Ohi kauniin lammen, yli sillan metsään. Alkoi korpivaellus. Tie ei ollut todellakaan kärrytie, polku vain. Suo kohdilla oli vettä ja sain valvoa ja neuvoa tarkkaan saadakseni purilaat ja hevoset yli soitten. Lopulta kuitenkin lähenimme Elmitjärveä ja saavuimme sen laitametsään, jonne leiriydyimme. Täällä oli jo JP5:n komppania Ruuskanen tullut edeltä. Kävin katsomassa heitä ja huomasin leirin olevan aivan kylän laidassa. Kylä oli otettava ja pian Ruuskanen ilmoittikin, että kylä on tyhjä ja he sen miehittivät. Lähdin eteen ja kylään. Kylän laidassa oli ollut paljon miinoituksia ja eräs JP5:n vänrikki ja jääkäri olivat menneet ansoihin ja menettäneet jalkansa. Kävin kylässä, se oli pieni salokylä kauniilla paikalla. Sama leima kuin muissakin kylissä, vain pieni tsasouna oli punainen. Kuljin Åkermanin ja pastorin kanssa. Oli kaunis ilta-aurinko, kun kuljimme rantatietä varoen ja aina maahan tähyten miinoja. Kiusallisia nuo miinat, ikävä ase. Sitä ei näe, mutta se repii ja tekee aina varman raajarikon, jollei kokonaan tapa.

23.9.1941 tiistai

Rauhallinen olo Elmitjärvellä. Sain tehtäväkseni mennä heti aamusta Soutujärven rannalle Kallen (Parviainen)

195

puhelimeen ottamaan tietoja Hippeläiseltä, joka eteni edelleen Mustajärven suuntaan. Päivä oli kaunis. Teimme nuotion, keitimme kahvia ja söimme eväitä. Hevosemme söivät rantaniityllä kerrankin tarpeekseen ja jopa lopuksi seisoivat pää alhaalla nyökkyen. Kaunis aurinko, hyvä järven ranta ja täin puremat panivat minut pesulle ja tuntui hieman viileältä peseytyä alasti kylmässä vedessä, mutta se virkisti hyvin paljon. Päivä meni, ettei paljon huomannut, kun palasin telttaan. Täällä oli herkkuateria tarjolla. Kornetti Pärssinen oli saanut lainaksi komentajan haulikon ja ampunut neljä sorsaa, jotka nyt komentajan savustamina tarjottiin illalliseksi. Ei aina sellaista herkkua sentään saa. Ja tyytyväisinä painauduimme havuillemme.

24.9.1941 keskiviikko

Koko päivä samassa suuressa metsikössä Elmitjärven laidassa. Tänään saapui meille avuksi majuri Jousonin pataljoona ja vapautti meidät pois uuteen suuntaan.

25.9.1941 torstai

Lähtö Elmitjärveltä. Jälleen tulin Lahtikylään ja aina minulle muistuu Jussilan kaatuminen mieleen. Tällä kertaa kävin Lahdessa ihan kylässä ja menin läpi sen itälaitaan, sinne, missä huoltomme leiri oli. Tänne majoituimme ja saimme kerrassaan suurenmoisen illallisen. Huoltotelttaan oli järjestetty pitkä pöytä ja monet herkut sille. Istuin kauan ja kuuntelin upseerieni juttuja URR:stä ja sen edesottamuksista talvisodassa ja tämänkin sotaretken vaiheista.

26.9.1941 perjantai

Edelleen menee retkemme. Nyt hyvästi jälleen Lahti ja terve jälleen Tsuuniemi. Matkani meni nyt sille paikalle, jossa eversti von Essen haavoittui. Pysähdytin moottoripyörän tuolle paikalle ja katselin kovin muuttunutta paikkaa. Todella on ollut pojillamme tiukat paikat. Miten olikaan paikat muuttuneet. Nyt oli mäellä korsuja, oli juoksuhautoja, oli kranaattien jälkiä. Ajattelin, että ihmettelisi eversti von Essenkin nähdessään muuttuneen ja talvisodan taistelutanteria muistuttavan paikan. Matkani jatkui kuitenkin ohi tuon paikan kohti pohjoista. Tie kulki kaunista kapeata harjua, jossa oli oikein autolla ajettava tie. Kuitenkin tästä erosi tie ja se oli huono. Sain auttaa useata kärryä yli suon ennen kuin saavuin leirialueelle, joka oli hyvä suojaisa metsikkö. Tänne telttaan asetuin levollisena ja nukahdin pian hyvään uneen.

27.9.141 lauantai

Koko päivä samassa rauhallisessa metsikössä.

28.9.1941 sunnuntai

Alkoi eteneminen jälleen, nyt oli tavoitteena Niinjärvi. Mitä kauniita paikkoja tälläkin matkalla näin. Kylän valtaus oli veretön. Tykistömme ja krh-ammunta irroitti vihollisen ja joukkomme marssivat kylään. Minä tulin komentajan ja Åkermanin kanssa kylään. Oli ilta ja vielä valoisaa. Kylä oli pieni, mutta hyvin kodikas. Kävin pienessä tsasounassa, missä oli kaikki rappeutunut. Mikä hartaus täyttikään sydämeni, kun astuin tuohon kappeliin. Lakkini nousi päästä ja katsoin kauan ympäristöä, jossa moni oli varmaan löytänyt rauhan sielulleen hartaissa rukouksissaan. Itse kylä oli pieni, vain kolme taloa, mutta hyvin kodikas. Kävin parhaimman talon sisällä. Talo oli ollut vauras varmaan ennen, mutta bolsevikkien valtakausi oli lyönyt taloon rappion leiman. Portaat oli katetut kuten ennen synnyinkodissani ja muutenkin talo oli hyvin entisen kotini lainen. Istuuduin pirtissä ja katselin kauan ympäristöä. Enimmän miellytti minua kaunis ja kodikas uuni. Siinä olisi länsisuomalaisillekin oppimista. Hyvää oli myös talon siisteys, se, että tuvan lattia, seinät ja laki olivat maalaamattomat ja melko valkeat, sillä niitä pestään useasti vuodessa, siis kattoa ja seiniäkin. Lattiaahan pestään joka lauantai valkeaksi.

Sitten löysin järvenrannasta vielä saunan ja sen tarkastin ja havaitsin kylpykuntoiseksi. Majoituimme kylän laitaan nuoreen lehtimetsikköön. Majoitusalue oli viihtyisä ja kauniskin.

29.-30.9.1941 maanantai ja tiistai

Kauniita päiviä Niinjärven kylän laidassa. Joukkomme ovat pienissä taisteluissa ja 3. Esk. Stanin johdolla on edessämme, etenemissuunnassamme Retskassa. HRR, joka on meille alistettu, tappelee pohjoisen suunnassa, jossa eräs vihollispataljoona yrittelee Niinjärveen. Poikamme kuitenkin pitävät ja aiheuttavat viholliselle suurta mieshukkaa. Toivatpa sieltä vankeja ja minä kuulustelin niitä. Yksi nuori (19 v.) oli hyvin vilkas ja tiesi paljon, tunsi karttaa, neuvoi tarkoin pataljoonan esikunnan paikan, josta se sai lähdöt seuraavana päivänä.

Sauna lämmitettiin ja kylpy siinä oli erittäin herkullista. Kylvimme koko esikunta yhtä aikaa. Komentaja everstiluutnantti Wahren on kova löylymies ja hyvä seuramies.

Minä koetin pitää metsämiesten kylpymainetta yllä, mutta voiton vei eversti. Mutta hän onkin erittäin innokas metsämies, sitä kuvaa, että hän kantaa sotaretkellä mukanaan haulikkoa ja kerran täällä hän lähti aamutuimaan Niinjärvelle kaislikkorannoille sorsajahtiin, mutta palasi pian takaisin kastuneena nimettömiinsä asti. Oli ranta ollut pehmeä ja pettänyt sorsan jahtaajan. Tästä mitään välittämättä järjesti eversti hirvijahdin ja yhden aamupäivän jahdattuaan luutnanttien Palmenin ja Virkkusen kanssa saivat lehmähirven, jonka tuli ampuneeksi luutnantti Palmen.

Lokakuu 1941

Niinjärvi
Retska
Honkaselkä
Munjärvi
Viiksjärvi
Vornova
20.10.1941 merkinnät päättyvät

1.10.1941 keskiviikko - 3.10.1941 perjantai

Lokakuu on alkanut. Syksyn kuukausi. Mikä ero ilmassa ja maisemassa siitä, kun lähdin sotaretkelleni. Silloin oli juhannus, nyt on lokakuu. Leirialueemme on lehtimetsikössä, se oli vielä lehdessä, kun siihen tulimme. Seurasin sen kellastumista. Muutamat talvisen koleat pakkasyöt tekivät tehtävänsä puitten lehdille. Lentosuoja, joka oli hyvä, kun tulimme tänne, huononi joka päivä. Lehtisade oli suuri ja vähänkin kovempi tuulenpuuska ravisteli keltaisia lehtiä telttamme katolle. Kerran pastori pyysi ratsastusretkelle Retskan suuntaan ja se retki oli erittäin virkistävä ja kaunis. Tiemme vei kaunista tietä, joka kulki harjua, kuten useimmat tiet täällä Aunuksessa. Yhdessä me ratsastelimme ja keskustelimme tietysti omista naisistamme ensi sijassa, sitten sodasta ja lopuksi jopa rauhaakin kaipailimme. Ihana on ratsastaa huvikseen, sen huomasimme molemmat.

4.10.1941 lauantai

Lepopäivän olo Niinjärvellä päättyi. Aamuvarhain lähdimme kohti korpea. Sataa tihuutteli ja minä valvoin esikunnan marssia. Tie oli huono, varsinkin loppusuoralla. Minä ratsastin rivistön alkupäässä Lennilläni. Ajomies Tanskasella oli huono purilas, sitä sai sitoa ja huolia tuon tuosta. Lopulta kuitenkin saavuimme iltapuolella Retskaan. Tämä kylä oli jo ikävämpi ja vaikutti venäläisemmältä kuin idyllinen Niinjärvi. Ja yleiskuva oli vieras, joen hallitsevalla törmällä oli kaksikerroksinen venäläismallinen talo ja toisella puolella pitkä parakkimainen kolhoositalo. Majoituimme kylän reunalepikkoon, jossa oli jo melko huono ilmasuoja, kun lehdet olivat varisseet pois.

5.10.1941 sunnuntai - 6.10.1941 maanantai

Olimme Retskan kylässä, edessä noin 4 km kohti Honkaselkää oli 3. Esk. kornetti Haanpään johdolla, Stani oli päässyt lomalle. Tästä eteenpäin olikin kuulemma kovasti miinoitettu polku sekä metsä. Päivät täällä olivat kauniita syyspäiviä. Saunoja oli useita ja kylvimmekin eräässä pienessä saunassa joen varrella. Erikoista oli minusta, että eversti Wahren, minun nuoren vänrikin esimieheni, pesi minun selkäni kieltäytymisestäni huolimatta.

Käyntini kylässä antoi surullisen kuvan. Se kolhoositalo oli surullinen näky, 12 perhettä, kullakin yksi huone kasarmissa. Kuljin kussakin huoneessa ja katsoin, miten kurjasti ihmisten on täytynyt elää. Keskellä kylää oli pieni lasten seimitalo, jossa oli yli 10 pientä sänkyä. Nähtävästi talo oli sitä varten, että äidit toivat lapsensa sinne, kun olivat työssä kolhoosipellollaan. Käyntini kaksikerroksisessa talossa oli kolkkoa. Talo ei ollut vanha, mutta ränsistynyt jo uututtaan. Katolla oli ollut ilmavartioasema. Kiipesin sinne ja katselin alkeellisia välineitä.

7.10.1941 tiistai - 12.10.1941 sunnuntai

Klo 12 lähtö Retskasta. Seuraavat yöt olimme metsässä.

9.10. aamulla satoi lunta. Lähtö Honkaselkään, edelleen suurelle mäelle. Ensin käynti Ruuskasen luona, puhelin Gräsbechin kanssa.

10.10. varovainen yömarssi, kylmä yö. Aamulla ympäri Haapajärven. Yöksi tulo HRR:n naapuriin.

11.10. uuteen paikkaan. Åkerman oli väsynyt ja minulla oli pääkipua. Illalla tuli Gräsbech vieraakseni. Yö meni huollon luona.

12.10. oli rauhallinen päivä, kävimme saunassa.

13.10.1941 maanantai

Herään lämpöisessä teltassa Munjärvellä Haapajärven rannalla. Telttamme on maantien ohessa, tien, joka vie Petroskoista Munjärven lahteen. Olimme jo toista yötä samassa paikassa ja koko rykmenttimme on levossa. Herätykseni oli rauhallinen, joskin hieman huolekas, koska tiedossa oli lähtö jälleen. Aamuteen jälkeen teltassamme oli komentajan käskynanto, josta tuli selville marssi; minne, miten ja millä rykmenttimme alkoi siirtyä.

Oli tavanomaista touhua. Aamu oli kirkas ja aurinkoinen. Pakkanen, joka jo kolmatta yötä kiristelee, oli jälleen voimakkaasti lehtipuita ravistellut ja pienikin tuulen henki ravisteli maahan runsaasti keltaisia lehtiä. Majoitusalueemme oli suuressa metsikössä, jossa oli joitakin suuriakin puita. Tie, joka kulki ohitsemme, oli erittäin hyvä kaikkien taaksejääneiden kokemustemme jälkeen. Kaunis aurinkoinen sää oli meille varoitus ilmavaarasta. Niinpä tuskin oli puolet rykmentistämme alkanut marssinsa, kun tuli neljä vihollisen hävittäjää aivan kohdallemme ja alkoivat kaartelunsa ja ilkeän kurmuuttamisensa juuri kohdallamme tiellä kulkevaa kuormastoa. Olin teltassa komentajan ja Schidt'in kanssa, kun koneitten syöksy ulvahtelut kuultuamme tulimme ulos. Katselin suuren männyn alta kirkasta taivasta kohden koneitten komeita kaarroksia, kun äkkiä tuli yksi aivan kohdalleni ja truuttasi, että oksat krapisi ja joitakin luoteja tuli noin 6 metriä minusta koivun juureen, jossa ne vähän savusivat tai olivat räjähtäviä. Mokomat, ajattelin, kun ne lopulta lähtivät pois.

Niin sujui valmistelu ja ennen loppujen lähtöä lähdin minä Koivistoisen kanssa moottoripyörällä edeltä. Tehtävääni kuului valvoa esikunta eskadroonaa. Annoin päällikkyyden viestijoukkueen johtajalle vänrikki Vuollelle. Aikomukseni oli pistäytyä Munjärven lahdesta länteen 11 km katsomassa omaa synnyinkylääni, josta 6-vuotiaana vuonna 1918 olin lähtenyt kahden sisareni ja veljeni kanssa äidin ohjaamana pakoon bolsevikkeja, jotka vainosivat Suomessa olevaa isääni. Niin alkoi moottoripyörämatka. Oli hyvin kylmä viima, kun Koivistoinen, Pohjois-Savon poika, ajaa huristi hyvää autotietä kohti Munjärven lahtea. Maisema oli syksyinen, mutta kaunis syysauringon väriloisteessa. Kun lähenimme Munjärven lahtea aukeni eteeni erittäin komea ja jylhä järvimaisema. Kylät reunustivat edessäni olevaa kapeaa Munjärveä. Kylään saavuttuani huomasin surukseni osan kylää poltetun. Kuitenkin lahden takana kauniissa rinteessä oli komea 2-kerroksinen talo ehyt. Se oli venäläinen sairaala, jossa nyt oli kenttäsairaalamme.

Oudot tunteet täyttivät sydämeni, kun ajaa huristin syyskylmässä ilmassa kylään, jossa isäni oli monesti ollut. Käännyin länteen tienhaarassa ja matka alkoi kohti Kenjakkaa. Havaitsin tien olevan erittäin hyvän ja leveän, mutta metsät olivat heikot. Taistelun jäljet olivat ikävät. Kaatuneita vihollisia oli tienpuolissa paljon. Ajoin kohti synnyinkylääni. Jännitykseni kasvoi. Tulin puutielle. Siinä oli ryssäin traktoreita. Metsässä oli useita parakkeja. Nyt niissä näkyi olleen soppajonossa suomalaisia työvelvollisia, jotka ovat meille teitä rakentamassa. Kenjakka läheni. Maasto alkoi nousta. Nyt tuli niittyä. Pientä suoniittyä, jossa monet kranaatit oli nostanut ylle mustia multaläikkiä. Nyt tuli pelto. Kivinen ja pieni, mutta viljelty. Onkohan tuo meidän. Tuossa on palanut ryssäin maastovaunu, tuossa rikkinäinen vihreä kuorma-auto. Nyt nousen mäelle, tie kaartaa. Tässä tienhaara Vasukkaan, ennen oli siinä risti ja Jumalan kuva, nyt sitä ei ollut. Tulin kylään. Oh! Mikä pieni kylä. Mitkä vanhat talot. Tiesin kotitaloni olevan poltetun ja hain kohtaa, missä on sen paikka. Tuossa se on, nurmettunut, mutta selvästi havaittava. Uunin sija on korkeampi ja keskellä. Nousen sille ja katson ympärilleni. Tuonne mäelle ajoi Koivistoinen ja jäi pyöränsä luokse. Ei kai hän tietänyt, mitä sydämessäni liikkui: minulla oli juhlatunnelma. Mikä onnekas ja täyteläinen tunne. Katson paikkoja. Melkein juoksujalkaa kuljen. Tuossa on polku, tuossa on lampi, sinne menen, tuossa on hako, sama on puu siinä, sama poukama. Tuossa lapsena vesiliskoja katselin, tuolla haolla vitsalla sudenkorentoja huiskin. Onkohan tuo sama pajupensas, jossa oli niin paljon mehiläisiä? Sama se on, samalla tavoin se kallistuu veteen. Tähän myös naapurin Pekko kerran putosi veteen, mutta kun sillä oli iso takki, jäi hän kellumaan selälleen ja minä tuskan täyttämänä juoksin, pienen sydämeni pakahtua juoksusta, ilmoittamaan äidilleni.

Mutta tuossa on sauna. Oma sauna. Vanha se on ja ränsistynyt. Siinä mama on minua pessyt talvipakkasilla. Siellä kerran istuin itkien, kun naapurin vihastunut akka haukkuu minua isäni tähden, kun hän oli Suomessa. Pilkkoi isän tekemät pienet sukseni kirveellä. Mikä suru se minulle silloin oli. Menen suoraan sisälle. Sama on eteinen, sama on sauna. Nokinen, musta, sisäänlämpiävä. Pata on poissa, mutta kylvetty siinä on, tuoreita vastan lehtiä on lauteilla. Ikkuna on lasiton, pieni ikkuna, jossa näkyy olevan osa ryssän harmaata manttelia. Mikä onnellinen tunne, katsoa kaikkea tuota. Olin vain 6-vuotias, kun kaikki nuo jäivät. Nyt olen ollut pois sieltä 22 vuotta. Kasvanut aikuiseksi, nähnyt Suomea. Olen jälleen synnyinkylässäni. Melkein juoksujalkaa riennän riihenmäelle. Siellä oli ennen tsasouna, isoisäni rakentama, sekin paloi 1919, sen paikkaa en löydä, siinä on osumia, ehkä tuon suuren kk-pesäkkeen kohdalla onkin ollut se pyhättö, jossa lapsena äitini vierellä seisoin pääsiäisyönä isäni lukiessa Raamattua. Muistan, että minulla oli kylmä lämmittämättömässä kappelissa. Riihi sen paikan takana on ehyt. Uuni on siellä paikallaan, mutta takaseinässä on yksi hirsi yhdestä pituudesta poikki, se on ampuma-aukko. Poikasena oli sulkenut harakoita riiheen syksyllä. Kun riihessä oli puitu ja ovi oli auki, meni harakoita jyviä syömään, niin minä hiivin riihen takaa ja paiskasin nopeasti oven kiinni ja siellä saaliini, jota oli niin mukava sitten katsella riihessä lentelevän, kun ensin oli itseni nopeasti ovea raottamalla riiheen soluttanut. Niin kaikessa muistui niin monet muistot. Kotini sija toi enemmän mieleen. Seisoin kauan ajatuksiini vaipuneena kodin korkeimmalla kohdalla, se oli uunin raunio, jota jo nurmi peitti. Koetin kuvitella, millainen kotini oli. Hain suurta porraskiveä, jolle eräs tuhma setä minun pienen haitarini särki kerran ja minä kovasti itkin. Ei löytynyt tuo esi-isieni tallaama kivi.

Mikä onni olikaan sydämessäni. Seurasivatko esi-isieni henget minun käyntiäni heidän elinsijoillaan. Tuntui kuin olisin tuntenut hyvän isoisän läheisyyden, hänen, joka minua kiikutti, kun olin alle vuoden ikäinen ja joka sanoi minun tapojani katsellen, kun olin niin hiljainen istuessani lattialla ja leikkiessäni leikkikaluilla, että tästä lapsesta tulee joku suuri tai sitten ei mitään. Mitä hän, minun 73-vuotias isoisäni tarkoitti tuolla, se on minulle arvoitus. Tarkoittiko hän, että minä palaan heidän elintilojensa vapauttajana kerran heidän kotinsa raunioille, mutta maan, oman turpeen vapauttajana ikuisesta idän sortajasta. Mikä suuri ilo ja onni oli minulla sydämessäni, kun seisoin tuossa. Melkein tahdoin jäädä siihen ja toivoin elämäni loppuvan tähän suurimpaan onneeni. Mutta ei, minulla on paljon tehtävää. Tuolla mäellä on Koivistoinen pyörineen, hän odottaa minua. Ohitseni ajaa suomalainen kuorma-auto Lahteen päin. On sota, työni on kesken. Pyydän Koivistoista ottamaan omalla valokuvauskoneellani minusta kuvan ja niin hän tekee. Vielä luon yleissilmäyksen naapuritaloihin. Lähimmässä naapurissa on oven päällä "sotasaalisvarasto". Pistäydyn sisällä, siellä on paljon monenlaista. Huomaan kylässä mäellä olleen vihollisella monia asemia. Katson peltojen kivisyyttä, luon katseen itään, josta näkyy Lahti komeassa maisemassa.

On kiire. Hyppään Koivistoisen taakse ja alkaa paluumme Munjärven Lahteen, jonne on matkaa 11 km. Tunnen itseni niin onnelliseksi saadessani käydä omalla kunnaallani. Olen kuin päämäärään päässyt. Paluumatka on nopea. Viima puree poskiani, mutta olen Lahdessa määräaikaani ja 22 km matka kotikylääni ja katselmani on tehty. Ajoin läpi Munjärven lahden, kylä oli palanut, lähden pohjoiseen, sinne on vielä 12 km. Rykmenttimme on marssilla. Ajan ohi marssirivistöjen. Onpa joukkoja tiellä kovin paljon. Tuossa menee järeää tykistöä, ainakin 6 tuumaisia ne ovat. Tuossa menee polkupyöräjoukkoja, seuraavaksi on jo omia. Tunnen heidät hyvin, he ovat taistelleen näköisiä, likaisia ja kalpeanaamoja, ja he ratsastavat. Komea rivistö rakuunoita. Ratsut huurteisina tasaisessa ravissa. Katson heitä takaa, he ovat uljaita poikia.

Olen ylpeä heistä, sillä kuulun heihin. Joukkonsa edessä on eskadroonansa päälliköt. He ovat paljon kokeneita ja taistelleita. Näen nuoren kornetin eskadroonansa kärjessä, hän on Hippeläinen, 1. Esk:n päällikkö. Poissa ovat ratsumestarit, eskadrooniensa johtajat. Kaikki he ovat haavoittuneina poistuneet. Nyt ovat nuoret remmeissä. Rykmentissä oli ratsumestarit Parviainen, Lindeman, Wrede ja Bergroth, nyt on kolmen ensin mainitun sijalla kornetit Hippeläinen, Hämäläinen, Haanpää ja Bergrothin sijalla on luutnantti Markkanen. Siis paljon on johto muuttunut. Alikersantit ovat joukkueiden johtajina. Mutta yli sadan päivän yhtämittainen taistelu karsii kovasti ja uljas URR ei ole ollut kaikkein helpoimmissa taisteluissa.

14.10.1941 tiistai

Herätys lehtimetsikössä. Järvi, jossa katselin käsikranaattikalastusta. Matka huonoa tietä. Vastaan tuli haavoittunut, joka oli edessäni etenevän veli. Tuli yli aukean sieltä. Majoitus hyvään metsikköön.

15.10.1941 keskiviikko

Lähtö aamupakkasessa. Jäinen savitie. Hevoset menivät usein nurin. Tulo JP1:n luo. Eteneminen läpi maaston, tulo tielle. Vankeja. Tulo Viiksjärven laitaan. Mies sillan alla. Kylän valtaus. Surullinen näky. Noin 20 kaatunutta, 40 vankia. Majoitus järven rannalle.

16.10.1941 torstai

Kenraalin käynti. Marssi yöllä, kivinen tie. Teltan pystyttäminen pimeässä. Yö Anttisen vieressä.

17.10.1941 perjantai

Herätys hyvässä metsikössä. Pokkisen tulo. Pakkasta. Edessä on Vornovan kylät, ne on tänään otettava. Olimme yön puolustuksessa. Puolustuslinjamme on ollut epäedullinen, ensin se on muutettava paremmaksi. Aamu on syksyinen ja lätäkkömme, vedenottopaikka telttamme edessä kuusikossa, on jäässä. Pojilla asemissa on ollut kylmä.

Alkaa aurinkoinen päivä. Olemme suuressa metsässä, telttamme ovat hyvin naamioidut. Ohitsemme kulkee edessä olevien eskadroonien ammusajoneuvot, tie on kivikkoinen ja kärrien kolina on luja. Komentoteltassamme on lämmin, tämän löytäminen on vaikeaa, siksi tiellä on vartio, joka opastaa. Valmistelemme päivän toimintaa. Odottelemme JP5:n komentajaa, kapteeni Pokkista. Hänen pataljoonansa tulee meidän avuksemme.

Aamutee on juotu. Karttamme ovat ahkerassa käytössä. Tykistökomentaja, luutnantti Anttinen, on puhelimensa ääressä, patterit ovat järjestettävä. Nyt on jo yksi tuliasemissa. Pari patteriupseeria tuli Anttisen luo, he määräävät maaleja. Katson heidän vihkosiaan, lomakkeitaan ja laskulistojaan. He taitavat ammattinsa.

Nyt tuli Pokkinen. Hän saa käskyn. Ensin tiedot tilanteesta, sitten omista, sitten alistussuhteet, huolto jne. Käskynanto on ollut selvä. Kapteenin katse, joka oli ensin epävarma ja ehkä tyytymätön, on selvennyt ja kirkastunut. Vihollisen tykistö ampuu ylitsemme. Takana Viiksjärven kylässä roiskivat vihollisen kranaatit. Ampukaa, se on tyhjä. Jäätynyt tanner kumajaa lujasti kranaattien räjähdellessä. Vihollisen krh:n onnahtelevat lähtölaukaukset yskähtelevät arveluttavan lähellä, mutta se on vaan maaston

209

vaikutusta. Vihollisen it-tykki ampuu melkein yllemme omituisia aikasytytin kranaatteja, jotka poksahtelevat kuin srapnellit suurten korpikuusien yllä, joista oksat ja naava kropisevat alas ja sirpaleitten vonkuvat äänet uhkaavat tulla telttaamme rikkomaan. Pokkinen on saanut käskynsä ja lähtee järjestämään hyökkäystään. Hänen lääkärinsä sai myös käskyn järjestää sidontapaikkansa tien varteen. Lääkäri puhui äsken, että vilu on suuri vaara potilaille ja on saatava väelle teltta, jossa ne lämmitetään ennen automatkaa. Anttisen maalit on laskettu, patteriupseerit poistuvat. Takavasemmalta kuuluu hyvin kiivas taistelu, siellä majuri Janssonin pataljoona on ottamassa Kivatsun kylää. Nyt alkoi meidänkin edestä taistelu. Jaha, Upla pistää sotapäiväkirjaansa, että taistelukosketus on saatu. Ratsumestari Åkerman antaa käskyjään puhelimessa. Lähetit juoksevat sinne tänne. Heitä huudetaan läpi teltan, heidän telttansa on komentoteltan vieressä. Taistelu edessä kiihtyy. Tulee soitto Hippeläiseltä, viholliset liikehtivät. Kk-pesäkkeen edessä hiippailee jo eräitä. Heillä on jotain aikeita.

Oviverho kahahtelee, esiin tulee pakkasesta hikinen alikersantti, hän on kornetti Haanpään lähetti ja ilmoittaa: "Herra eversti, vahva vihollinen hyökkää suoraan edestämme ja vihollisen krh- ja piiskatykki ampuvat asemiimme. Meillä on neljä haavoittunutta. Olemme pysäyttäneet ensimmäisen hyökkäysaallon, kornetti ilmoitti. Milloin Pokkinen tulee vasemmalta? "

Eversti selvittää. Anttinen antaa käskyjään puhelimessa. Tykit ulvahtelevat takanamme ja outo, mutta meille tuttu vihellys ilmoittaa terveisien menevän ryssille. Puhelimet ovat käytössä ahkerasti, kysytään, miten osui.

Hyvin osui, selittää kornetti Hämäläinen. Oma krh ampui ensin niitä hajalle ja sitten Anttinen hajoitti jo uudelleen ryhmittyneen suuren massan. Nyt tuli pyyntö oikealta. JP1:n edessä myös vihollinen hyökkää. "Tulipeite Lahti, ampukaa", huutaa Anttinen.

Taistelu on kiivas. Teltassa on hyörinää. "Tulipeite seis!" huutaa Åkerman äkkiä saadessaan puhelimesta tiedon. Anttinen hihkaisee: "Tulipeite seis!" Selvä tuli, oli hyvä, ettei ammuttu, sitä onkin pidennettävä.

20.10.1941 maanantai

Neuvottelu ylimenosta, läsnä kenraali…
Merkinnät päättyvät päiväkirjoissa.

15.11.1941-22.6.1944

Metsäosaston toimistoupseeri (Petroskoissa ja Aunusjoella). Tästä ajasta ei ole merkintöjä.

16.6.1944 käskynjako Aunuksessa ja vetäytyminen alkoi

22.6.1944 (Tuulos, Vitele, Manssila, Salmi, Rajakontu, Koirinoja). Merkinnät alkavat *22.6.1944.*

23.6.1944 – 1.9.1944 Joukkueenjohtaja

Kesäkuu 1944

Aunus
Tuulos
Vitele
Manssila
Salmi
Pitkäranta
Rajakontu
Koirinoja

22.6.1944 torstai

Olen vielä Itä-Karjalan Sotilashallinnon Aunusjoen alue-metsätoimiston toimistoupseerina. Tulin sotilashallinnon palvelukseen 1.11.1941 silloin URR:n tiedustelu-upseerina. Aunusjoen aluemetsätoimistoon tulin 4.5.1943. Siis vuosi ja pari kuukautta on mennyt Aunuksenlinnassa. Nyt tuntuu olevan viimeiset hetket jo rakkaaksi käyneessä Aunuk-sessa.

Tämä sekavuus alkoi jo toista viikkoa sitten, kun 16.6.1944 kävin aluemetsätoimiston päällikkö luutnantti K. Huttusen kanssa käskynotolla Aunuksenlinnan aluepäälli-kön v.s. kapteeni Karelmon virkahuoneessa. Kello 11.15 saimme kutsun ja sinne tuli sitten Aunuksenlinnan itse-näisten sotilashallintoyksiköitten edustajat, naisia ja mie-hiä sairaaloista, postista, pankista, toimistoista. Karelmo oli asiallisen rauhallinen ja vakava. Kertoi tilanteen kehit-tyneen siihen, että meidän on nyt lähdettävä. Saimme siis käskyn pakata kaiken. Näin naisten silmissä vakavuutta, mutta vaikka olivatkin tohtoreita, pyrkivät puhumaan kil-paa, joka ei olisi tullut kysymykseen rauhanomaisessa mie-lenlaadussa. Me miehet kuuntelimme rauhallisesti kaptee-nin selvitystä, kun hän kohteliaana miehenä otti ensin nais-ten edustamat yksiköt kyseltäväkseen. Niin saivat sairaalat käskyn vapauttaa pystyvät hoidokit pois ja evakuoida vuodepotilaat.

Olimme vakavia Huttusen kanssa, kun kahden as-tuimme alue-esikunnan tuttua lankkukäytävää kohti toi-mistoamme.

"Se on sittenkin sitä!" tokaisi Huttunen.

"Tosi se on, evakuointi-sanan täydessä mielessä. Huomasin Karelmon sanoneen, että 17.–18. kesäkuuta ovat evakuointipäiviä." vastasin Huttuselle.

Kuljimme yli komendanttiviraston sillan, sen yläpuolella oli meidän uittopussimme täynnä puuta. Ja siihen ne jäävät, meidän sydänhuolia tuottaneet puut, meidän suunniteltu maalle nosto olisi sujunut jo hyvin. Sinne jäävät puut jokeen. Jo 12.000 m³ oli rannoilla ja 40.000 m³ jää jokeen ynnä kapteeni Rengon 50.000 kpl tukkeja. Sinne jää ylös Tsimilään meidän jännitystä tuottanut vastuu, joka sittenkin piti korkean tulvaveden paineen. Sinne jää transportti urheilukentän laitaan juuri kun se oli alkanut pyöriä.

Niin alkoi toimistossamme kiireinen pakkaus. Mäkinen ja muut tekivät laatikoita. Kukin siviili sai käskyn lähettää heti siviilitavaransa pois. Niin minäkin tein. Arkku ja vuodevaatteet sekä kalastusvälineeni lähetin vanhempieni kotiin. Vain yhden arkun sotilasvarusteita lähetin Joensuuhun, jossa oma kotini oli pakattuna ja sullottuna yhteen huoneeseen. Tuo viikko oli kiireinen. Työvelvolliset pantiin ensin pois, sitten naiset ja siviilit. Reserviläiset jäivät viimeiseksi.

Kun 22.6.1944 aamupäivällä sain asiani lopullisesti selville ja sain aluepäällikkö kapteeni Mauri Mattilalta käskyn ilmoittautua yksikössä 6257 Vitelessä, rauhoittui mieleni. Oli liikuttavaa jättää hyvästit Panjolle. Hän itki ääneen, itki katkerasti, karjalaisen sydämen täydeltä. Kuitenkaan mikään ei auttanut. Sain selville, että pääsen Arokiven kuorma-auton päällä Viteleeseen. Kyytiä odotellessa tuli puhelinsanoma Huttuselle majuri Pentikäiseltä, että "heti kaikki pois, vaikka jalan". Niin sanoin hyvästit

215

Pinkolalle, Peuralle, Luomalle, Issakaiselle, Larjanmaalle, Tuoviselle, Immoselle ja Huttuselle. Jäin vaan vilkuttamaan, kun Huttunen ja Immonen viimeisinä jättivät talomme. Minä olin yksin, olin viimeinen, uskollisin Aunukselle. Mutta minä olenkin sen maan tomuista siinnyt, olen sen heimon lapsi.

Katkera oli mieleni, kun vihdoin kiipesin korkealle kuormalle ja oikaisin selälleni pressun päälle. Aunuksen taivas kaartui niin sinisenä ylläni, poutapilvet pyöreinä vaelsivat omia teitään katsoen meidän ihmispoloisten hulluutta jylhästä korkeudestaan. Vihollisen vilkastunut ilmatoiminta lähetti hävittäjiään Jaggeja ja Miggejään yllemme ja ne truuttasivat konekivääreillään Aunuksen lakeudella junaa ja autoja.

Auto mennä hurisi hiljaa, Aunus jäi taakseni valkoiseen pölypilveen, sen desanttitorni näkyi kauan, kun ajoimme pitkin talorivin reunustamaa tietä kohti Alavoista ja Viteletta.

Alavoisissa oli EKH (=elintarvikekenttämakasiini). Tänne auto poikkesi ottamaan muonaa matkaansa. Oli aurinkoista ja lämmintä. Katselin suurta makasiinialuetta. Varastoja tyhjennettiin proomuun, oli kova kiire, oli sotaaika. Puhuttelin muonanjakajia, tonneista ja tuhansista, niistäkin pojat puhuivat. Ei muka kerettäisi evakuoimaan jne. Kun muonanottaja kysyi 20 kg kauraryynejä, sai hän koko 50 kg säkin. Kun kysyi jonkun kilon marmeladia, sai avaamattoman marmeladiastian. Ei mitattu enää.

Siinä jakotilaisuudessa sain kokea ensimmäisen voimakkaamman ilmapommituksen. Neljä 2-moottorista pommikonetta ja neljä nopeaa Migiä tulivat yllemme ja alkoi leikki: olin EKM:n portin pielessä ja katselin, miten koneet rohkeina syöksyivät aivan alas ja pommittivat rataa ja asemapihaa. Siinä tehtiin kaarteita ja syöksyjä. Sain painautua maahan usein kun pommari syöksähti aivan päällemme ja tulitti tykillään ja kk:laan alas. Portin pielestä lensi puunsälöjä, kun Mig syöksähti alas. Lopulta koneet painuivat takaisin Laatokalle, sinne, mistä olivat tulleetkin.

Matkani jatkui. Sivuuttaessaan raskasta tykkiä vetävää traktoria auto kraapaisi siihen. Toinen kumi oikeasta takapyörän kaksoiskumeista meni puhki. Matka hiljeni. Sotamies Sikanen, joka kolmatta vuorokautta istui ratissa, oli lopen väsynyt. Ei uskallettu ajaa kovaa, koska kumi kuumeni. Niin ajaa köryytimme ohi Tuuloksen. Tuuloksen kankaalla auton moottori seisahtui. Pumppu ei toiminut. Jaha, siis pidempi seisaus. Kapusin alas kuormalta, hyppelin viimasta jäykistyneen olemukseni lämpimäksi ja söin palan evästä. Korjaus jatkui. Sikanen ryömi auton alle ja puhdisti jotain. Oli aikaa vielä. Minä näin kaukaa puitten välistä valkoista Laatokkaa. Lähdin rantaan, jonne oli tieltä vain 300–400 metriä. Hiekkakangas kuivan karuna kasvatti harvaneulaksisia mäntyjä. Kanerva ja maitohorsma yritti paikoin nousta maan pintaa vihreyttämään.

Seisoin Laatokan rannalla. Mikä vapauttava tunne, mikä puhdistava vaikutus. Ei näkynyt rantaa toisella puolen. Iltapäivän väreilevä aurinko kimmelsi rauhattomassa Laatokan laineessa. Katsoin rantaa, matalaa, puhdashiekkaista rantaa. Tuli mieleeni sota ja vihollinen tuolla aavan toisella puolella ja mahdollisuus nousta maihin tähän. Kello nakutti taskussani, se osoitti pian 18:ta. Pieni vaisto sanoi minulle, että tässä on vaarallinen paikka autoille ja junalle, jotka vajaan puolen kilometrin etäisyydellä seuraavat Laatokan rantaa. En tiennyt, että vajaan 10 tunnin päästä vihollinen nousi maihin monista kymmenistä aluksistaan juuri tuohon, jossa minä katselin ulappaa. Laivaus oli silloin jo käynnissä vihollisella, kun minä ihailin mieltä kohottavaa näkyä aavan veden rannalla. Kuka olisi uskonut minua, jos vaikka sisäinen näkemykseni olisi ilmoittanut, että tähän nousee vihollinen maihin seuraavana aamuna klo 4.

Niin jätin Laatokan ja tulin Viteleeseen. Aluepäällikkö luutnantti Valanne neuvoi talon, jossa ilmoittauduin klo 18–19 maissa. Luutnantti Herbert Vinberg, minun serkkuni Nastin puoliso, oli v.s. komppanian päällikkö. Hän kertoi, että komppaniassa on nyt 6 upseeria ja varsinainen komppanian päällikkö ratsumestari Koivusalo on sairaslomalla heinäkuuhun asti. Tutustuin taloon ja kolmeen uuteen upseeriin, jotka oli tästä Viteleen alue-esikunnasta tänne komennettu. Luutnantti Lohikoski, Ojala ja Pyykönen. Vinbergin ohella oli tätä ennen vain vänrikki Nevalainen komppaniassa. Käytyäni hyvässä ja kodikkaassa saunassa vetäydyin vuoteeseen ja nukahdin väsyneenä jo klo 23 maissa.

23.6.1944 perjantai

Kello 4 maissa heräsimme kaikki uudet upseerit valtavaan tykkituleen. Se oli meidän rannikkopatteriemme tulta. Sain tietää, että vihollinen yrittää maihin Tuuloksen luona. Oli kiirettä. Sain käskyn lähteä kuormaston vanhimpana Manssilaan. Niin 13 kuormaa koottuani metsän reunaan aloimme matkan. Tykinjylinä oli valtava. Vihollisen hävittäjät kaartelivat lakkaamatta yllämme, mutta kuormasto eteni hiljalleen määrätyin etäisyyksin kohti Rajakontua. Minä ajaa jyllersin polkupyörällä alikersantti Iltolan kanssa rupatellen. Aamu oli kaunis ja lämmin. Iltola tunsi paikat hyvin, oli asunut rauhan vuosina vuoden Manssilassa. Rajakonnun metsän reunassa oli yli 400 päätä lehmiä odottamassa teurastusta. Päästyäni Rajakonnun mäen päälle aukeni eteeni Laatokka. Pysähdyin taas ja katselin näkyä nyt aamuauringossa. Muistin illalla aavistamani tapauksen ja kuvittelin, miten nyt siellä venäläinen kaivautuu pehmeään mäntykankaaseen, missä minä eilen seisoin yksin.

Rajakonnun puomivartio seisoi paikoillaan. Siinä odotellessani kuormaston alkua näin, miten Laatokalla ilmestyi näköpiiriimme kolme pistettä. Ne olivat vihollisen laivoja. Mieliala tuli rauhattomaksi. Pojat osoittivat alas laaksoon, jossa savusi jotain. Sain tietää, että puoli tuntia sitten sinne putosi oma pommikone. Vihollisen nopea hävittäjäkone oli saavuttanut sen ja ampunut alas. Siellä makaa kuolleena kapteeni ja luutnantti sekä aliupseeri, joka on niin palanut, ettei näy arvomerkkejäkään. Ja että kauemmas Manssilaan päin olisi mennyt yksi pommittajamme Laatokkaan, sekin vihollisen hävittäjän tuhoamana. Vitelestä lähdettyäni kuulin vielä, että maihin nousevia laivoja pommittaneista pommareista olisi yksi pudonnut Vitelen metsään. Täten oli vähistä ja kalliista pommikoneista pudonnut kolme. Tunsin pahaa mieltä ja pettymystä kuullessani tuon.

Mutta huomioni kiintyi pian muualle, kun tykit jyrähtivät äkkiä melko lähellä ja kranaatit jyskähtivät Rajakonnun rinteeseen tai oikeammin alhaalla laaksossa kulkevaan rataan. Arvasin, että laivasta ammutaan. Mutta miehet villiytyivät ja pian huomasin, miten puomivartiomiehet lähtivät lipettiin. Sain kuulla, että joku luutnantti oli soittanut, että kaikki Itä Kar. SE:n alaiset yksiköt heti Pitkärantaan. Syntyi kauhea paniikki. Minä ohjasin kuormaston Manssilaan ja

käskin syöttää hevosia. Seurasin Manssilan rahvaan pako-
kauhua.

Oli juhannusaatto vuonna 1944. Päivä paistaa helotti
korkealta. Ihmiset Manssilassa kulkivat pyhävaatteissaan
kirkkoon, kun kranaatit äkkiä räiskähtelivät Rajakonnun
mäkeen. Tulee kiire. Joku päästää valloille huhun, että ve-
näläiset ovat Vitelessä. Joku hälyttää kaikki pois ja kiireesti.
Tiellä vastaan osuu luutnantti Jaakko Härkönen. Hän py-
sähdyttää minut ja sanoo: "Kuule, et kai näe pahaa, että pi-
dätin kenttäpostiauton ja käännytin sen viemään siviilejä
Salmiin?"

En tietenkään siihen mitään pahaa voinut sanoa, mutta
kun Härkönen rupesi selittämään, että kaikki olisi heti hä-
lyytettävä pois ja kun hänkin uskoi, että vihollinen on Vi-
telessä, selitin, että nyt on poika erehtynyt. Se oli laiva-
tykki, joka räiski Rajakontuun. Mutta kuitenkin Härkönen
oli jo osan kylää hätyyttänyt ja kyllä sellainen sana pian
kulkee.

Näin surullisia näkyjä, miten poloinen äitikin, vielä
nuori, selässään valtava reppu, sylissään käsivarrella lapsi
ja kädessään matkalaukku, yritti kävellä maantietä minun
seisoessa pyörineen tien varrella. Äiti valitti: "Ohoh meitä
poloisia, ei toiset tiedä mitä tuskaa meillä on, lapsen vaat-
teetkin jäivät ja tavarat." Katsoin häntä. Salmilainen soin-
tuva murre jäi soimaan korvaani "eivät toiset tiedä". Niin
eivät tiedä. Sinä olet poloinen Karjalan rahvas, sinä tiedät.
Sinä tiedät hyvinkin kohtalosi kovuuden, mutta myös kes-
tät sen. Mihinkäs menet kestämästä, kestät kunnes kaadut.

Vanhus, jo tutiseva, juhlapuserossa, herraskainen, keppi
kädessä, takki käsivarrellaan käpyttelee huokaisten: "Oh,

höh, oh!" Hänellä oli vaikeaa kulkea helteistä ja pölyistä tietä. Kauanko hänen sydämensä kestänee, kun hän menehtyy. Mies valittaa: "Hevosenkin veivät, eivät jättäneet vanhukselle, oh hoh!" Hänkin pakenee pois venäläisten alta Suomeen. Evakon kohtalo on hänellä edessä. Kunnioitan vanhuksen köyryä vartta ja harmaita hapsia, lohdutan ja rauhoitan häntä, ettei tässä mitään hengen hätää olekaan, vaan levähtäisi ja menisi hiljaa.

Kun ajan taaksepäin entisen rajan kohdalla on mäki. Siellä kolme nuorta tyttöstä itkettynein silmin valittavat ja kahden kehottavat kolmatta hakemaan hieman tiestä sivusta olevasta talosta matkalaukkuaan. Tyttö, vielä nuori, ehkä 15-vuotias, itkee ja valittaa ettei uskalla. Pysäytän pyöräni, lohdutan tyttöstä ja saan hänet uskomaan, ettei mitään hätää olekaan ja niin hän nuorilla jaloillaan juosta vikeltää ja kohta raahaa suurta matkalaukkua. Sillä välin toiset tytöt valittelivat itkien, että kun omat jättivät meidät ryssän käsiin ja rajantakaisia "ryssiä" evakuoivat valmiiksi. Selitin tytöille, että älkää lapset haukkuko heitä ryssiksi, eikä teitäkään jätetä pulaan. Olkaa vaan rauhallisia, kyllä tässä selvitään. Niin pysäytin ohi ajavan kuorma-auton ja tytöt pääsivät sen päälle. Pyyhkivät itkettyneitä silmiään ja korjailivat jo hiuksiaan naisellisella tavallaan. Nainen on nainen, hän itkee ja on hätäinen, mutta kohta on taas ulkoasuaan ajateltava, kun hätä on poissa.

Pian hätäily Manssilassa hiljenee, väki on jättänyt kylän, vain karja ammuu pitkin tienvartta. Kuormastomme jatkaa matkaa Salmiin. Minä ajan yksin pyörällä edelle ja saan näköpiiriini kauniin Salmin. Täälläkin on täydellinen paniikkimieliala vallalla. Karja vaeltaa tienvarsilla ja ihmiset hevoskuormineen ajavat minne, en tiedä, ehkä asemalle, ehkä vain kauemmaksi.

221

Yöksi palasin omalla pikku mololla takaisin Viteleeseen. Täällä oli luutnantti Lohikoski ja vänrikki Nevalainen. Asetuimme yöksi samaan kamariin, jossa olin jo yhden yön viettänyt. Oli juhannusaaton ilta. En tuntenut siksi. Kuinka olisin voinut ajatella, että on juhannusaatto. Tasan kolme vuotta sitten istuskelin Lehmossa Janne Revon talossa, taskussani määräys reserviin ja seuraavana päivänä ilmoittauduinkin Uimaharjun koululla Ratsuväkiprikaatin esikunnassa. Nyt siis kolme vuotta olen kantanut valtion harmaita. Vuosi vuoden jälkeen vierii parasta elämääni. Poikani oli 4-kuukautinen, kun läksin reppuineni, nyt on jo tyttäreni Outi Katariina jo puolivuotinen. On jo kaksi pienokaista odottamassa isää sodasta palaavaksi.

Juhannus 1944

Heräsin Viteleessä pienessä kamarissa, takanani nukkui Nevalainen. Yöllä oli ollut viholliskoneita vieraina, mutta aamu oli rauhallisempi. Tuuloksen sillanpää noin 5 km meistä vaan suurenee, tykit laivoista ampua paukuttavat ylitsemme hakien takanamme olevaa tykistöpatteria. Olen tuliholvin alla, omat ja vihollisen kranaatit suhisevat ylitsemme. Tomu ja multapilvi nousee korkealle meistä vain 70–100 m takanamme. Olemme juhannuksessa 1944. Mielialani on painostava.

Lohikosken tullessa taas luoksemme ja neuvotellessa kamarissamme viholliskoneet tulevat taas yllemme. On ollut sateista ja pilvet uivat matalalla. Äkkiä kuulemme valtavan jyrähdyksen takaa ja pari lentokonetta hurahtaa talomme yli. Ilmatorjuntamme on luja ja papatus kova. Kun remu oli ohi, menin ulos katsomaan jyrähdyksen syytä. Pihalla oli multakokkareita ja pellolla oli suuri kuoppa.

Kävelin sinne ja totesin yhden suuren ja kahden pienen pommin jäljet. Mitä tavoitteli vihollinen, jäi arvoitukseksi, ehkä koivikkoa, meistä vain 100 m, luullen siellä olevan meidän tulipatterimme.

Ilma jatkui koko päivän sateisena. Lohikoski meni taas taakse ja olin kahden Nevalaisen kanssa. Keittelin yksin ruokaa, mielialani ei ollut korkea. Sillanpää vain paisui. Meillä ei ollut miehiä paikalla. En ihmettele, jos vihollinen sai hyvä otteen.

Pitkä päivä meni lopulta iltaan ja jälleen ryömin samaan kamariin. Nukahdin alakuloisena, en riisunut yltäni kuin saappaat ja varusteeni olivat viereläni laatikon päällä.

25.6.1944 sunnuntai

Heräsin Viteleessä. Illalla sain käskyn lähteä Niiniselkään partion mukaan. Sain komentooni toisen joukkueen ja olen nyt joukkueenjohtaja. Siinä hääräilin lähtöäni, söin ja pakkasin, kun klo 10 tuli soitto pataljoonamme komentajalta, majuri Laitiselta, että en saa lähteä matkaan ennen klo 15, jos hän ei ennen sitä soita.

Niin kävi, että meno Niiniselkään keskeytyi ja lähtö Salmiin oli edessä. Ihmisellä on joku selittämätön vaisto, jolla hän tajuaa asioita ennakolta. Niin minäkin sain tuta tuota, kun sain käskyn lähteä Niiniselkään. Sisäinen tunne kuin olisi sanonut: "Odota hieman, niin asia muuttuu." Niin jätin menoni seuraavaan päivään ja asiat sillä välin kehittyivät nopeasti ja tuo raskas matka tarkoituksettomana jäi tekemättä.

Lähdin Viteleestä, koko Itä-Karjalasta – Aunuksesta - viimeisen kerran. Pakkasin tavarani reppuun ja nyyttiin, jotka asetin polkupyörääni. Pyörä tuli raskaaksi ja huojuvaksi, mutta sillä saattoi hiljalleen ajaa. Päämäärä oli Salmi, tuo jo rakkaaksi käynyt kaunis seutu. Olin jo tuumiskellut sodan hiljaisessa vaiheessa Aunuksessa, että rauhan palatessa voin ehkä hakea metsänhoitajan paikkaa Salmiin.

Ajaa kitkutin hiljalleen mielessäni ajatus, että pitkä ja mäkinen matka on edessäni, pieni toivo sentään mahdollisesta sattumakyydistä kyti sisälläni. Tuossa on Suurmäen tiehaara, Suurmäen, jonne oli vilkas liikenne, sillä vihollisen noustessa maihin katkesivat Laatokan rautatiet ja liikenne armeijankunnan esikuntaan Nurmoilaan ja taisteleviin yksikköihin kävi Suurmäen kautta. Pysähdyin tiehaaraan jättäen lastatun reppuni vähän sivuun. Olin sotaisesti varustettu, rinnan poikki ristiin kulki monta remmiä, karttalaukku, leipälaukku, pistooli ja puukko sekä kompassi. Siinä seisoin tiehaarassa odottaen Salmiin asti menevää autoa. Siitä ajoi ohi jo Aunuksessa tutuksi käyneitä Ruohosen autoja R-tunnuksineen, ne ajoivat kuitenkin vain lähelle. Lopuksi tuli eräs kuorma-auto, se oli melko lastattu paperisilla pilkesäkeillä, mutta yksi sotilas oli kuorman päällä. Sinne minäkin pyysin sotilasta vetämään raskaan pyöräni ja kapusin itse ylös.

Alkoi matka Suomeen, perääntyminen. Sydämeni oli raskas. Auto ohitti perääntyviä hevoskuormastoja, miehistöä oli marssitauolla tiepuolimetsät täynnä. Oli sotainen kuva. Naisia ei näkynyt yhtään. Vakavuus loisti jokaisen miehen kasvoista, ei naurun häivettä, ei hymyä näkynyt kenenkään kasvoista. Totisuus, väsymys ja vastuu oli leimaa-antavana ahavoituneissa sotilaitten kasvoissa. Ohitsemme ajoi nopeita henkilöautoja, eräässä näin everstin arvoisen herran ja hänen autossaan oli nainen. Suomeen se ajoi. Vastaan tuli paljon autoja, kaikilla oli kiire.

Tulin Salmiin. Kaunis viljava näky, vilkas hyörinä. Ohitin evakuoimistoimiston, siellä oli touhua. Evakuoitiin, jälleen rahvas lähtee, jättää kotinsa, juuri valmiiksi saamansa. Löydän komppaniani komentopaikan, se on jo tyhjässä talossa, joka on uusi. Isäntä Nikifor Pusula oli saanut pari viikkoa asua uudessa kodissaan, kun tuli lähtö. Mitä lie ajatellut rajan rahvas.

Tässä talossa odotin joukkuettani. Seuraavana iltana se vasta saapui, väsyneenä ja rasittuneena. Sotakoiramme Jukka oli tuon matkan juosta hölkyttänyt, noin 110 km yhdessä päivässä ja alkumatka oli ollut hirveän savista tietä. Pyöriään taluttamalla olivat tulleet Tihverin ja Panninselän seudut. Jukka oli kerran meinannut jäädä auton allekin ja nyt ontui eläin raukka. Oli iltamyöhä, kun pojat söivät lihakeittoa ja paneutuivat levolle lattialle ajattelematta, että on kärpäsiä tai kuuma tai vilu.

27.6.1944 tiistai

Perääntymisemme jatkuu, matka Salmista Koirinojalle alkaa. Yön levänneenä joukkueeni lähti ajoon. Olen kärjessä, pyöräni mennä surisee hyvää tietä jyrkkiä alamäkiä. Sivuutan kauniita maisemia. Kävelen jyrkimmät mäet, pysähdyn tuon tuosta mäen päälle katsoen Karjalan kaunista maisemaa. Uudenkylän mäeltä katson Laatokkaa, se siintää suurena ja valoisana ja pelottavana. Onko vihollinen tuleva vesitse taas? Jälleen matkamme jatkuu, lakkini on kädessä, hikinen tukkani kuivuu leudossa viimassa lasketellessani mäkiä. Saavun Pitkärantaan. Täällä on siviilit vielä paikoillaan. Pysähdyn mäelle kanttiiniin, poikani haluavat syödä. Niin teen minäkin. Vaihdan jonkun sanan siviilin kanssa. He kysyvät, mitä kuuluu eteen. Selostan rauhoittavasti. He ovat huolissaan, sillä rautatievaunuja ei ole. He tietävät, että usea juna olisi joutunut Tuuloksen sillanpään taakse, siis viholliselle.

Saavun Koirinojalle, ajan tiehaarasta oppaan neuvomana edelleen Hunttilaan. Saavun ihanaan paikkaan. Täällä näkyy uusi talo talon takaa, kylä on elpynyt, uusiintunut. Täälläkin ovat siviilit vielä kotona, pakkailevat hiljaisina. Löydän komentopaikan. Mikko Vainiomäen uuden talon ullakolla upseerit nukkuvat, sinne minäkin vien tavarani. Käsken joukkueeni pystyttää teltan metsän reunaan jylhän vuoren kupeeseen. Alkaa rauhaisa elo.

Tässä kylässä vietin monta ihanaa päivää. Joukkueen kanssa kävin partiossa mm. Lemitissä ja siitä ohi aina Lavajärvellä, jossa tehtiin kiireesti linnoitustöitä. Työvelvollisia hääri ahkerina, he tietävät, että nyt on tehtävä. On tosi edessä, työ ei ole turhaa. Katselin noita maisemia mielessäni ajatus, että pian nuori veri on vuotava noissa luonnon kauniissa seuduissa. Lemetin talvisodan maine herätti minussa kammoa. Katselin sen erämaaantuntuista seutua sotilaan silmillä. Vihollisen laatimia joukkohautoja oli tuon tuosta tiepuolessa. Kuulin, että valtava kalmanhaju oli levinnyt noille seuduin talvisodan jälkeisenä kesänä.

Hunttilasta siirryimme pariksi päiväksi Koirinojan myllylle. Täällä vietin pari yötä kesäisin tunnelmin. Radiomme oli kunnossa ja kuulimme uutiset. Joki oli aivan vieressä ja uin siellä ja otin aurinkoa. Joukkueeni oli Sortavalan ja Suojärven tiehaarassa tarkkailemassa eksyneitten vaelluksia. Muistan yhteisen pyykinpesun Lohikosken kanssa myllyn padolla. Se oli kaunis iltapäivä, lämmin ja aurinkoinen.

Puhuimme Karjalasta ja Aunuksesta, sodasta ja rauhasta ja perheistämme, kunnes pyykkimme kuivui.

Heinäkuu 1944

Koirinoja
Läskelä
Kytösyrjä
Soanlahti
Korpiselkä
Ilomantsi
Oinassalmi
Lylykoski
Koitere
Lutti

1.7.1944 lauantai

Jälleen takaisin, Koirinoja jää, päämääränä Läskelä. Ajan taas joukkueeni kanssa polkupyörillä. Mikä ihana onkaan maisema. Kaunis on Karjala, todella kaunis. Nämä ihanat seudut on ihmisten jälleen jätettävä. Vierelläni ajaa vilkas ja puhelias Iltolan Pekka, hän on lähettini, hän on näiltä seuduin. Kun tulemme Kitelään, sanoo Pekka: "Kilometrin päässä on minun synnyinkotini rauniot." Katson hiljentyneen karjalaispojan kasvoja. Hän ei puhu hetkeen mitään, ajamme vaan. Upea luonto vilistää ohitsemme. "Kyllä on monet herrat tätä tietä ajanut." lisää Pekka ja jälleen ajamme kauan. Vilkas poika miettii, hän suri, hänen kasvolihaksensa värähtelivät, hän kuitenkin lopulta voitti. Me ajamme ja minä rupean juttelemaan nähdessäni Pekan liikutuksen. Muutan puhetta ja Pekka vilkastuu taas.

Saavumme Läskelään. Vilkas asuttu seutu. Tehtaan piippu nousee paksuna kosken korvasta, suuria taloja, paljon pieniä taloja, viljavia vainioita. Löydän apteekin kulmalta oman yksikön viitan, 800 m on siinä matkan määränä. Olen jälleen komppaniassani.

Monta rauhallisen kaunista päivää leväten. Sain kirjeen rakkaalta vaimoltani. Hän ja lapset ovat terveitä ja ovat appelassani Kuhmossa.

6.7.1944 torstai

Olin kylpenyt saunassa ja olin jo vuoteessa, kun komppanianpäällikkö ratsumestari Koivusalo tuli ja sanoi: "Kenjakka, valvotko? Nouse ja lähde joukkoinesi Kytösyrjään, ota siellä suuri kallioleikkaus ja sen yli menevä silta vartioivaksi ja partioi rataa tänne Läskelään."

Kello oli 24. En ollut unessa, olimme rupatelleet Lohi-
kosken, Ojalan ja Nevalaisen kanssa, filosofoineet. Nousin
ylös, keräsin tavarani ja valmistauduin lähtöön. Kävin he-
rättämässä joukkueeni, autonajajan ja muonanjakajan. Kun
tulin ottamaan loppuja tavaroita upseerien huoneesta,
nukkuivat jo kaikki. Pian oli pojille muona annettu viikoksi
ja auto kunnossa. Alkoi matka takaisinpäin, siis itään.

7.7.1944 perjantai

Kello oli 2, kun auto toi meidät tähän mökkiin. Pian
olimme purkaneet auton ja miehittäneet mökin. Käskin
vartion sillalle ja loput pojat hakivat makuupaikkojaan,
kuka ulkorakennuksen ullakolle heiniin, kuka asuinmökin
ullakolle ja minä Pekan kanssa kävin mökin peräkamma-
riin.

10.-12.7.1944

Olomme hiljaisessa mökissä jatkuu. Olemme siis Ky-
tösyrjän rautatieleikkauksen viereisessä tiekolmiossa, Koi-
vusen torpassa. Valtamaantie mence toisella puolen ja rau-
tatie toisella, olemme kiilassa. Torppa on pieni, hiljainen ja
idyllinen. Tuloamme edellisenä päivänä oli Koivusen vaari
ja mummo lähteneet, mökki oli tyhjä. Nyt joukkueeni 14
miestä asustaa siinä. Monta rauhallista päivää on mennyt.
Tänään ja eilenkin oli sateista, hieman koleaa. Aurinko ei
ole näyttäytynyt tänään. Vihollinen on jo Pitkärannassa
Uomaalla ja Loimolan suunnassa. Tykinjylinä Pitkärann-
nasta kuuluu kiivaana. Siellä otellaan elämästä ja kuole-
masta. Kahdeksan rintamakarkuria on tänä aikana joukku-
eeni tavannut, ne on pidätetty ja toimitettu sotapoliisin hal-
tuun.

Olin poikineni kanssa vartiossa ja partiotehtävissä Kytösyrjän maastossa, kun sain tiedon, että hallussani olevan sotakoiran kanssa oli lähdettävä venäläisen lentäjän takaa-ajoon. Auto, sellainen sodan käyttöön otettu Wulffin pakettiauto, odotti. Sen kojussa oli kuumaa, kun auto ajaa huristi Läskelään. Koiramme Jukka läähätti kieli pitkällä, mutta oli innoissaan menossa maastoon.

Vihollinen oli jo useana päivänä ollut aktiivinen koneineen ilmataisteluissa. Kahdeksan pommikonetta mennä jyrräsi ylisemme Sortavalan suuntaan kolmen hävittäjän kaarrellessa niiden suojana. Kitilän kohdalla huomaan äkkiä, miten meidän ilmatorjuntamme hetken kiivaana ammuttuaan saa palkkansa. Yksi pommari tupsahtaa tuleen, räjähtää ja lähtee kohti maata tulipallona pienen valkoisen laskuvarjon jäädessä jälkeen kuin paikoilleen kellumaan. Moottorin osat tulivat raskaina nopeasti alas ja tasot palavina hitaammin, mutta laskuvarjo leijaili kauan, kunnes häipyi taivaanrannan taa.

Taistelukoneet hyrräsivät joka päivä Läskelän kauniin laakson yllä. Nyt ne olivat huomanneet jotain erikoista asemalla, koska kaksi pörriäistä laski alas ja kävi asemapaikan kimppuun. Siellä oli vanhoja miehiä lastaamassa siirtoväen tavaroita. Toinen koneista oli vallan häikäilemätön, se tuli aivan pintaan, truuttasi ja kaarsi uudestaan ja uudestaan yhden kuollessa ja kahden haavoittuessa. Aseman it-tykki osui tuohon herhiläiseen juuri kun se oli taas kaartamassa alas. Loivassa kaarteessa kone lensi niin matalalla maantien yli, että katkaisi ainakin 30 puhelinjohtoa ja painui mahalleen peltoon laskupyörät sisällään ja aivan erään talon vieritse melkein pyyhkäisten nurmella syövää lehmää. Kone ryömi ruispeltoon ja 100 m päässä pysähtyi.

Talossa oli nuori nainen ja vaari. Olivat säikähtäneet, kun kone oli näyttänyt tulevan taloa kohtia. Vaari oli nähnyt ikkunasta, kun lentäjä oli ottanut jotain kainaloonsa ja luikkinut köyryssä ruispeltoon. Kone jäi pellolle punaiset tähdet siivistä loistaen.

Kun minä Jukka-koiran ja parin koiramiehen kanssa tulimme paikalle, oli jo kokonainen komppania ajamassa karkulaista. Koetin, että viisas Jukkamme ottaisi vainun lentäjästä ja lähtisi perään, mutta se oli turhaa, kun melkein 100 miestä oli jo sotkenut jäljet ja ne olivat kaksi tuntia vanhat.

Vasta illalla alkoi jännä takaa-ajo. Olimme jo kotiutuneet, kun tuli sana: "Koiramiehet heti koirineen matkaan. Ryssän jäljet on lähellä, se on nähty."

Pian olimme kuorma-auton lavalla ja kun matkaa oli tehty 5 km, hyppäsin lavalta alas joukon keskelle. He olivat siviilejä, ikämiehiä ja töissä täällä. Linnoittivat Jänisjokilinjaa. Pari heistä tuli luokseni kertoen: "Juu, me sen näimme. Olimme tuolla pelaamassa korttia, kun se tuli. Paljain päin, ruskea ryssäläisen pusero päällä, kädessä pistooli. Me pelasimme kuusen juurella, siihen se pysähtyi 10 m päähän, katsoi meitä. Kun joku meistä yritti nousta seisomaan, hän viittasi kädellään, että jatkaisimme vaan. Sitten se katosi sinne lepikkoon."

Heti sinne, sanoin äijille. Pian he osoittivat paikan: tuossa noin, täältä tuli, tuossa seisoi ja tuonne meni. Koira painaa kuononsa maahan, vankka, suuri schäfer ja ottaa kuin ottaa vainun. Jukka painuu lepikkoon ja talutusnaru kiristyy sotamies Leskisen kourassa. Hän korjaa konepistooliaan ampuma-asentoon ja koiran empiessä hokee taas: "Etsi, etsi."

Seuraan Leskistä, takaa tulee Honkanen ja kolme muuta sotamiestä. On jo myöhä ilta, hämärtää. Kaste on noussut ja jäljet johtavat niityn laitaan, seuraavat sitä, nousevat taas metsään ja taas niityn laitaan. Polveni kastuvat pitkässä ruohossa, on kuuma ja koira mennä hölköttää ripeästi. On juostava, varmistan konepistoolini. On jännittävää, jokohan tuon puskan takaa, joko tämän puun. Leskinen menee, hän ei pelkää, minä seuraan kintereillä, en myöskään pelkää, mutta vaisto sanoo, ole varovainen. Siksi en pysähdy hetkeksikään vaan olen liikkeessä, sillä liikkuvaan maaliin vihollinen ei osu kovin helposti. Hiki virtaa rinnassa ja selkäpiissä, tippuu otsalta, mutta saalis on tiedossa. Mäellä näkyy talo ja jälki menee sinne, koira vetää Leskistä, minä seuraan kintereillä, toiset kaukana jäljessä. Talo on autio, sen alla on kellari. Menemme kellarin ohi, koira vetää nyt vajaan. Ovi sinne on auki. Leskinen on pian ovella Jukan kanssa. Kuulen Leskisen hengästyneen kiroilun ja sadattelun. Näin ovesta tulevan kaksi siviilimiestä. He ovat työvelvollisia ja kortilla vajassa.

Miehet selittävät: "Tästä meni äsken ohi työvelvollisia, ehkä viisi ja he ajoivat jotain ryssää takaa."

Siinä se oli. Jukka oli ottanut heidän vainun, koska se oli voimakkaampi. Ajo oli turha. Pyyhimme hikeä ja panimme tupakaksi. Leskinen antoi Jukalle sokeria ja taputti koiraa istumaan. Eihän eläin tiennyt, että jäljet olivat väärät. Palkkio sille oli annettava. Levättyämme palasimme tyhjin käsin komppaniaamme.

Myöhemmin saimme kuulla, että karkulainen, 21-vuotias venäläinen upseeri, oli saatu kiinni etulinjan poikain ansiosta.

20.7.1944 torstai

Koivusen torpassa. Nukun navettarakennuksen heinäullakolla, muutin sinne jo monta päivää sitten. Olo kamarissa kävi kuumaksi, kun helteiset päivät jatkuivat. Yöllä heräsin, kun sade ropisi lähellä kasvojani olevaan pärekattoon. Käänsin kylkeäni odotellen, vuotaako ehkä vanha pärekatto, jonka yhtä neliönmuotoista reikää olin eilen illalla katsellut. Uni kuitenkin voitti ennen kuin olin todennut olevani märkä. Mutta pian heräsin, kun eräs pojista raotti luhtimme luukkua ja ilmoitti: "Herra luutnantti, lähetti komppaniasta, viesti komppanianpäälliköltä."

Kömmin heinistä unisena, mutta pian uni hälveni, kun joku pojista julki toi ääneen ajatukseni, että lähtökäsky. Otin viestilappusen lähetiltä, sen sisältö oli: "Tulee siirto meille, valmistautukaa siltä varalta niin valmiiksi, että käskyn saatuanne olette valmiit liittymään komppaniaan." Allekirjoituksena oli J Lohikoski. Hän on komppaniamme päällikön ratsumestari Yrjö Koivusalon apulainen.

Pian pojat kuulivat puhelumme lähdöstä ja yksi sieltä, yksi täältä pisti esiin unisen ja heinäisen päänsä. Ilmoitin pojille rauhallisena asian ja niin alkoi valmistelu. Joku manasi, kun tuli eilen laittaneensa pyykin likoon ja pari poikaa pahoitteli, kun sade oli kastellut heidän kuivamassa olleen pyykkinsä. Parin viikon kesälomatunnelma oli poissa, pientä touhua löytyi vähän kullekin. Aamu poudistui ja poikain pyykki kuivui pian auringon helteisessä lämmössä, kun päivänkehrä pilkisti pyöreän cumuluspilven lomasta. Päivä oli mitä rauhallisin. Rintamalta ei kuulunut mitään ääntä. Vihollisen kuusi koneinen laivue uskaltautui kuitenkin retkelleen ja tasan klo 14 se pyörsi ylitsemme, laski alas syöksyntapaisen ja noin 2–3 km meistä oleva Välimäen asema sai tuta kuuden koneen pommituksen. Se ei kestänyt kauan, mutta tein huomioita, että kukin kone pudotti kaksi isoa pommia ja kolme konetta pudotti lisäksi ison sarjan pieniä. Pienet olivat kuin rakeita ja mikä rotina syntyikään, kun rakeet satoivat alas. Poikani katsoivat jännittyneinä sivusta.

Heti koneitten hävittyä lähdin parin poikani kanssa paikalle, kun siellä nousi sankanpuoleinen savu. Kävelimme rataa, päivä paahtoi helteisenä, sarkahousuni ja saappaat hiottivat kovasti. Ei auttanut, että puseroni hihat olin käärinyt ja rintani oli auki. Metsäpalon käry kantoi sieraimiini. Pian olimme asemalla. Täällä oli kymmenen ammusvaunua, siitä purettiin viiteen kuorma-autoon tavaraa. Tyhjät kranaattilaatikkopinot olivat kai paljastaneet viholliselle ammusten purkausaseman. Mutta pommitustulos oli yllättävän huono. Noin 800 m oli lähin pommi purkausvaunuista, yksi pieni pommi sarjapommeista oli osunut aivan kiskon alle ja kisko oli poikki. Ei mitään muuta. Pojat jatkoivat purkamista ja heillä oli kiire. 3–6–8-tuumaisia kranuja ja krh:n erikokoisia ja mitä kummallisempia laatikoita, pyöreitä pitkulaisia vitsakoreja, pitkulaisia mustia pahvitötteröitä, mitä erilaisempia lautalaatikoita. Osa oli särkynyt, yksi pojistani otti maasta keltaisia lastuja ja selitti ne ruudiksi ja varmistaakseen puheensa sytytti yhden lastun ja se paloi suurella liekillä lehahtaen. Kyselin purkajilta vähän ja sain kuulla, että kolme viikkoa on tässä purettu, 20 autoa on yötä päivää ajanut ammuksia linjaan ja tämä oli vasta ensimmäinen pommitus. Laatikot läiskivät ja meitä pelotti ihan, että eikö nuo räjähdä, mutta ei nähtävästi, eivät purkajat olleet ensikertalaisia.

Jätin purkauspaikan touhuineen ja palasin torpalle. On jo ilta, lähempää käskyä ei lähtöön ole tullut. Laitoin lähetin ottamaan selkoa ja tuomaan postia ja muonaa. Pojat olivat virkeitä ja leikkisinä pelailivat pihalla. Yksi nostaa toista, yksi näyttää, miten poliisi kantaa päihtynyttä, yksi seisoo niskoillaan jne. Kesäinen ilta on leikin ja hupailun aikaa. Kolmen tunnin vartiovuoro aina 9 tunnin kuluttua ei rasita poikia. He ovat tyytyväisiä osaansa ja tekevät tehtävänsä nurisematta ja melkein mielihalulla.

Kahden viikon aikana olemme pidättäneet 17 rintamakarkuria, tehtäviimme kuuluu myös sellainen. Karkureissa oli monenlaisia tyyppejä. Oli hermonsa menettäneitä, oli pinnareita, oli lurjuksia. Kaksi sotkamolaista 40-vuotiasta tekivät minut osanottavaiseksi. He olivat partaisia, pölyisiä ja vanhan näköisiä. Kertoivat olleensa viime lauantain Pitkärannan helvetillisessä tykistökeskityksessä. Sen muistan minäkin, klo 8 se alkoi ja tasan kaksi tuntia kesti, ei yhtään yksinäistä laukausta kuulunut vaan se oli jyrinää. Miehet kertoivat, että kukaan ei voi kestää sellaista, ei ainakaan ihminen. Keskustelin rauhoittaen miehiä ja vein heidät kuten muutkin Impilahden opaselimeen, josta heidät palautettiin takaisin Pitkärantaan.

Niin, Pitkäranta on pitänyt jo yli kaksi viikkoa. Tunnen nuo paikat, olen katsellut niitä pari viikkoa sitten. Maasto on mitä parhain puolustukselle. Saa nähdä, miten lopulta käy. Olemme jännänneet joka päivä ja olleet iloisia, kun tykkituli on ollut vaiti.

Asemani, jossa näitä muistiinpanoja teen, on ihmeellinen. Istun Koivusen torpan katolla. Näköala on hyvä ja hyttysiä ja muita purevia ei täällä ole. Poikain kisailukenttä on silmieni alla. Juuri sain nauraa makeasti parin pojan temmellystä. Toinen, vahva ja suuri Rikkola, antoi kalpean ja hontelon Valkolan ottaa niskasta sormiristiotteen takaapäin ja koetti vapautua otteesta. Siinä nurmikko kumisi, toiset nauroivat katketakseen. Sellaista on suomalainen urheilumieli. Sodan temmellyksessä he kisailevat.

22.7.1944 lauantai

Tänään vasta tuli lähtö Koivusen torpasta. Klo 11 aikaan ruokaillessamme verilettuja ja ohrauunipuuroa ilmestyi torppamme pihaan pyörämiehiä. He olivat sijallemme tulevia. Otin heidät vastaan ja osoitin vartiopaikat, neuvoin muut asiat ja valmistauduin lähtöön. Tunnin sisällä joukkueeni oli valmis ja marssi Läskelään alkoi. Olimme pian komentopaikalla. Täällä sain ilmoituksen, että klo 18 alkaa marssi tavoitteena ensin Soanlahti.

Päivä jo kalpeni, helteinen kuumuus laantui, kun klo 18 alkoi koko komppanian marssi. Jouduin kuormaston mukaan luutnantti Lohikosken kanssa. Oli mukavaa ajaa pyörällä näissä maisemissa. Totesin tuosta, miten kaunis kotiseutu onkaan Karjala. En ihmettele, jos täkäläisten mieli palaa aina takaisin ja vielä enemmän Pohjanmaan yksitoikkoisilta tasangoilta.

Kello läheni keskiyötä, kun olimme perillä välitavoitteessa Soanlahden liepeillä. Täällä menin joukkueeni kanssa nukkumaan navetan ullakolle, kannoimme heiniä niityllä olevista seipäistä ja nukahdimme lopulta väsyneinä.

23.7.1944 sunnuntai

Kaunis kesäinen päivä paistaa helotti, kun ryömin navetan ullakolta aurinkoon. Oli käsky olla päivä levossa ja iltapäivällä taas jatkaa matkaa toiseen välitavoitteeseen Korpiselkään. Kello oli 17, kun lähdimme matkaan Lohikosken kanssa. Nyt ajoimme kahden kuormaston edellä. Kaunis keidas matkan varrella oli Suistamon Ulmalahdessa. Pysähdyimme sinne Lohikosken kanssa odottamaan kuormastoa. Jänisjärvi aukeni silmiemme eteen ensi kertaa. Aava, utuinen ulappa iltapäivän laskeva aurinko kimalteli sen väreilevässä pinnassa. Tuo vihreyden ympäröimä Jänisjärvi on joskus ollut tulivuoren kraateri. Ainoa Suomessamme. Tuntui ihmeelliseltä ajatella, että joskus laava ja kuuma magma olisi peittänyt Ulmalahden seudun. Mutta meitä janotti. Nyt lähdetään hakemaan jostakin korviketta, tokaisi meistä toinen. Suistamon Ulmalahden lastenkoti oli aivan lähellä. Sinne vaan, ehkä siellä asuu joitakin. Asuihan siellä. Kun astuimme suureen tupaan, oli lotta puuhaamassa korvikepannun kanssa. Esitimme janomme ja sirkku lotta sanoi: "Sopiihan se, olkaa hyvä tänne kamariin." Ja sinne me pölyisinä tallustimme ja vähäsen yllätyimme, kun siellä oli katettu mitä korein pöytä suurine rinkeleineen ja kaakkuineen ja pullineen. Kuusi naista, pari lottaa ja neljä hoitajatarta nousivat tervehtimään meitä matkalaisia ja yksi sotilasmestari, samaa väriä laatat kuin minulla. Istui onnellisena pöydässä. Sain kuulla, että jouduimme kihlajaispöytään. Olimme tietysti pahoillamme, että häiritsimme tällaista tilaisuutta, mutta mielemme rauhoittui, kun juuri morsian oli se, joka toi meidät pöytään, siis se korvikepannun kanssa puuhaileva lotta. Ja sulhanen oli tuo onnellisen punoittava sotilasmestari. Aika alkoi kulua rattoisasti, kuppi kupin jälkeen saimme hyvää korviketta leipineen. Mutta sitten

238

joukkomme suureni. Tuli lisää miehiä. Morsian toi ujon kohteliaana ovesta kaksi soturia. Toinen oli minulle tuttu, mestarivoimistelijamme, lääkintämajuri Heikki Savolainen ja toinen esitteli itsensä majuri Kiviseksi. Seura sai uutta keskusteluvirikettä. Heikki on sulavan herttainen karjalainen ja hyvä seuramies. Kertoi, kuinka hänen johdossansa oleva kenttäsairaala sai olla Aunuksenlinnassa hyvin pari vuotta ja miten tuli sitten äkkilähtö sieltä. Hän muisti, kuinka minä kesäkuun 20. päivä kävin hänen luonaan kysymässä sianlihaa ja miten hänellä sitä oli paljon ja miten minä sain 2o kg paperisäkin metsätoimistoa evakuoivalle väelleni. Puhe kulki monia latuja, mutta usein vaan palautui jätettyyn Aunukseen, sen poloiseen rahvaaseen, joka jäi nyt sinne bolsevikkien armoille.

Pihalla oleva vinttikaivo narahteli kiivaana. Se oli merkki, että kuormastomme saapui. Hevosille nousi vettä kaivosta. Kiittelimme kovasti onnellista paria, panimme nimemme nuoren morsiamen vieraskirjaan ja hyvästellen reippaita hoitajattaria lähdimme poikain luo.

Hevoset jo syödä narskuttivat niityllä ja poikain korvikenuotio helotti tummenevassa illassa vanhan, ikivanhan tulivuoren kraaterin reunalla.

Tänä iltana alkoi sataa. Kun lähdimme Soanlahden liepeiltä oli ensin pouta, mutta yön saapuessa tuli sade.

27.7.1944 torstai

Tämä on toisille Unikeon päivä, tavallinen arkipäivä. Minulle tämä on kuitenkin syntymäpäivä. Olen nyt ilmasuojelukomppanian (ISK) poikain kanssa Ilomantsin kirkonkylässä alistettuna eräälle sotapoliisikomppanialle.

Olin saanut eilen käskyn siirtyä tähän. Olen kuitenkin toivossa päästä edelliseen yksikkööni Uudenmaan rakuunarykmenttiin (URR), jonka kanssa taistelin koko hyökkäysvaiheen vuonna 1941.

Pakettia lähettäessäni tapasin lääkintäkapteeni Montellin. Vanha kolmenvuoden takainen aseveikko. Tervehdys oli mitä iloisin ja sydämellisin. Ihmeekseni saan kuulla: "Koko ratsuväkiprikaati on tulossa Ilomantsiin, puretaan parhaillaan Kaltimon asemalla ja autoilla tuodaan tänne. URR:n komentaja, eversti ja Mannerheimin ristin ritari Hans Olof von Essen on jo täällä."

Mieleni sykähtää. Olenhan jo kirjoittanut URR:ään luutnantti Tasalle kysellen mahdollisuuksia sinne pääsyyn ja 9/7 päivän kirjeellä hän antoi toiveita ja nyt eversti, entinen esimieheni on lähellä. Sinne, Pienviljelijäkoululle vei polkupyöräni minut kiireesti. Aurinkoisella pihalla oli uljas näky. Keltainen väri loisti, rakuunaupseerit kulkivat asiallisen ryhdikkäinä asioiden. Tuolla meni everstiluutnantti Carl-Gustaf Palmgren, tuossa muita tuttuja, nimiä en muista. Tässä nuori kornetti Schauman, hän oli vielä vapaaehtoinen rakuuna, kun lähdin 15.11.1941 URR:stä. Katsoin ihaillen. Mielialani nousi, ryhdistäydyin. Syyttävä ISK:n tunne painui taka-alalle. Tänne minun on päästävä. Tiedän eversti Essenin olevan sisällä, siellä odotetaan divisioonan komentajaa kenraalimajuri Raappanaa. Mutta nyt näin eversti Essenin tulevan ulos paljain päin. Juoksin heti hänen luokseen tervehtien ja vaihtaen muutaman sanan, mutta silloin ajoi kenraalin komea, iso auto portaiden eteen. Eversti pyysi minua odottamaan ja hän juoksi hyvin nuorekkaana kenraalia vastaan. Eipä tarvinnut kauan odotella, kun suurten herrain neuvottelu päättyi ja kenraali seurueineen meni autoonsa ja pihalle jäi

240

ratsuväkiprikaatin komentaja eversti Tähtinen, HRR:n komentajaeversti Ehrnrooth ja eversti Essen ja everstiluutnantti Palmgren. Herrat keskustelivat hetken ja kuulin Essenin huutavan nimeäni. Olin kuin ammuttu heidän luonaan. Essen esitteli minut eversti Tähtiselle ja minä kättelin, muita samoin. Ehrnrooth hymyili ja sanoi jotain kohteliaasti.

Prikaatinkomentaja kysyi nykyistä yksikköäni ja lähintä esimiestäni. Ilmoitin ne ja kun hän kysyi, haluanko heille, oli reipas vastaukseni: "Kyllä haluan, herra eversti."

"Hyvä on, kyllä se järjestyy. Soitetaan everstiluutnantti Paavo Susitaipaleelle."

Niin kiitin herroja, tein käännöksen ja palasin. Montell jo hymyili tyytyväisenä, että kyllä se nyt järjestyy. Polkupyöräni oli kevyt, kun ajoin majapaikkaan. Pakkasin reppuni iloisemmin kuin koskaan. Mikä lie tunne, mutta tunnen itseni kuin kohtalon ajamana. Jo tulo Ilomantsiin oli sellainen, kuin olisin odottanut jotain. Mihin vie tieni, aika näyttää. Perheeni on mielessä, heidän tähden. Heidän puolesta, vanhempieni puolesta, ystävieni puolesta ja tähden lähden taistelevaan yksikköön, tunnen voimiani olevan enemmän kuin täällä ISK:ssa vaadittiin ja oikeastaan sisäinen ääni ajoi minua Essenin luo.

Ja nyt odotan siirtoa, olen aivan vieraassa porukassa ensi päivää. Kuorma-auton kyyti oli luja, kun se ajoi mäkistä kangasmaisemaa kohti Oinassalmea. Oinassalmi, talvisodan taistelutanner. Istun kaivantojen partailla, joissa talvisodassa kyykki Suomen sotilas taistellen koko maailman sydämeen. Nyt Amerikka ja Englanti kieltää entiset sanansa, kuinka kauan. On ihmeellinen tämä maailman meno. Nytkin ryömin kohta englantilaiseen telttaan nukkumaan, se on saatu lahjaksi Englannista, kun se auttoi talvisodassa meitä. Nyt 1944 Englanti auttaa Venäjää Suomea vastaan. Kauanko, kysyn vain.

28.7.1944 perjantai

Komppaniamme marssii pois Oinaansalmelta. Oli iltapäivä, kun komppanianpäällikkö luutnantti Serko sai puhelinilmoituksen, että siirtymiskäsky on tulossa. Tuntui oudolta tämä kiire, mutta Serko oli rauhallinen. Pian oli teltat purettu ja pakattu muutama kärry. Menin joukkueeni luo, joka käsitti 5 aliupseeria ja 27 miestä. Puhuin pojille vähän lähdöstä, esittäydyin uutena joukkueenjohtajana. Pojat tekivät likaisen ja nuhjuisen vaikutuksen. Ikäluokka sekavuus oli ilmeinen, oli nuoria ja iäkkäämpiäkin. Varusteet olivat likaiset ja risaiset, miehet nuutuneen näköiset. He ovat is-joukkoa, haavoittuneita. Kellä oli haava rinnassa, kellä jalassa, kellä siru päässä, kuka hermonsa menettänyt ja nyt jo toipunut. Tuntui oudolta minun terveen miehen kuulua heihin. Itsesyytöksiäni lievensi toivo, että pian pääsen URR:ään.

Marssi alkoi, sain käyttööni polkupyörän, mutta pojat marssivat jalan. Kullakin oli reppunsa ja aseensa mukana. Vauhti ei ollut kova. Ilta oli kaunis, kellertävä auringonkehrä painui alemmaksi ja alemmaksi erämaahan. Tie mutkitteli mäkisessä maastossa. Ohitimme lampia, joissa lepäsi mitä syvin erämaan rauha. Seisoin kauan erään tuollaisen lammen rannalla polkupyörääni nojaten ja odottaen takanani hiljalleen marssivaa joukkuettani. Ajatukseni harhailivat kaukana. Illan tyyneys oli vavahduttavan hiljainen, laskevan auringon viileä valo punasi lammen itärannan antaen maisemalle kauniita värivivahduksia. Vesi oli peilityyni. Suo lammenrannalla tuoksui väkevälle, suopursu, vaivaiskoivu ja kanerva loivat tiheän varvuston, joka oli kuin aarniometsä pienoiskoossa. Mikä sielua tyynnyttävä rauha olisikaan istua veneessä ja onkia tuossa ajatellen seuraavan päivän siviilitöitä. Minut herätti ajatuksistani soran narske, jonka aiheutti joukkueeni rautakorkojen karahdukset soraiseen maantiehen. On sota, harmaa soturijoukko marssii ääneti. He ovat väsyneitä ja illan myöhäinen rauhallisuus ja erämaa ympärillä mykistää kunkin. Heidänkin ajatuksensa harhailevat varmaan perheensä tai morsiamensa luona. Annan 15 minuutin tauon lammen rannalle. Mukit irtoavat pian repuista ja lammen pinta rikkoutuu janoisen soturin mukin rikkomana, tupakan hienoinen sauhu kierii monen mättäälle istahtaneen miehen suupielestä. Rauhaisa erämaalampi on saanut outoja vieraita. Tai tuskin asetakkinen väsynyt sotilas näillä seuduin on harvinainen, koska viisi vuotta sitten lampi olisi nähnyt samanlaisia, jos olisi ollut vapaa jäästä.

On jo pidetty monta taukoa, on ruokailtu, on saatu ja viety posti. On sivuutettu keskiyö, kesäinen, heinäkuinen keskiyö. Se oli yhä tauko kun Hattuvaaran ja Kaltimon tiehaarassa keskiyön hiljaisuus ohitettiin. Oli viileätä, poikien hikiset puserot höyrysivät, kuormasto seisoi sivulla, hevosten hien ja sonnan lemutessa sieraimiimme. On kulunut jo pari tuntia yli keskiyön ja komppania vaan marssii. Kuormasto lähti yhtä aikaa keskiyön tauon luota ja nyt se on jo kaukana edessämme. Joukkueet mennä narskuvat noin 100–200 metrin välein joukkueenjohtajien ajaessa polkupyörillä joukkueensa läheisyydessä. Otan pienen etumatkan ja ajan edelle nähdessäni kaukana tienpäässä mäen nousevan. Nousen mäelle, tie aukeaa siitä suorana edelle, pieni torppa nukkuu tien poskessa. Pysähdyn viileässä kesäyössä, tiedän kellon olevan 2–3 välissä. Aurinko ei vielä osoita nousemisen merkkejä, mutta huomattavasti on jo valjennut. Seison nojaten polkupyörääni, en ole väsynyt, aistini ovat herkät aamuyön viileyden virkistämänä. Katselen ja kuuntelen. On hiljaista, ei lehti liikahda, ei lintunen viserrä, luonto nukkuu, vain hyvin kaukaa Kuolismaan suunnasta kuuluu laimea tykin jyrähdys silloin tällöin.

Mökin ovi narahtaa. Vanha vaari astua köpöttää kumaraisena paljain jaloin paitasillaan ja kotitekoiset alushousut puolitangossa navetan kupeelle. Torpan ohi äsken marssinut joukkue on kai herättänyt vanhuksen unestaaan ja nyt hän tunsi tarpeen tulla ulos katsomaan, kuka kulkija yöllä liikkuu. Mäen alla oleva suonitty ja sen rantamilla kasvava matala männikkö on hienoin usvan peittämä. Usva on niin tiivis ja valkoinen, että se peittää kaiken taakseen. Puutkin kurottautuvat usvan yli ja niiden latvat piirtyvät selvästi aavistuksen verran punertavalle taivaanrannalle. Usva levittäytyy kuin jättimäinen harso, joka on valahtanut yön morsiamelta eteeni aukeavaan laaksoon. Mieleeni muistuu pian viiden vuoden takaa oma morsiameni harsoineen. Ihmettelen ajan kulua. Katselen usvaista maisemaa, ohitseni marssivat poikani, en liikahda, annan heidän mennä. Harmaa joukko painuu mäkeä alas painanteeseen. Se ei ole paraatimarssia esittävä joukko, rivit eivät suorat, ryhti ei ole hyvä, aseet eivät ole oikein olalla, kellä se on väärinpäin, kellä kädessä kuin halko. Joku hyräilee pientä laulua, muutama yhtyy samaan melodiaan. Mäkeä alas menevät komppanian viimeiset, usvaan painuvat ja harso peittää heidät, vain anturain narskahtelu kuuluu korviini. Taempana tie nousee mäeksi jälleen ja harso ei jaksa nousta sen päälle. Joukkue marssii esiin usvasta kylpeneenä. Seison kauan ajatellen kesää, kotia, vaimoani ja lapsiani. Sodassakin löytyy keitaita, ja ajatukset voi irrottaa kauniiseen, pois raa'asta tappamisesta, mutta harvoin. Hiljainen tykkien jyly kantautuu silloin tällöin kuin etäinen ukkonen. Lehmän yksinäin kellonkilahdus navetan viereisestä aitauksesta kääntää katseeni metsään, aistini ovat valppaat, olen yksin mäellä, onko metsä turvallinen. Se on vain Mustikki, sen valko-ruskea kylki erottuu harmaalepän väkevästä vihreydestä, elikko nukkuu hänkin. Usva ohenee ja harso kuin pöyhistyy ja kohoaa. Yöperhonen lentää hurahtaa vasten kasvojani, se on kuin herätys minulle: "Joukkosi on mennyt, kiiruhda!" Jälleen pyöräni mennä vilajaa.

29.7.1944 lauantai

Herään erään talon heinäylisillä Ignoivaarassa. Kello oli ollut 4, kun tulin väsyneen joukkueeni kanssa komealle vaaralle. Aurinko teki nousuaan silloin, mutta oli vielä näkymättömissä, kun paneuduin tuoreisiin heiniin Serkon kiivetessä vieläkin ylemmäs kasalle. Kello oli 10, kun tallustan heinäisin vaattein laajalle, kauniille pihamaalle. Poikia on jo hereillä. Käyn katsomassa joukkuettani, se meni erään toisen talon heinäylisille. Siellä he kolistelivat ruokailuastioitaan, ovat menossa puurolle.

Puuro maistuu hyvälle mäen alla metsikön reunassa auringon lämmittäessä suloisesti marssista väsyneitä jäseniä. Kiittelemme sotilaskokkeja, saan kuulla uutena miehenä, että heti heillä ruoka parani, kun lotat pantiin pois tilanteen alkaessa kesäkuun puolella. Liekö totta, mutta taitavia ruuanlaittajia pojat ovat kuitenkin.

Marssi on jatkunut, Ignoivaara kauniine maisemineen jäänyt, ruokailupaikka sivuutettu. Saavumme Lylykosken lossille, se on komppaniamme tavoite. On iltapäivä, paikka herttaisen pieni. Lossi hiljaisen idyllinen. Koitajoki mennä vilisee mustana muodostaen heti lossi alapuolelle

Lylykosken. Molemmin puolin jokea on muutama pieni torppa. Saan majoituspuolekseni joen pohjoispuolen. Pian on pojilleni pari telttaa pystyssä ja itselleni katsottu pieni kamari lossivahdin torpassa. Kun kaikki oli valmista, lähdin Lohikosken kanssa pesulle kosken partaalle. Oli mukava pestä koko ruumis marssitomuista. Ilta oli lämmin, aurinko teki juuri laskua, kun solahdin veteen kivien väliin huuhdellen pölyt saippuoineen virtaavaan veteen. Ruumistani mukavasti kihelmöitti ja kuumotti, kun joimme Lohikosken kanssa iltakahvit. Paneuduimme vuoteillemme ensi arvottuamme kumpi saa kumman puolen kamarista. Kauan turisimme luutnanttitoverukset vuoteillamme. Sain kuulla häneltä eräästä aidon tuoreesta ja idealistisesta opettajattaresta, joka kirjoittelee hänelle joskus. Ihminen on mukava, kun sen pitää saada jutella sydänasioitaan toiselle, kai hän siitä nauttii. Niin nytkin Jaakko-toverini jutteli tytöstä, jonka kuvaa kantaa karttalaukussaan, ja jolle kirjoittelee usein. Sain kuulla häneltä ohimennen, että muka minäkin olisin idealisti. En tiedä, ehkä olen ollut joskus, mutta sota karistelee kylmällä todellisuudellaan ideaalisuudet.

30.7.1944 sunnuntai

Sain eilen tiedon, että saisimme olla Lylykoskella useamman päivän, ehkä viikon. Niin ilmoitin pojillekin, kehotin heitä saunomaan ja pesemään vaatteensa. Mutta kun menin joen yli aamiaiselle klo 11, tuli lähetti luokseni ja sanoi: "Kolmas joukkue klo 12.30 marssivalmiina Huhukseen luutnantti Ollin luo!" Luonnollisesti käsky tuntui vastenmieliseltä, mutta sitä ei saanut osoittaa.

Tulemme Huhukseen, ilmoittaudun 9294:n päällikölle, luutnantti Ollille. Saan tietää, että 20 poikani kanssa on lähdettävä Koitereelle hinaajalla, parin vuorokauden muona mukaan, pari pikakivääriä mukaan ja konepistoolit. Tehtävänä on tarkastaa Koitereen itärannan talot, jotka ovat jo evakuoidut ja partioitava suuremmat saaret. Lutissa, järven pohjoisimmassa sopukassa on koetettava ottaa yhteys puhelimella Hiiskoskelle. Siellä on langat, jos vihollispartiot eivät ole katkaisseet.

Valmistellessa matkaa tulee tieto puhelimitse, että (Ilomantsin) Kuorajärven Sormivaarassa vihollispartio oli surmannut 13 siviiliä. Saan varoituksen, että jos saan yhteyden tuohon murhapartioon, en väistyisi, vaan maksaisin niille, mitä kuuluu.

Pian olemme 20 miestä Liepolan reunassa, jossa sievä "Koitere" höyryhinaaja kelluu tyynellä lahdella. Pari venettä erkanee laivalta ja poikien siirto laivaan alkaa. Kello on 20, kun laiva ylväänä lähtee kyntämään tyyntä Koitereen ulappaa itärantaa seuraten kohti pohjoisinta sopukkaa. Ilta on mitä kaunein, pieni tuulen henki kiirii pitkin pintaa vastaamme. Harmaatakit täyttävät laivan kannen, kullakin aseensa vierellä. Kiikari on ahkerassa käytössä, tarkataan saarien ja mantereen rantoja. Siellä kohoaa vaaroja näkyviin tuon tuosta. Tuolla on Piilovaara, tuolla Kontiovaara, tuolla Sammakkovaara ja tuolla Lapiovaara jne. Ei savun pilkahdusta mistään, ei liikkeen vilahdusta miltään saarelta.

Kello on 22, kun laivamme laskee Pyöreäsaaren lahteen ankkurinsa. On määrä yöpyä siinä. Teltta soudetaan rantaan, saari haravoidaan ja todetaan tyhjäksi. Pieni iltateenuotio pian sammuu viileään kesäyöhön ja teltassa nukutaan kahden vartion valvoessa ja laivassa yhden soturin valvoessa sen kannella. Oi hiljaista, uni on jokaiselle makeampi kuin koskaan.

31.7.1944 maanantai

Herään laivanpäällikön hytissä, lähettini sotamies Salo nukkuu lattialla vieressäni. Laivapojat kolisevat ja höyrykone jo sihajaa. Kello 7 on määrä lähteä liikkeelle. Kaksi partiota lähtee kahdella veneellä, toinen suurempaan Viitasaareen ja toinen pienempään saareen. Suuremmassa saaressa oli kuukausi sitten pidätetty 7 talonpoikaa, jotka olivat piileksimässä reserviin kutsua.

Kellon lähestyessä 11 saapuvat partiot. Viitasaaressa ei ollut mitään, siellä olevassa kämpässä oli asuttu noin kuukausi sitten. Mutta pienemmästä saaresta löytyi sotilaskarkuri ja koira, jotka otetaan laivaan.

Illalla palasimme aivan peilityyntä Koiteretta pitkin. Ajoin pyörällä Huhuksen koululle ja vein raportin luutnantti Ollille: *30.-31.7.44 raportti Koitereelta. 30.7. klo 20 lähtö Liepolasta. Todettu tulipalon savu Kuorajärven suunnassa. Kuljettu Yppylän ja Lammassaaren välitse. Ohitettu Jänis- ja Parinsaaret. Ei huomattu mitään. Samoin Hämisaarien ja Petransaarien välitse, ei todettu mitään. Ajettu Ritosaaren länsipuolitse ja yövytty Viitasaaren itäpuolella olevassa Pyöreäsaaressa. 31.7. klo 7-11 tarkastettu molemmat Viitasaaret, pienemmästä löydetty siviilimies, vene ja koira. Suuremmassa oli tukkikämppä, jossa ei ole eletty. Tarkastettu Lutin talot. Yritetty puhelinyhteyttä, jossa ei onnistuttu. Talot tyhjiä ja sekavia kuin siellä olisi tavaroita viskottu. Käytiin Keinäniemessä ja Hietarannan taloissa, ei niissäkään ketään. Heinäniemen varastorakennuksessakin oli lukko. Käytiin Hiidenlahden torpassa, jossa ei ollut ketään, vaikka siviilitavaroita oli pakattuna pihalla ja navetassa oli nälkiintynyt sika. Pirtti oli lukossa, hävityksen jälkiä ei ollut. Yleisesti tarkastettu saaria kiikareilla. Naasvan suunnalla kolme savua, joista kaksi suurehkoa. Kylmärannan taloissa eläjiä, nousi savua ja souti vene. Siellä asuvat siviilit. Koko aikana ei lentänyt yhtään lentokonetta.*

Kesäinen yö alkoi hämärtää, kun otin vilttini ja päällystakkini ja kiipesin navetan heinäullakolle. Potkittuani heiniin makuukuopan heittäydyin siihen kuin säkki ja nukahdin pian tuoksuvien heinien sekaan.

Elokuu 1944

Kivilahti, Rautavaara
Hiiskoski
Tokrajärvi

1.8.1944 tiistai

Aika rientää, kesä kuluu, elokuu on alkanut. Heinissä uni oli mainio, vähän kylmältä tuntui aamuyöstä, mutta painauduin vaan syvempään kuoppaani ja taas oli lämmin. Päivä meni valvoessa 9294, sillä luutnantti Olli meni laivalla reissulle minun 10 poikani kanssa. Heidän matkansa oli ollut vaiherikkaampi. He olivat klo 24 maissa ajaneet karille yrittäessään Kivilahden kapeaan lahteen. He olivat yöpyneet lähirannalla. Vain vajaan 2 km päässä heistä oli Rautavaaran talo, johon puolen yön aikaan oli astunut roteva ja suuri venäläinen sotilas. Tämä oli koputtanut konepistoolillaan pöytään ja sanonut:" Hliepa, hliepa."

Talon vanha isäntä ja emäntä olivat luonnollisesti kantaneet pöytään leipää, voita ja kalaa.

Ryssä oli kopeloinut vaarin taskuja ja sanonut: "Tobak, tobak." Vaari ymmärsi senkin ja niin kessu vaihtoi taskuja. Ryssä oli kysynyt paitasillaan tuvassa olevaa nuorta miestä: "Sto eto?"

Poika, poika, tolkutti vaari. Niin se oli ollut, vaarin lomalla oleva poika, hän oli tullut vain kaksi tuntia aikaisemmin evakuoimislomalleen ja saanut nähdä ryssän omassa talossaan. Ei tuo siitä piitannut, oli vaan ruokatarpeet sullonut likaiseen reppuunsa ja kainaloonsa, mennyt ulos ja kolme muuta oli metsänreunasta yhtynyt rosvoon. He olivat menneet rantaan ja ottaneet talon ainoan veneen ja painuneet Koitereelle yön hämärässä. Ja vajaan 2 km päässä oli luutnantti Olli 10 miehen kera yötä. Mutta mistäpä sen tietää.

Kun Olli oli saanut sanan ja aamulla klo 6 oli ryhmineen ketjussa edeten mennyt mainittuun taloon, oli naisväki ilosta itkien juossut omia poikia vastaan. Ollin ei auttanut muu kuin jättää pari konepistoolimiestä heidän turvakseen. Sellaista on rajan kansan elämä. Ja tämä tapahtui Koitereen länsirannalla olevan Kivilahden Rautavaarassa. Röyhkeiksi ovat ryssät tulleet ja mikäs ollessa, kun kesä on parhaillaan ja metsä antaa suojan ja vesi huuhtelee jäljet. Niin meni sekin partio sen tien. Saimme sitten puhelinsanoman, että Kivilahden Oinasvaaran maastossa havaittu vihollisen noin 100-henkinen partio. Saa nähdä, mitä tuo rosvojoukko tekee. Omat ovat sitä hakemassa.

2.8.1944 keskiviikko

Istun Ollin komppanian puhelinta päivystämässä ja saan puhelun. Pataljoonan pastori soittaa ja kysyy luutnantti Laakkosen siviilitavaroista. Samalla kuulen järkyttävän kertomuksen hänen kohtalostaan.

6.8.1944 sunnuntai

Tämä päivä on minulle erikoinen, tämä on vaimoni syntymäpäivä. Hän on pienen pojuni ja vielä pienemmän tyttäreni kanssa kaukana Kuhmossa, pienessä Jämäsjoen varrella olevassa vanhempiensa kodissa. Siellä on perheeni sotaevakkona. Ei ole heillä kesäkesää, on sotakesä, sellainen kuin monella muullakin äidillä ja pienokaisella. Poikani varttuu ja kasvaa, nyt osaa olla jo ylpeä uusista lapikkaistaan. "Nyt olen kuin isi." tokaisee 3,5-vuotias saadessaan uudet, pienenpienet lapikkaat. "Jäänkin nyt tänne mummolaan talveksi", jatkaa lapsi.

Hän oli 4 kk vanha ja uinui vielä vaunussaan, kun otin sotilasreppuni ja sanoin hyvästit vaimolleni. Ja yhä kannan asetakkiani, olen sotilas. Neljäs elokuun 6:s on kulumassa. Neljä vuotta on vaimoni saanut olla yksin lapsineen. Hänkin tietää, mitä sota on. Hän ei kuitenkaan nurise, on yksi Suomen urheista äideistä, yksi vaimoista, jotka tietävät, että meidän miesten velvollisuus on olla siellä, missä olemme.

Illalla sain kuulla, että Rautavaaran rannasta on hävinnyt vene ja että Junansaari on evakuoitu ihmisistä, mutta siellä olevat talot ovat evakuoimatta, ja että siellä oli varustauduttu pariin taloon. Sinne on nyt asetettu pari vanhahkoa siviilimiestä vartioon. Arvaan, että siellä on varmaan partisaanit taas konsteineen. Lähetänkin tänä aamuna partion sinne.

Pian selvisi, että partio oli ollut noin kilometrin päässä, kun oli kuulunut kolme kiväärinlaukausta ja sitten kaksi pitkähköä konepistoolin sarjaa. Partion ehdittyä paikalle toinen vartiomiehistä oli kaatunut kotitalonsa portaille ja toinen oli päässyt pakoon.

Otan mukaan yhden ryhmän ja lähden saareen. Olemme hyvin varustetut: 12 miehellä on viisi konepistoolia ja jokaisella käsikranaatit, eräillä useampiakin. Ylitämme kapean salmen parilla veneellä, palautamme ne yhden miehen kanssa toiselle rannalle. Järjestän jo partiossa olleen miehen opastuksesta haravoinnin ja varovaisina kuin leijonanmetsästäjät hiivimme ääneti jok'ikiset aistit valppaina. Ohitamme talot, totean kylmenneen vanhuksen ruumiin pihalla, tunnen sisimmässäni vihan tapaisen ailahduksen. Tulen valppaaksi kuin metsän eläin. Saari on suurehko, metsä harvaa, milloin vaihtuen koivuvaltaiseksi, milloin

253

ollen männikköä. Maaperä on louhikkoista. Kuitenkin ketju pysyy koossa, joskin välit ovat toisinaan pitkät. Arvelin murhamiesten pakosuunnan saaren osaan. Tein viimeisen sotaneuvottelun poikain kanssa ja pian olimme saaliin kimpussa.

Sotamies Pakarinen, aina ennen hidas ja veltto, nyt valpas ja notkea, hän se oli ensimmäinen, joka louhikkoon paiskautuen huusi: "Täällä se ryssä on, tuolla louhikossa."

Ketju oli maassa käskemättäni, minä hakien saalista silmiini nousin ylemmäksi ja ylemmäksi, mutta näkemättä mitään. Vaistoni sanoi lopulta pysymään alempana, panin käteni torvelle suuni eteen ja huusin koivujen suojaamaan louhikkoon: "Stavoites, brosoite orusehie i idit osuta!" (antautukaa, heittäkää aseenne ja tulkaa tänne). Olemme hiiren hiljaa. Kukaan ei ole ampunut kertaakaan. Pian kuulen ryssää molotettavan, en saa selvää, ääni kuuluu kivien alta. huudan uudelleen ja uudelleen. Kuulen poikain huutavan: "Rukhi verk."

Ketju on painautunut ympyräiseksi puoliympyräksi. Saalis on meidän. Sillä vihollisella on vesi takana ja ketju ympärillä. Varmistaudun, ettei ole välikköä, josta pääsisi joku luikkimaan, mutta huomaan poikieni pitävän varan, ettei pääse. Kukaan ei näe mitään, ryssät ovat syvällä kuopassa, molotus jatkuu. Lopulta näen pari poikaani menevän lähemmäksi, seuraan heitä ja huutooni kuulen selvän vastauksen. Selitän äänelle, että tulkaa ylös, emme ammu. Lopulta näen yhdestä kivenkolosta nousevan kaksi likaista kättä kohti taivasta ja niiden välistä ryssän musta pää. Tiukkaan äijän kävelemään luoksemme, kehotan poikia varomaan, vaikka ryssä selittää olevansa yksin. Yksin hän lopulta oli. Poikani olivat pian ryssän makuusijalla, ottivat

254

siitä konepistoolin patruunoineen, kasapanoksen, likaisen eväspussin ja mustan lyhyen pompan. Saalis oli helppo, yhtään laukausta ampumatta oli käsissämme elävä ryssä. Saaren loppuosa oli helppo haravoida, ei löytynyt muita. Pian olimme veneillämme ja palasimme tyytyväisinä komppaniaan.

Saaliimme herätti inhoa ja vihaa. Näin miten siviilit, naisetkin, katsoivat inhoten likaista murhamiestä. Talo, jossa poikineni majailin, oli paikallisen Uittoyhdistyksen työnjohtajan asunto. Siviilit ovat lapsineen vielä kotonaan ja mukanamme tuoma vanki oli heille nähtävyys. Pian muodostui uteliaista piiri ympärillemme. Vain joku vihaisin nosti nyrkin puristettuna osoittaen ryssää. Vein kuitenkin vangin toimistoon, jossa häntä kuulusteltiin.

Mies oli 1909 syntynyt Astrakaanissa, oli opiskellut kemiaa ja geologiaa ja ollut opettajana oppikoulua vastaavassa oppilaitoksessa. Oli myöhemmin opiskellut lääketiedettä ja tullut bolševikkien lääkäriksi. Talvisodassa oli ollut luutnanttina, mutta olisi muka alennettu poliittisista syistä. Näytti vielä kuvaa, joka esitti melko siistiä, mutta aivan venäläistyyppistä perhettä. Vain yksi tytär oli kuvassa ja vangin sisar, myös muka lääkäri, vaimonsa ja palvelustyttö. Kuva oli myönteinen. Kysymykseni, miksi hän täällä samoili ja ampui meidän siviilejä, hän vastasi:

"Ammuin itsepuolustukseksi. Olin menossa taloon hakemaan ruokaa, kun teidän vartiomiehenne ampui ensin minua kolme kertaa. Laskin pari sarjaa ja pakenin metsään, en tiedä, osuinko."

"Olet tappanut yhden meidän siviilimiehemme" vastaan.

Mies valittaa sanoen: "Ei, ei ollut tarkoitukseni, mutta en voinut muuta. "

Kun kysyin, miksi hän piileksi, hän vastasi:

"Olen lähtenyt puna-armeijasta jo kaksi viikkoa sitten yli linjojen Suomen puolelle. Aikomukseni oli päästä Ruotsiin emigrantiksi, sillä arvelen, että Venäjä valtaa lopulta Suomen ja tiedän, että vangeille ei tule silloin hyvät oltavat."

Epäilen vangin selitystä. Panen asiat paperille ja annan vangin olla, kunnes auto lähtee viemään häntä taakse suurempiin portaisiin tarkemmin kuulusteltavaksi. Mies vaikutti lopulta sivistyneeltä. Hän puhui myös kutakuinkin saksaa. Kysyi peläten, mitä hänelle tehdään.

Sanoin, etten tiedä. Kun panin hänet autoon kahden vartiomiehen kanssa ja pyysin heitä olemaan varuillaan, huomasi vanki sen ja sanoi:

"En minä karkaa, saatte olla huoletta. Luulin teidän ampuvan minut, siksi en heti antautunut. Nyt kun olen vankinne, en karkaa."

Niin auto vei vangin kyläläisten sadatellessa perään: "Hyi hitto, tuollaisiako ne ovat, pedot. Tappavat naisia ja lapsia."

Mieleeni jäi vangin tummat, mutta lopulta rehelliset silmät. Niiden ympärys oli surullinen ja hienovaraisesti pelokas. Hän ei ollut tavallinen bolsevikki ja tuntui kuin hän olisi puhunut totta. Kuka hänet tietää. Ihminen hän kuitenkin oli ja ajatteleva ja sureva, inhimillinen. Suuressa

Venäjässä löytyy monenlaisia ihmisiä. Oliko hän yksi noista murhamiehistä, partisaaneista, en tiedä. Ainakin Rautavaarasta hän oli kysynyt vain ruokaa ja mennyt sen tien taas. Mikä on hänen kohtalonsa myöhemmin. Jos bolsevikit pitävät vallan, hän tuskin näkee enää vaimoaan ja tytärtään. Hänkin on tämän mielettömän sodan uhri.

16.8.1944 keskiviikko

Hiiskoski, pieni rauhallinen asutuskeskus, hyvine siltoineen ja kosken pauhuineen uinuu elokuun iltayötä. Joukkueeni on majoittunut Pohjois-Karjalan Uittoyhdistyksen työjohtajan virkatalon ullakolla. Minä lähettini ja varajoukkueenjohtaja ylikersantti Leo Laakson kanssa olemme saaneet haltuun toisen vierashuoneen. Talossa oli isäntäväki kotosalla, kolme työmiestä ja pari palvelustyttöä. Minä panen maaten levottomana, kuin jotain aavistaisin.

Tuskin olen riisuuntunut ja oikaissut, kun heikko rouvan koputus herättää. Vetäisen hämärässä housut jalkaani ja riennän puhelimeen. Saan kuulla, että noin 3 km Uimaharjuun päin oli nähty viiden miehen tulleen tielle ja lähteneen kävelemään Uimaharjuun päin. Saan käskyn lähettää 10-henkisen pyöräpartion perään.

Kapuan hämärässä ullakolle ja herätän alikersantti Leppimäen ryhmän ja käsken partioon. Syntyy kolinaa ullakolla, kun 10 miestä pukee ja hakee varusteitaan. Sähkölamppujen valokeila valaisee silloin tällöin pitkän ullakon, jossa nukkuu 30 miestä. Leppimäki saa karttani ja ohjeet ja häviää poikineen valkeakaiteisen sillan yli kohti mustaa metsää. Kiipeän jälleen vuoteeseeni.

Kello pääpuolessani käydä raksuttaa, kosken kohina kuuluu tasaisena. Usva huokuu kosteana avonaisesta ikkunasta, on pimeää. Yksi ryhmä alikersantti Pukin johdolla on kenttävartiossa 1 km meistä tienvarressa majoittuneena telttaan. Tiedän, että siellä parivartio valvoo seisten päivisin rakennetuissa asemissaan. Olen saanut käskyn tehdä "siiliaseman". Siellä on tehty raivauksia, on tehty näköaloja ja on kaivettu hautoja. Nyt on yö, pojat seisovat kuulovartiossa. Käsky on hälyttää ampumalla, jos jotain liikettä on. Eihän tiedä, mistä vihollinen tulee.

Talomme takana, männikkökumpareella, on kellari. Siellä on alikersantti Aaltosen ryhmän tukikohta. Sielläkin seisoo parivartio edessään laaja suo ja raivatut näköalat.

Mikä ihme on tänään, kun en saa unta. Lojun vuoteellani ajatellen. Missä ajatukseni harhailevat, en saa niitä kiinni. Milloin ne ovat kotona, milloin täällä, milloin nykyhetkessä, milloin menneisyydessä. Vähitellen raskaus valtaa ajatukseni, olen vaipumassa uneen. Silloin kajahtaa laukaus. Se on terävä ja lähellä. Sitten toinen laukaus. Olen kuin vieteri pystyssä, viltti valahtaa alas, ullakolla on liikettä, poikani painuvat asemiin. Se oli hälytys. Kuuluu jälleen neljän laukauksen sarja.

Olen pian ulkona, on pimeää. Kuitenkin tien erottaa selvästi. Laukaukset on ampunut maantievarren vartio. Otan lähettini mukaan ja riennän sinne. Näen pimeässä poikieni olevan tienvarsiojassa ja kysyn, mikä on hätänä. Saan kuulla, että sotamies Mäki oli vartiossa ja oli ampunut hälytyksen, kun tietä myöten oli pimeässä tullut kaksi hahmoa ja kun hän oli kysynyt tunnussanaa, olivat hahmot painuneet tieltä metsään. Komennan alikersantti Pukin ryhmän ketjuun ja haravoimaan sen kohdan.

Pian sotamies Paavilainen huutaa: "Kädet ylös!" ja näen, miten kaksi miestä astuu esiin tielle Paavilaisen konepistoolin uhkaamana. Menen heidän luokseen ja kuulustelen.

Selviää, että he ovat suomalaisia rintamakarkureita. Lähteneet molemmat viikko sitten tulilinjasta hiippaamaan kotiin Pohjanmaalle. Miehet ovat pelokkaita ja hyvillään, kun ei heitä ammuttu. Selittivät, että pelkäsivät joutuneensa vihollisten yllättämäksi.

Vein heidät naapurikomppaniaan ja luovutin sinne. Talonpuolella oli myös hermostuttu, mutta sain heidät rauhoitettua. Itse kömmin kolmannen kerran vilttini alle ja sainkin kun sainkin lopulta unen. Jälleen yö nukkui, vain vartiomme nukkumistamme suojasi. Kostea yö vaaleni pain aurinkoiseksi loppukesän päiväksi.

28.8.1944 maanantai

On tapahtunut paljon ja ei ole tapahtunut paljon. Paljon sellaista, jota en voi panna kirjaani. Joka tapauksessa kaunis Hiiskoskella oloni on lopussa. 3.8.1944 tulin ja nyt 28.8.1944 klo 11.38 jätin kauniin paikan, talon, tien, kaiken. Lähtöni oli raskas. Olen kummallisen sentimentaalinen, kyynel silmäkulmassa sanoin hyvästit pojilleni. Sinne jäivät ystävällinen talonväki ja kaikki muut.

Mielialani oli apea, kun ilmoittauduin Tokrajärvellä klo 13. Kuulin, että Serko oli linnustamassa. Miten ollakaan katsoin siirtokirjettä ja päässäni syntyi ajatus: jospa pyytäisin pienen loman Serkolta, koska ilmoittautumiselleni URR:ssä ei ollut päivämäärää. Hellittelin ajatusta lomallelähdöstä. Ihminen on kummallisen ailahteleva. Olin mitä syvimmissä alakuloisuuden meressä, kun taas ajatusten voimalla, toivon elähdyttämänä nousin. Mielessäni häilyi pieni perheeni, loma ja virkistys siellä. Olin todella iloinen, kun Serko suostui lomapyyntööni.

29.8. klo 18 - 31.8.1944 klo 5.30

Tämän pienen ajan olin perheeni parissa. Pari kertaa kylvin appelan pienessä saunassa ja kiireinen perheeni muuttopakkaus jatkui. Lapseni, pieni poikani ja vielä pienempi tyttäreni olivat rakkaita.

2.9.1944 – 26.9.1944 Tiedustelu-upseeri

27.9.1944-3.11.1944 Valistusupseeri

3.11.1944 kotiutus

Syyskuu 1944

Kaltimo
Tokrajärvi
Kallioniemi
Vellivaara
Niemijärvi
Lehmivaara

Lokakuu 1944

Kouvola
Lappeenranta

1.9.1944 perjantai

Oli yö, kun tulin junasta ulos Joensuun tutulle asemalle. Oli yövyttävä, Työväentalolla oli upseerimajoitus. Aamulla edelleen Kaltimoon. Asemalla tapasin enoni. Jälleennäkeminen oli sydämellinen. Hän kertoili Äänislinnan luovutusvaiheista. Sinne hän jäi Joensuun asemalle sateen tihkuessa hänen harmaalle sadetakilleen.

Pyörällä oli kahden tunnin ajo Kaltimosta Tokrajärvelle. Satoi ja olin melko märkä, olin perillä klo 12.30. Kuulin, että Serkosta on tullut kapteeni. Sain luvan jättää lähtöni URR:ään huomen aamuun.

Sain saunan. Tuomiseni virvoitti Serkon, Lohikosken ja minun mielemme. Ja kun korpraali Jokisen tuomiset yhdistettiin niihin, meni ilo korkealle. Ilon ollessa korkeimmillaan tuli everstiluutnantti Savolainen. Hän ymmärsi ilomme. Tarjosin hänelle konjakkipullostani lämmikkeet ja tilanne oli pelastettu. Illalla järjestyi pienet läksiäiset. Juhlimisen aihetta oli: Serkon ylennys, komppanian lähtö ja minin lähtöni etulinjaan. Oli jo yö, kun lämmitimme hernekeittoa, söimme ja joimme. Olin väsynyt, kun kolistelin puolenyön maissa Lohikosken luo nukkumaan.

2.9.1944 lauantai

Tämä päivä on minulle jollakin tapaa erikoinen. Tasan kuusi vuotta sitten astuin alokkaana Kouvolan katua KSR:n kasarmille ja nyt tänään tulin URR:ään. Lähtö oli Serkon muuttoauton päällä. Haikealta tuntui jättää jo rakkaat paikat. Mutta auto vieri rintamalle päin. Pojat kuorman päällä keskustelivat tyttöasioitaan. Minä istuin vaiti.

Oli Hattuvaaran tiehaara, kun hyppäsin korkealta kuormalta alas. Serko tuli ulos kopista ja puristi kättäni hyvästiksi ja auto jatkoi Ilomantsiin. Pian pääsin toiseen kuormaautoon, joka vei minut ja kolme muuta Kallioniemen lossille. Tässä jäin taas pois. Sataa tihuutti, mutta minun sadetakkini piti. Tuttu oli paikka. Kolme vuotta sitten olin istunut lossinvartijan mökissä. Silloin hän oli vielä paikoillaan. Nyt oli sotaisempi kuva. Silta oli syntymässä yli leveän salmen, vankka ja luja silta. Luin 43 tukiväliä siinä. Mökissä oli 8 miestä majoittuneet. Siviilit olivat poissa. Muistan, miten silloin keskustelin ukon kanssa.

Nyt oli vilskettä, pian tuli auto, joka meni Vellivaaraan asti ja se oli tarpeeksi minulle. Kiipesin sen lavalle jo yli kymmenen muun lomilta palailevan lisäksi. Oli mielenkiintoista katsella, kun syöksyvene kuljetti lossia yli salmen. Rauhallinen suomalainen sotilas väänsi yli metrin pitkän putken päätä ja propelli alkoi vonkua ja vesi kuohui, kun se veteen painettiin. Pian olimme yli ja siellä odotti jo kaksi autoa. Näin tutun luutnantin pesevän kuraisia saappaitaan, hän oli ammattiveljeni Servon Mikko. Tuntui mukavalta tervehtiä häntä. Sain kuulla, että hän on samassa joukossa, mihin minä olen matkalla. Mielialani nousi. Tunsin, että nyt olen palaamassa sinne, minne kuulun.

Auto ajoi läpi talvisodan taistelupaikkojen. Poikkesi välillä vaatetäydennyspaikkaan ja jatkoi taas matkaa. Korentovaarasta kääntyi tie itään, tuttu tie, mutta nyt huonompi ja kurainen. Auto kehräsi ykkösvaihteella ja me seisoimme lavalla. Lopulta olin Niemijärven päässä suuren 9300-taulun luona. Siihen hyppäsin, kokoilin tavarani ja kävelin viitan osoittamaan suuntaan. Siellä, vain 50–70 m vuoden 1941 majapaikastamme seisoi yli 10 telttaa synkässä

valtion metsässä. Se oli Ratsuväkiprikaatin komento-
paikka. Löysin komentoteltan ja ilmoittauduin. Siellä oli
vain pari luutnanttia, Tynkkynen ja Stenius. Tynkkynen jo
vanha tuttu. Sain kuulla, että minua jo odotettiin. Ilmoit-
tauduin sitten komentajan teltassa, jossa eversti Tähtinen
istui esikuntapäällikkönsä everstiluutnantti Santavuoren
seurassa. Santavuori tervehti minua kädestä. Hän ilmoitti,
että joudun URR:ään, jossa eversti von Essen määrää va-
kanssini.

Seitsemän kilometriä jalan. Niemijärveltä Vellivaaran
kautta Lehmivaaraan. Reppuni oli raskas, kun siinä oli
koko omaisuuteni, karttalaukku, leipälaukku ja pistooli.
Partisaanipuukko oli vyölläni, mantteli ja sadetakkini käsi-
varrella. Oli raskasta tallata kuraisen liukasta tietä. Mutta
ihmeen kevyt oli mieleni.

Vellivaara, se oli ensimmäinen eteeni tullut suuren Ilo-
mantsin divisioonamotin osia. Kuljin sen läpi. Nenääni
tunki jo kalman haju, joka voimistui, mitä syvemmälle
mottia menin. Lopulta tuntui aivan tukahduttavalta, kun
kiiruhdin raskaan taakkani kera askeleitani päästäkseni
pois kauheasta hajusta. Vilkuilin ympäri särjettyjen kalu-
jen, yritin lukea venäläisvankkureiden määrää, sain noin
163, ne olivat parivaljakkovankkureita. Näin, että siinä oli
ollut tavaraa, en ihmettele enää, että se oli divisioona motti.
Ja se oli vain osa motista.

Pääsin läpi ja matkani jatkui. Lehmivaara näkyi. Nous-
tuani sitä taas lehahti ruumiin mätänemiskaasut. Mottia
taas ajattelin. Täällä jälleen oli rojua, oli vankkureita, oli vi-
hollisen vaateriekaleita, sairastarvevälineitä, aseen lip-
paita, valjasosia ym. Vihdoin oli odotettu taulu 9302.

Kevyt oli askeleeni yli pitkospuitten metsikköön, jossa oli leiripaikka. Komentoteltta löytyi, siellä oli vain lähetti. "Eversti on korsurakennuksella" oli vastaus kysymykseeni. Ja sinne vei askeleeni. Ja siellä oli hän, entinen komentajani, eversti Hans Olof von Essen, nuorekkaana, reippaana hän itse seisoi korsunsa katolla, jota juuri katettiin. Uhkea komentokorsu siitä oli syntynyt.

Pian eversti hyppäsi alas ja tervehti: "Jaha, tervetuloa. Kauan kestikin siirtonne?" Selittelin asian viipymisestä ja näin, että se ymmärrettiin.

Sitten menin telttaan, viihtyisään, maahan kaivettuun rykmentinkomentajan telttaan. Niin olin jälleen URR:ssä, mieleni rauhallisena, istuin ja söin everstin pöydässä. Siinä keskusteltiin yhtä ja toista. Eversti kysyi: "Onko teillä mitään toivomista virkanne suhteen?"

Vastasin, että olisin iloinen, jos saisin entisen virkani, tiedustelu-upseerin vakanssin. "Se järjestyy", oli everstin vastaus. Niin luutnantti Laine sai ohjeita luovuttaa minulle se vakanssini ja hän jäi lähetti-upseeriksi.

Kello oli 17.20, kun tulin URR:ään, ilta meni siinä tutustuessa asioihin ja kello 21 maissa oikaisin Laineen kanssa everstin vuoteen oikealle puolelle nukkumaan.

3.9.1944 sunnuntai

Sunnuntai, poutainen, mutta kolea. Yöllä oli ollut halla, mutta hyvin minä teltassa nukuin. Kello oli 7, kun heräsin. Eversti ja Laine heräilivät myös. Ulkona alkoi nakuttelu, kun pojat ahersivat korsurakennuksella.

Sain kuulla pääministerimme Hackzellin puhuneen, että Suomi on muka rauhanhankkeessa Venäjän kanssa. Tuo ailahdutti sydäntäni ja toivo rauhasta kasvoi. Otin selvän radio-ohjelmasta ja huomattuani, että Hackzellin puhe uudelleen radioidaan klo 15, kuuntelin sen.

Mikä pitkä puhe, mikä erikoinen puhe. Rauha on mahdollista. Ryti, rohkea mies. Tunsin lämpöä häntä kohtaan. Puheen vaikutus oli minulle sekava. Mitä Venäjä vaatii, mitä sanoo Saksa, kun "ajamme" heidät pois. Mitä ajatellaan maailmassa, kun ensin Ryti lupaa, ettemme mene erillisrauhaan ja sitten vaihdetaan presidentti ja se menee erillisrauhaan. Onko tuo sitä diplomatiaa? Olkoon, kun vaan se on onneksi maallemme.

Kauan keskustelin Laineen ja luutnantti Vesterisen kanssa asiasta. Jäi outo tunne, odotuksen tunne, mitä tuleman pitää. Päivä kului, ilta tuli ja yö. Jälleen oikaisin itseni telttaan manttelin päälle, toiset päällyshousut nyyttiin käärittynä panin pääni alle ja vilttini katteeksi, vain saappaani riisuin pois. Everstti oli jo levolla. Laine järjesteli itsensä viereeni ja lähetti valvoi kamiinaa. Lampun valo sammui, yö oli musta. Syyskuun yö.

4.9.1944 maanantai

Kello oli 3.30. Puhelin pärähtää. Laine ottaa torven. Kuulen läpi unen: "Haloo, täällä Viikinki viisi, luutnantti Laine. Hetkinen!" Herra everstiä kysytään.

Teltta kropisee, tuulee, puitten humina soi kosken pauhun lailla, sataa. Suuret pisarat puista paukkuvat teltan kattoon, sadepisarat sihisevät kuuroittain. Nukun herkkää unta. Ei kuulu ammuntaa, vain kova myrskyn pauhu, on syysyönmyrsky. Poikamme seisovat vartiossa. Tiedän, että ei ole hauska tunne heillä, kun sataa, on sysipimeää, eikä näe eikä kuule. Ja vihollinen kyttää. Kenellähän on everstille asiaa ja mitä? Onko jossakin eskadroonassa vihollinen päässyt läpi. Odotan, mitä eversti vastaa. Kuulen hänen rauhallisen äänensä: "Jaha, vai niin, kello 7. Hyvä on. Kiitos."

Mitä tuo merkitsee, mietin. Olen yhä pitkälläni. Sadekuuro kiihtyy ja everstin sähkölamppu vilahtaa tuon tuosta. Laine istuu, alikersantti Upla nukkuu, lähetti Rinta-Perälä kolistelee kamiinaa, lisäsi kai puita. Meillä on teltassa lämmin. Eversti ottaa puhelun: "...komentaja täällä. Kello on nyt 3.30. Käsky: vihollisuudet lopetetaan 4.9. kello 7 aamulla..."

Olen kuin ammuttuna pystyssä. "Onko tämä unta?" kysyn.

"Ei ole." vastaa Laine rauhallisesti.

Sytytetään lamppuun tuli. Upla istuu ja puhuu iloisena Rinta-Perälälle jotain. Eversti ottaa puhelun puhelun jälkeen ja ilmoittaa vihollisuuksien lopettamisesta. Hyökätä ei saa, jos vihollinen hyökkää, vältetään suurempaa taistelua ja otetaan paikalliset olosuhteet huomioon, vain äärimmäisessä tapauksessa ryhdytään tulitaisteluun.

On pimeä myrskyinen ja sateinen yö. Mutta nyt sateenropina on ihanaa musiikkia. Rauha syntyy, ainakin aselepo. Tätäkö tiesi eilinen Hackzellin puhe? Hän tiesi armeijamme väsymyksen, sen kestokyvyn. Vielä on jokunen tunti seitsemään. Panemme korvikkeet kiehumaan ja koetetaan radiota, se ei vielä soi. Ketään meistä ei nukuta.

Ulkoa kuuluu ääniä myrskystä huolimatta. Siellä lähetti-
teltta on hereillä. Viestimiehet valvovat ja pioneeriteltassa
liikutaan. Kukaan ei nuku ja kello on vain 4.

Vaalenee, teltan katto vaalenee, näkyy taivasta, mutta
yhä sataa. Korvikkeet on juotu, sana on kaikkialle lähe-
tetty, kelle puhelimella, kelle lähetillä. Kello lähenee
kuutta, eversti on oikaissut vuoteelleen ja lepää seljällään
ajatellen, silmät valvoen. Kello 6 avataan radio. Siellä soi
Karjalaisten laulu. Tuntuu kauniilta, juhlalliselta ja tutulta.
Aikamerkki klo 6.05 ja uutiset. Jännitys on suuri. Olemme
kaikki herkkiä. Radion rauhallinen miesääni kertoo: "Vi-
hollisuudet Suomen ja Neuvostoliiton välillä lopetetaan
tänä aamuna kello 8. Ylipäällikkö on antanut käskyn ar-
meijalle sotatoimien lopettamisesta."

Se on sittenkin totta, ainakin välirauha on syntynyt.
Aamu kuluu. Ällistymme, kun klo 8.13 viisitoista raskaan
krh:n ammusta tulla mäiskähtää asemiemme eteen. Ihmet-
telemme kovin tuota, eilen se ei olisi ollut erikoista, mutta
nyt on. Mitä tämä merkitsee? Eikö vihollinen ole tehnyt-
kään sopimusta? Vai onko se taas sitä ryssän sopimuksen
pitämistä?

Toiveemme rauhasta alkoi kylmetä, kun krh-tuli vaan
jatkui. Pian kuului kiivaanpuoleista käsiaseitten tulta. Ja
Tolvajärveltä asti kuului raskaan tykistön ääntä puolen
päivän aikaan. Kuolismaan suunnasta kuului ajoittain ras-
kaan tykistön ääntä. Päivä ei tuntunut rauhalliselta, sa-
manlainen se oli kuin eilen.

Päivällä lähdin tutustumaan 3 eskadroonan Korpi-loh-
koon. Vanha tuttu lähetti jo vuodelta 1941 seurasi minua.
Jalan kävellä kahlasimme sateen kostuttamassa metsässä ja

vetisissä soissa. Silloin tällöin tulla möykähti kranaatti oikealle ratsumestari Vartiaisen lohkolle. Soittein yli oli tehty kapulasillat ja ne olivat naamioitu hyvin. Kärryllä pääsi. Pian loppui kärrytie ja alkoi purilastie. Purilaan sileän jalaksen jälki juoksi tuon tuosta mutaantuneessa paikassa. Metsässä oli silpoutuneita puita, soilla ammotti mustia veden täyttämiä kranaattikuoppia. Tapsit juoksivat maassa, puussa ja taas maassa. Saavuin eskadroonapäällikkö, luutnantti Järvisen teltalle. Pari telttaa suojaisessa kuusikossa. Teltassa lojuivat pojat ja Järvisen Vesa. Puhelin oli päällikön korvan juuressa. Kepillä koskettamalla paljaaseen jalkaan heräsi Vesa. Tervehdin aseveikkoa. Suomalainen, suurisilmäinen, rauhallinen mies.

Lähdimme tutustumaan hänen korpilohkoonsa. Asemia oli kaivettu paljon synkkään korpeen ja pojat seisoskelivat vartiokuopissaan. Kävin kk-asemissa, kurkistelin katetta ja asemia, tähystelin vihollisen puolelle näkemättä mitään. Melkein 2 km oli tuota kaivettu, esteillä suojattua ja raivattua aluetta. Vartiopojat olivat kalpeita ja vihaisia. Oli rauha, mutta tilanne oli sama heillä. Kyyhöttivät kumarassa ja tuntui oudolta, kun mies päätään kääntämättä teki ilmoitusta selin minuun, koko ajan tähystäen eteen.

Vesa osoitti kauempana kohtaa, jossa oli sammaleilla peitelty ruumis. En olisi sitä huomannut. Siinä makasi vihollinen kädet näkyvissä. Venelakki oli hieman sivummalla. Katselin ihmiskohtaloa, hiljenin ja menin ohi.

Äärimmäisenä oikealla oli joukkueenjohtaja, tuttu, koulutoverini. Hänellä oli komea korsu valmis. Siellä hän tarjosi korvikkeet. Turisin hetken hänen kanssaan ja katselin joitakin perhekuvia, joita hän näytti ylpeänä.

269

Rauhan päivä hämärsi. Ilta saapui. Aamuyöstä kohonnut tunnelma laski. Kaikki oli ennallaan. Vihollinen ampua paukutti. Äkkiä jyrähti tykit lähellä meitä, kranaatit mennä ujelsivat ylitsemme Vellivaaraan.

Saimme kuulla, että eräs venäläinen luutnantti oli ottanut yhteyttä klo 17 ratsumestari Vartaisen lohkolla. Hän oli tullut kahden vahvasti varustetun joukkueen saattelemana. Oli selittänyt, että olivat saaneet kuulla vasta klo 16 aselevosta ja että olisivat hyökänneet, jos täällä olisi ollut saksalaisia. Hänen mentyään jyrisivät tykit jälleen ja kello 19.35 lensi ylitsemme kranaatteja Vellivaaran mäkeen.

Kello oli yli 20, ulkona oli säkkipimeää ja sateista, kamina luo lämpöä telttaan. Eversti soitteli äsken eteen ja varoitti olemaan valppaina, kukaan meikäläisistä ei saisi liikkua asemiemme edessä.

5.9.1944 tiistai

Sain tehtäväkseni Lehmivaaran motin jälkipuhdistuksen. Lähdimme lähettien kanssa klo 7 ja tavaraa kertyi monta hevoskuormaa

Toinen rauhanpäivämme meillä, ensimmäinen venäläisillä, on illassa. Astun ulos lämpimästä teltasta, jossa everstin lämpömittari ositti 22 astetta. Seison avopäin viileässä ja pimeässä syysillassa. Majapaikkamme on kauniissa männikössä. Männyt kohoavat korkealle, niiden tummat rungot ovat kuin pylväitä, pienemmät kuusikartiot ja koivujen valkoiset rungot erottuvat selvästi. Teltta-alue on hiljainen, joku viheltää epämääräistä säveltä. Jostakin teltasta kuuluu miesääniä, siellä rupatellaan hilpeinä, joku nauraa hyrähtää. Sielläkin ajatellaan rauhaa ja sitä, että sittenkin ryssä lopetti ammuntansa tänä aamuna klo 8. Vielä klo 7 minä laskin 50 kranaatin vihellystä yli teltan ja myöhemmin kuulin erään tykkieskadroonan rakuunan kaatuneen. Miksi vihollinen lopetti sodan tasan vuorokauden myöhemmin kuin me? Se on arvoitus meille etulinjan miehille.

Nyt tuntuu todella olevan rauha, ei kuulu hiiren hiiskausta, vain kamiinassa tuli elää lepattaen ääneen ja sen kylki luo lämpöä meille.

6.9.1944 keskiviikko

Rauhaa tehdään. Päivä koitti pilvisenä ja hiljaisena. Yöllä ei tullut yhtään kranaattia eikä puhelin soinut. Heräsin klo 5.10 ja soitin eteen: "Kuuluuko mitään?" Ei kuulunut.

Kahdeksan upseeria ja kuusi rakuunaa, joista yksi oli valopistoolimies, matkasimme kohti etulinjaa, ensin autoilla ja moottoripyörillä, loppumatka jalan. Kolme rakettia määrätystä kohdasta määrättyyn suuntaan ammuttuna on kohtausmerkki. Kuljimme jonossa. Metsä oli synkkä, sivuutamme omat haudat, tulemme ei kenenkään maalle. Kompastun piikkilankaan, se on viritetty vihollista varten. Kuulen kehotuksen kulkea jonossa, maasto on miinoitettu. Kuljemme hiljaa, sivuutamme jo vihollisen etuhautoja ja saavumme mäen kumpareelle. Täällä meitä odottaa joukko venäläisiä upseereita. Me tervehdimme heitä kädestä pitäen, kukin esittää nimensä. On outo tunne, olemme vihollisten kanssa nokitusten. Katseeni tutkii, korvani kuuntelevat. Ajatukseni toimivat. Keskustelu alkaa everstimme von Essenin lausuessa tulkillemme, että hän kääntäisi venäläisille pyynnön, että neuvottelumme sujuisi yhteisymmärryksessä ja oikeudenmukaisessa hengessä ja että pääsisimme hyvään yhteisymmärrykseen. Huomaan heti, että aloite oli meillä, että me hallitsemme tilanteen. Essen salli sitten venäläisten tehdä kysymyksiä ja hän vastasi.

Venäläinen upseeri puhui harvaan, selvästi ja näki kaikesta, että hän oli valmistellut kysymyksiä. Hän katsoi vinosti sivulle Essenistä ja odotti sitten vastausta silmiin katsoen. Muu seurakunta oli hänen takanaan ja sivuilla. Juuri hänen takanaan oli karhean näköinen nahkatakkinen, joka kirjoitti kaiken ylös. Se tyyppi vaikutti salaperäisen kavalalta ja oli varmaan politrukki. Seurailin venäläisiä keskustelun aikana, laskin ainakin 10 upseeria ja huomasin, miten erilaiset olivat heidän pukunsa lakista lähtien. Alemmilla oli venelakit, kun taas ylemmillä lippalakit. Puseron kaulukset olivat käärityt ja selvästi näkyi, että oli kaulansuojukset laitettu juuri kaulaan, rinnoissa oli mitaleja ja tähtiä. Kun katsoin heitä, näin kuin kukin olisi vakoillut toistaan epäilevästi kyräillen ja ollut tietoinen, että häntäkin vakoilee toinen. Tuntui ilkeältä olla sellaisessa seurakunnassa.

Tulkkina heillä oli vilkas ja nuori karjalaispoika, tunsin sen pehmeästä murteesta. Hän puhui hyvää suomea ja käänsi kaiken sanasta sanaan. Lähinnä minua oli kaksi miellyttävää, tummaa, nuorta kapteenia, he olivat kauniita ja varmaan gruusialaisia. Venäläinen esitti seitsemän asiaa:

1. Milloin siirrymme Moskovan rauhan rajalle?
   - Kun saamme ylempää käskyn.
2. Pyydämme miinakarttojanne.
   - Saatte.
3. Mottitaistelussa heiltä jäänyt tavara jätettävä paikoilleen, mikäli sitä ei ole jo kuljetettu pois.
   - Jää.

4. Kaikki sillat Moskovan rauhan venäläisellä puolella on kunnostettava, mikäli ovat rikottu.
   - Ei ole rikottuja.
5. Onko partioita selustassa?
   - Yksi on. Annettiin nimet ylös.
6. Ovatko etelässä olleet saksalaiset poistuneet ja millainen on niiden mieliala ja suhtautuminen suomalasiin?
   - On tietääksemme poistuneet. Mielialasta ja suhtautumisesta haluaisimme itsekin tietää.
7. Onko meillä tieto neuvotteluista?
   - Virallisesti ei ole ilmoitettu, mutta Ruotsin radio ilmoitti niiden lähtevän huomenna.
   "Ne ovat jo siellä (Moskovassa)" vastasi venäläinen ja hymyili.

Meillä oli vain yksi kysymys: "Onko määräyksiä toiminnastamme meidän rajallamme?"

"Täysin rauhan aikainen kuri sekä toiminta, ei mitään ampumisia eikä riitaa" vastasi venäläinen. "Eihän sitä tiedä, vaikka taistelisimme vielä yhdessä" hän lisäsi. Kaikki venäläiset naurahtivat sille. Se ei ollut ivaa, se oli ystävälliseksi tarkoitettu, mutta mielestäni pahan merkki. Ehkä he olivat keskenään sellaista neuvotelleet, mutta emme varmasti tule tappelemaan yhdessä heidän kanssaan.

Neuvottelu kesti tasan puoli tuntia. Kättelimme venäläiset ja painuimme metsään ja palasimme majapaikkaamme.

9.9.–12.9. 1944

Aselepo jatkuu. Tunnelma rykmenttimme komentopaikassa on odottava. Ilo ei ole päässyt irti. Illalla keskustellessani nuotiolla poikain kanssa huomasin, että odottavat siviiliin pääsyä. Melkein jokainen ajattelee, että rauha tulee. Mutta milloin päättyy neuvottelu Moskovassa? Sitä odottaa koko Suomi, jokainen meistä.

Mannerheim, meidän kunnioitettu sotamarsalkkamme on presidenttinä ja hallituksen johdossa, kaipa hän tietää, mikä on parasta maallemme. Me täällä edessä osaamme ajatella ja nähdä vain pienen alan. Me emme tiedä suurpolitiikan ihmeellisistä teistä mitään.

Komentopaikan komentoryhmä, viestijoukkue ja pioneerijoukkue kokoontui pienelle metsäaukiolle. Eversti puhuu kiitoksen sanoja pojille, kiittää ja toivoo, että armeijamme vanhin joukko-osasto, URR, marskimme kunniarykmentti, ei saa huonontua. Poikain on aina muistettava, että he kuuluvat kunniakkaimpaan rykmenttiin. Pojat kuuntelevat vakavina, sillä heidän rakastettu komentajansa siirtyy pois suurempiin tehtäviin.

Hyvästijättö ei kestä kauan. Jään everstin viimeinen käsky kourassani katsomaan lähtevää. Sinne meni komentajani uuden everstin saattelemana. Tunsin sydämessäni jotain, se oli kaipausta.

Painettu käsky, rykmentin käsky, on kourassani. Luen siitä, näin alkoi käsky: "Ylipäällikön esittelyssä on minut ylipäällikkö määrännyt ratsuväkiprikaatin komentajaksi." Luen pitkän puheen kokonaan. Se on hyvän johtajan sydämellinen hyvästijättö paperille pantuna. Luen ja ajattelen.

Päivä kului alakuloisuuden merkeissä. Sade toi jälleen yön ja uni virkistystä uutta odotuksen päivää varten. Uusi komentajamme, everstiluutnantti Wahren nukkui entisen paikalla.

13.9.1944 keskiviikko

Teltan vaaleanvireältä kankaalta on enimmät naamiolehvät heitetty pois, mutta teltta kyyhöttää puoleksi maahan kaivettuna samassa Lehmivaaran suontakaisessa sekametsikössä, jossa se sai puhelinsoiton 4.9.1944 klo 3 aselevon solmimisesta.

Herättyäni ja puhelinkampea kiertäessäni herää everstikin. Siinä keskuksen vastausta odottaessani sanon hiljaa: "Huomenta, herra eversti.", johon kuuluu uninen vastaus: "Hyvää huomenta." Pian on tiedotus mennyt Luoma 3:een: " Meillä ei ole mitään erikoista."

Radion aamu-uutisissa tuli Romanian ja Venäjän välisen aselevon raskaat ehdot. Niitä näytti eversti miettivän. Sitten eversti ilmoitti minulle, että tiedottaisin yksiköiden päälliköille, että käskynjakoon on saavuttava klo 14.

Aamupäivä meni mm. postien selvittämisessä ja peitepiirrostöiden tekemisessä.

Komentaja näytti vakavalta. Kello 14 käskynjakoon saapui 12 upseeria. Teltassa oli hiiren hiljaista. Jokainen odotti, mitä merkitsee komentajan vakavuus. Everstillä oli pöydällä edessään ilmavalokuvakartta alueestamme. Siihen tuijottaen hän aloitti:

275

"Tilanne huolimatta vallitsevasta aselevosta on erittäin vakava. Me emme tiedä vihollisemme aikeita, emme suunnitelmista ja sieltä käsin ei ole mitään hyvää odotettavissa, siksi jok'ikisen meistä viimeiseen rakuunaan asti on täytettävä velvollisuutemme loppuun saakka. Jokaisen on selostettava alimpaan mieheen asti tilanteen vakavuus ja vaadittava, että pienintäkään laiminlyöntiä ei saa tapahtua, vaan kaikki on tehtävä hyvin viimeistä käskyä myöten. Käsken, että varustelutyöt aloitetaan tästä päivästä lähtien uudelleen! Huoltopäällikkö jakaa työkalut yksiköille. Taakse muuttanut 2. eskadroona muuttaa huomisaamuna klo 7 mennessä rykmentinlohkolle ja ottaa työn alle etulinjan juoksuhautojen kaivuun."

Nuo everstin alkusanat olivat kylmää vettä jo rauhan ajatuksiin joutuneille upseereille. Mutta totisuus loisti päättävänä jokaisen kasvoilla, ei pettymyksen häiventäkään kellään. Rakuunain henki oli heissä yhä.

Rykmentin taisteluvalmius 15.9.1944 on saatettava mitä valppaammaksi ja nykyiset asemat on pidettävä päävastarinta-asemina. Asemista luopuminen ei tule kysymykseenkään ja pako etulinjasta sekä taakse että eteen vihollisten puolelle on estettävä ankarasti.

"Aikaa on enää vähän ja kriittinen aika voi venyä yli 15.9.1944, mutta meidän on oltava aina valmiina. Tällaisella aselevolla saattaa Venäjä horjuttaa meidän kestävyyttämme, ja on selvää, että taistelun uudelleen aloittaessa Venäjä on paremmalla puolella. Se on saattanut tehdä uusia ryhmityksiä tietoisena, että me emme hyökkää."

Everstin sanat putoilivat painavina miesten mieliin. Jokainen on valmis tekemään parhaansa. Lääkintähuollosta puhutaan, viestiyhteyksistä neuvotellaan, radiot kunnostetaan, SAS:it saatetaan valmiuteen, patruunakeskukset kuntoon. Odotetaan 15.9.:ttä rauhallisina ja varmoina, ettei yllätystä tapahdu.

Kun yli tunnin kestänyt käskynanto loppuu, on jokainen yksikön päällikkö valmis kaikkeen. He poistuvat vakavina täyttämään annettuja käskyjä. Vain huominen päivä ja sitten on 15.9. Päivä, joka tuo jotain tai tilanne jatkuu samana. "Ikävää tämä odotus", toteaa komentaja.

Illalla luen kirjeen vaimoltani, että kotikaupunkia aiotaan evakuoida. Voiko olla mahdollista, että Venäjä tahtoisi vielä enemmän kuin mitä Moskovan vuoden 1940 rauhan raja otti. Ei voi olla mahdollista, täytyy olla huhua. Mutta kuka hänet tietää.

Syksyinen päivä loppuu, pimenee. Telttaan sytytetään valo. Öljylamppu valkoisine kuuppineen luo valoa everstin pöydälle. Telttaa suojelevat puut huokailevat syystuulessa. Kurkiparvi äännellen lentää telttamme yli kohti etelää yön pimeydessä, ne osaavat suunnistaa. Ollapa ihmisellä sellainen vaisto.

19.9.1944 tiistai

Oli kaunis ja poutainen syyspäivä, aurinko paistaa heloitti jo aamusta alkaen. Elämme odotuksen aikaa. Kaksi viikkoa on kulunut jo aselepoa, eikä rauhasta tai tilanteen muutoksesta ole kuulunut mitään.

Mutta klo 13 Moskovan radio ilmoitti suomeksi: "Juuri studioon saapuneen tiedon mukaan on solmittu välirauha Suomen ja Neuvostoliiton välillä. Tietoja ehdoista ei ole saapunut, mutta toivomme niiden saapuvan klo 15.30:ksi, jolloin on uusi lähetys suomeksi."

Tuon minä kuulin. Kuulin ja riemastuin. En tiedä, oliko syytä riemastua, mutta niin joka tapauksessa tein. Olin yksin komentoteltassa, eversti ja kapteeni Tattari lähtivät klo 12.45 etulinjaan ja kamiinavartiossa ei ollut ketään lähettiä. Kun heidän kanssaan kuuntelimme päiväuutisiamme omasta radiostamme, olimme luonnollisesti hermostuneita.

"Ei vielä mitään sanota!", tokaisi kapteeni Tattari.

"Tuossa viimeisessä uutisessa, että kaikki koulut sekä kansa- että oppikoulut alkavat 1.11. Se merkitsee, että opettajat on kotiutettava ja koulujen muutettava Helsinkiin ja Suomenlahden rannikkokaupunkeihin." sanoi komentaja.

Kovin peitellysti radiomme asiasta ilmoittaa, ajattelin minä ja toivoin, että pian saisimme kuulla lisää. Jäin taas yksin telttaan. Annoin radion olla auki ja kuuntelin melko mielenkiinnottomia ohjelmia. Äkkiä puhelin pärähtää. Vastaan, se on ratsuväkiprikaatin komentaja, eversti von Essen. Hän kysyy komentajaamme. Kerron hänen lähteneen eteen. Saan käskyn ilmoittaa, että komentajan on heti soitettava Essenille.

"Kyllä herra eversti, ilmoitan herra Eversti. Herra eversti, kuuntelin juuri Moskovan radiota ja sieltä ilmoitettiin, että välirauha on solmittu maamme ja Venäjän välillä."

"Täällä tiedetään siitä.", vastaa everstin rauhallinen ääni.

Soitan eteen ja ilmoitan, että komentajan sinne saavuttua on soitettava heti prikaatin komentajalle.

Ensi riemastumiseni laimeni, esiin tuli kylmä järki. Sydämeni aavisteli pahaa, kun kuuntelimme klo 19 uutisia. Siellä sanottiin: "Välirauha toiselta puolen Suomen toiselta puolen Neuvostoliiton ja Iso-Britannian välillä on solmittu."

Siis Englanti oli myös toisella puolella. Se antoi vähäsen toiveita, mutta aavistelin pahaa, kun odottelimme kello kymmentä, jolloin pääministerimme puhuu.

Oli pimeä syysyö, kun sukelsin teltan ovesta haukkaamaan raitista ilmaa. Taivas oli kirkas ja tuhansia tähtiä kimalteli puitten latvuksien väleistä. Katsoin itään, siellä oli Venäjä. Mitä se nyt aikoo meille, pienelle Suomelle.

Astun takaisin telttaan. Komentaja on antanut käskyn rykmentilleen vetäytyä uusiin asemiin klo 24 mennessä. Nyt hän istuu työpöytänsä ääressä ja tarkastelee karttaansa. Puhelin párähtää tuon tuosta ja komentaja saa ilmoituksia eskadroonien siirtymisestä.

Ilta kuluu, hiljaisuus teltassa on täydellinen. Vihdoin alkaa pääministerin puhe: "Karjala ja Petsamo luovutettava, vuoden 1940 raja palautettava, Porkkalan alue vuokrattava 50 vuodeksi, Etelä- ja Lounais-Suomen lentokentät liittoutuneiden käyttöön, kauppalaivasto samoin, annettava materiaaliapua, saksalaiset riisuttava aseista ja luovutettava liittoutuneille, armeijamme kotiutettava kiireesti rauhanomaiselle kannalle ja 300 milj. dollarin sotakorvaus 6 vuodessa."

Siinä oli ehtojen ydin. Puhe jatkuu, istun ja katson kauan samaan paikkaan, olen kuin lyöty, sydämeni on niin täynnä, että olen liikutuksen esiintulon partaalla. Pääministerin ääni särkyy, hänkin on liikuttunut. En kuule, en jaksa seurata enää, olen vaipunut kuin maan alle. Kuulen vain kaukaisen äänen. Ja kun kuulen " ...vaikka kokee, eipä hylkää Herra." silloin kohoan taas todellisuuteen. Jumala on lohtuna -virren lohduttava melodia kaikuu puheen jälkeen. Nousen, nostan pääni. Maamme laulu kuuluu seuraavana, me olemme silti vapaa maa, meillä on oikeus olla ja elää omaa elämäämme tyngässä Suomessamme, ajatella Jumalaan luottaen ja Häneltä tukea toivoen.

Raskas on sydämeni. En puhu mitään, ei kukaan uskalla puhua. Teltan ulkopuolelta kuulemme hampaitten välistä lausutun täynnä vihaa olevan äänen: "Voi perkeleen perkele!"

Tuo kertoo niin äärettömän paljon. Emme kuule mitään muuta. Se on kaikki mitä suomalainen rivimies saa sanotuksi. Se on karkeaa, se on ylen karkeaa, mutta onko sitten koko sota mitään hienoa ja siveää. Mitä on oikeudenmukaisuus, mitä on ihmisyys. Suomen mies tuntee niin ääretöntä oikeuden loukkausta, että on annettava anteeksi hänelle nuo sanat, koska hän ei voi muutakaan lausua. Kukaan ei virka mitään, vain yössä nukkuva metsä kuuli nuo karheat sanat. Sanojen lausuja ei ole jumalaton, hän tuntee Jumalan, hän on vain yksi suomalainen soturi, hiljainen, ujo, hieman karhea, miehekäs, mutta itsenäisesti ajatteleva ja oikeuteen aina uskova. Vieläkin, kaikesta huolimatta.

21.9.1944 - 3.11.1944

Lehmivaara jätettiin tänään 21.9.1944. Kello 16 oli käsky lähteä ja niin myös tapahtui. Raskaan välirauhan mukaan oli joukkojemme vetäydyttävä vuoden 1940 Moskovan rauhan rajan taakse. Vetäytyminen alkoi. Poissa oli into ja ilo. Väsymys oli syvällä jäsenissään jokaisella ja mieli lyötynä. Turhaa olivat vuosien ankarat taistelut. Kaikki meni, mitä oli vuonna 1940 ja paljon, paljon lisää. Olemme liian pieni kansa. Kuinka monennen kerran tuon olemmekaan saaneet todeta tämän maailman sodan ankarina aikoina. Yritämme löytää jotain valoisaa, mutta se on vaikeaa. Sota on lopussa, edessä on lepo ja toivo paremmasta on kutenkin ihmeellinen elähdyttäjä.

Syyskuun lopusta alkanut joukkojen vetäytyminen ja osastojen sekä varusteiden siirto kesti pitkälle lokakuuhun.

3.10.1944 tiistai

URR on Kouvolassa. Teltat ovat kankaalla 3 km Uttiin päin. Näin on mennyt useita öitä.

23.10. 1944 maanantai

Marssi Kouvolasta alkoi kohti Lappeenrantaa. URR, lappeenrantalainen kantarykmentti palasi kotikaupunkiinsa. Siellä sain kuulla, että työni jatkuisi valistusupseerina 27.9.1944 alkaen.

Tähän päättyi Niilo Kenjakan sotapäiväkirja. Hänet kotiutettiin vasta 3.11.1944 perjantaina.

Milton Keynes UK
Ingram Content Group UK Ltd.
UKHW021559271124
451585UK00019B/889